追捕

君よ憤怒の河を渉れ

著·[日]西村寿行

译·阮航

U1020836

中国法制出版社
CHINA LEGAL PUBLISHING HOUSE

北京市版权局出版境外图书合同登记号　图字：01-2018-5075

©Ako Nishimura 2005
「KIMIYO FUNNU NO KAWA WO WATARE」
All rights reserved.
First published in Japan in 2005 under the title
Kimiyo Funnu No Kawa Wo Watare. Original Japanese edition published by TOKUMA SHOTEN PUBLISHING CO.,LTD.,Tokyo. Simplified Chinese version in China rights arranged with TOKUMA SHOTEN PUBLISHING CO.,LTD. through East West Culture & Media Co., Ltd. Tokyo.

图书在版编目（CIP）数据

追捕 /（日）西村寿行著；阮航译．—北京：中国法制出版社，2019.6

ISBN 978-7-5216-0098-8

Ⅰ．①追…　Ⅱ．①西…②阮…　Ⅲ．①推理小说—日本—现代　Ⅳ．①I313.45

中国版本图书馆 CIP 数据核字（2019）第 054064 号

策划编辑 / 责任编辑：孙璐璐 (cindysun321@126.com)　　封面设计：汪要军

追捕

ZHUIBU

著者 /［日］西村寿行

译者 / 阮　航

经销 / 新华书店

印刷 / 三河市国英印务有限公司

开本 / 880 毫米 ×1230 毫米　32 开　　印张 / 9.75　字数 / 271 千

版次 / 2019 年 6 月第 1 版　　2019 年 6 月第 1 次印刷

中国法制出版社出版

书号 ISBN 978-7-5216-0098-8　　定价：48.00 元

北京西单横二条 2 号　邮政编码 100031　　传真：010-66031119

网址：http://www.zgfzs.com　　**编辑部电话：010-66038703**

市场营销部电话：010-66033393　　**邮购部电话：010-66033288**

（如有印装质量问题，请与本社印务部联系调换。电话：010-66032926）

目录

—第一章— 圈套

1

一个女人闯进派出所，面无血色。

她最多二十七八岁，身穿牛仔裤，丰乳肥臀在细长脸盘的衬托下颇为惹眼，浑身散发出少妇特有的撩人气质。

“有强盗！你们快来！”女人气喘吁吁地一路小跑着过来。

“强盗？”

派出所里有三名警员，打女人一进门就盯着她看的年轻的冈本欠起身子。

“这边！”

女人指向人潮，掉转身子往回跑。

女人疾步穿行在新宿站西口地下广场的人流之中。时值黄昏，正是熙熙攘攘的时候。地下广场的每一寸空间都充斥着咯咯噔噔的脚步声和喧哗声。犹如劈空掷出一支银枪，女人对着一个正在人潮一角打公用电话的男人发出尖厉的喊声：

“就是他！闯进我家打劫的，就是这个人！”

周围的人齐刷刷地扭过头看向女人。被女人用手指着的那个高个子男人亦是如此。他放下话筒，转过身来，看到女人正面色煞白地指着自己，在她的身后，则是怒目而视的警员。他丝毫没有要跑的意思，只是在一瞬间浮现出惊诧的神色。

“你，跟我们到派出所去。”

冈本不由分说，用力按住男人的肩膀，蓦地体会到捕捉猎物后的那种力量。在这个地方，什么事都有可能发生。这里是各色人等来来往往的闹市，既有刚刚作了案的凶犯，也有安分守己之人；既有乞丐，也有精英。抢劫犯被受害者认出后扭送到派出所的事也是屡见不鲜。

高个子男人任由冈本连拉带拽，只是用一种懵然无知的惊讶表情看着女人。

“好了，请你把详细情况说一说。”

将男人押进派出所、喘息稍定之后，冈本向那女人问道。女人仍是一脸的苍白，干燥的嘴唇微微翕动着。

“五天前的一个夜里，这个人闯进我的公寓打劫！”

女人用纤细柔软的手指指向那个男人，声音尖厉、略带颤抖。少顷，目光回到冈本身上。女人说，她叫水泽惠子，住在离新宿站不远的西大久保的公寓。

“你弄错了吧？是不是认错人了……”

男人淡定地说道。三十岁上下——这是他给人的印象。可以说，他气质干练、做派持重，目光绝对称得上机敏。目光机敏往往使人联想到某种职业性的东西，而且，还是那种智慧型的机敏。

一时之间，冈本也觉得，会不会真的是认错人了。冈本一贯认为，仔细看的话，罪犯的面相里总会带着那么一股子无法遮掩的小气。而这个人却没有，语调也颇为从容。若是做贼心虚，声音就会像从嗓子眼儿里生挤出来那样难听。

“不会错的，绝对是他！”

水泽惠子后退一步，又伸出了玉指。指尖宛如藏了一把剑。

五天前的九月十二日深夜，一阵铃铛声将水泽惠子吵醒。那是系在钥匙上的铃铛在轻声作响。睁眼一看，在枕边的黑暗中，一个男人正在翻腾手提包。她想叫，可又害怕得出不了声。她悄悄伸出手，扭开了台灯。那男人一下子愣住了。接下来的一瞬间，男人迅速地捂住了水泽惠子的嘴。叫喊声被堵了回去，变成了身体的挣扎。

“再敢喊就杀了你。”男人闷声说道。这一句话让水泽惠子心生绝望。

男人把水泽惠子的手反绑起来，抢走了她白天刚从银行提取的十二万日元现金，还把放在枕边的翡翠戒指揣进了口袋。

这还不算完，男人的目光又停留在水泽惠子的睡衣上。水泽惠子用屁股蹭着往后躲。“你要不想受皮肉之苦，就放老实点儿。”男人说着，粗暴地抓住水泽惠子，躺到被子上。绝不能因为喊叫或反抗而把命丢了——水泽惠子只有这一个念头。男人兽性大发，面露凶相，身体里隐藏的邪恶好像一下子蹿了出来。水泽惠子的双腿被硬生生地掰开。

“你这畜生！”

眼见着水泽惠子用颤抖的声音嘶喊道，冈本不再顾虑会不会是认错人了。他看到了一个已把廉耻和体面抛到脑后的复仇魔女。

“姓名、住址。”

冈本冲着那个男人提高了嗓门。

“在这儿不能说。”

男人平静地说道。

“你说什么！”

素来耐不住性子的冈本瞪起眼睛。

“到警署再说。”

男人声音低沉。

“别……”

冈本原本想呵斥一句“别耍花样儿了”，可话到嘴边又咽了回去。他从那男人的举止中隐约感觉出了什么，使得他不得不这么做。

即便是在新宿署的审讯室里，男人的态度仍是一成不变。

“自己的名字有什么不能说的？”

刑警小川说道，目光阴森得像只豹子。

“不能说是有原因的。还是请你们赶紧对那女人报的案核实一下吧。如果搞清楚是弄错人了，那就放人。”

“放人可没那么容易哦。”

小川轻声笑了，一种冷冷的、不怀好意的笑。

“是吗……”

“你还是识相点吧。”

小川把香烟递了过去，就像是猫在逗弄捉到的老鼠。

“那好吧。”男人掏出自己的烟，说道，“请把警视厅搜查一课的矢村警部叫来。”

“矢村警部？”

小川停下了点烟的手，盯着那个男人。他认识那个身量高挑、可瘦得叫人担心身板会折掉的、少言寡语而又孤芳自赏的矢村。

“怎么样，没什么问题吧……”

小川犹豫了一会儿要不要点上烟，最终，还是把手伸向了电话。

正在厅里的矢村一个小时后赶了过来。

“这是在搞什么名堂……”

矢村的一双眯缝眼扫向那男人。眯缝眼归眯缝眼，可目光锐利得像鹰眼一般。这双鹰眼所捕捉到的是东京地方检察院刑事部检察官，杜丘冬人。

“你还是听那位刑警先生跟你解释吧。”

杜丘现出一丝苦笑。就算那个叫水泽惠子的女人认错了人，可要是传出去现任检察官被人当成了抢劫强奸犯，那也会闹得满城风雨，所以才要对名字守口如瓶。

“矢村警部，”生就一双豹眼的小川，眉宇间带着不悦说道，“先说说这个人的来历怎么样？”

“我自有安排。”

矢村只答了这么一句。

小川强压着一肚子无名火，向矢村介绍事情原委。

杜丘默默地听着。矢村不是个讨人喜欢的人。三十好几，外表像一段朽木，而骨子里蜷伏着一条蝮蛇。蝮蛇的眼睛令人不寒而栗。而且，蝮蛇头部的两侧还生有循着红外线进行跟踪追击的器官，因此，它在黑暗中也能对猎物实施精准打击。矢村就是如此。他那瘦削的双颊深藏着对于罪行的敏锐嗅觉和蝮蛇般的冷酷。

然而，就连这个矢村也没有轻易透露出杜丘的名字。

“那么，这是你干的吗？”

矢村冷眼看着杜丘。

“你不相信我？”

杜丘的话语中流露出些许惊愕。

“我谁也不相信。”

“原来如此……”

杜丘感觉到，矢村的眼里像是有一双要把什么东西捏碎的鹰爪。就像自己讨厌矢村一样，矢村对自己也是明显地不待见。加之一个多月前发生了一起案子，持自杀说的矢村和主张他杀的杜丘处于对峙状态，两人之间出现了一道无法填平的沟壑。

把他找来，并非出于把他当成自己人的缘故。对于收拾这种突发性的局面，矢村很在行。再说，对峙归对峙，抛开个人恩怨，对于矢村的敏锐，杜丘还是相信的。可是，看到矢村此刻的眼神，杜丘对于自己的处境突然有了一种不祥之感。

这时，其他刑警将一个职员模样的年轻男子领了进来。

那男子看到杜丘，露出大吃一惊的表情。

“就是这个人！没错，偷东西的就是这个人！”

他这样叫道。

“不管你是何方神圣，这下你死心了吧。”小川说，“闯进水泽惠子的公寓之前大约一个小时，你到这位寺町俊明先生的公寓偷东西，被刚好回家的寺町先生撞个正着，他还追过你。而且，两家公寓都在同一个街区，这位先生已经报了案。”

“怎么会？”杜丘只是重复着，“怎么可能……”

“那天晚上的那个时间段，你在什么地方？”

矢村慢慢转回头。

“矢村警部，”小川说道，“请你不要插嘴。”

“不是告诉你了，我自有安排。”

“我也有我的安排。”

小川寸步不让。

“我没有不在场证明……”杜丘说道，语尾带有一丝慌乱，“我在跟踪一个案子的嫌疑犯。至于那个时间段，我应该在新宿的歌舞伎町。”

“跟踪嫌疑犯……”

小川的眼里浮现出复杂的神色。

“请跟署长联系一下。”

矢村说道，目光中不带一丝温情。

2

紧急逮捕——杜丘冬人被关进了看守所。

“先关一个晚上。等都安排妥了，明天就移交警视厅。”

矢村撇下这句话就回去了，瘦长的背影带着一种不由分说的冷漠。

杜丘靠在看守所的墙壁上。秋意正浓，看守所的墙壁冷冰冰的，比监狱强不到哪里去。

——究竟是怎么回事?

他闭上眼睛。水泽惠子和寺町俊明这两个人把我错认成了别的什么人，会有人长得和我一模一样吗？哪里会有这种事呢？杜丘否定了自己的想法。除了双胞胎，没有人会像到这种地步。况且，我又没有双胞胎兄弟。

杜丘感到周围有个心怀叵测的人在游动。仿佛有个声音，酷似在远处逡巡的看守的微弱脚步声，穿过墙壁和牢笼，触及自己的感官。

寺町俊明这个人先放在一边，水泽惠子说了，她被绑起来、强奸了。既然是这种性质的事情，那就是说，自己身上一定有某些耐人寻味的原因使她一口咬定没有认错人，而不仅仅是因为长得很像。只能这样解释了。自己确实没有干过，因此，能得出的结论只有一个，水泽惠子也好，寺町俊明也好，他们都报了假案。

——为什么呢?

杜丘一头雾水。

不记得跟他们二人以前见过面，也不记得调查过的嫌疑犯中有他们俩。对于杜丘，他们不过是素不相识的路人，不过是人海之中萍水相逢、擦身而过的，成千上万无甚意义的个体。而这两个人，却无缘无故地在人堆儿中认出了自己。这需要有相当精心的准备才行。一定有个老谋深算的家伙，他知道杜丘会在那个时刻出现在新宿站地下广场的人潮之中，同时也算计好，五天前的深夜，他没有不在场证明。

有人毫无征兆地布下了一张可怕的网，而这张网正在慢慢地收紧。想起来就令人毛骨悚然。

——该怎么办呢？

心中的不安越来越强烈。最初，还以为是弄错了人，尚可以从容地一笑置之。现在，这种从容正在慢慢消失。假如真的存在如此工于心计的家伙，这张网也许就不那么容易撕破——因为没有反证。

杜丘已经能想象出报纸会用怎样的大标题煽动眼球了——现任检察官化身大盗淫魔。已经有两名证人，要是再没有反证的话，民众肯定会深信不疑的。就在不久之前，刚有一名检察官因工作繁重的压力造成心理畸变，最终导致犯罪，引起了街头巷尾的热议。人们会说，嗬，又出了一个……别人怎么想倒是无所谓，可问题是，假如无法冲破这张鬼网，那会是怎样的结局？

身为一名检察官，自然对后果心知肚明。

难道就没有破网的办法了吗？杜丘知道有一双隐形的魔爪存在，他焦急地冥思苦想，试图在千头万绪中找到答案。可到头来，发现还是无计可施。只要提出指控的两个人不承认弄错了人，一切都是徒劳。

情形再简单明了不过了。可越是简单明了，就越难以破解。要说还能有什么招儿的话，也许就只能是依从律师提出的死马当活马医的办法，先认罪，再声称自己患了神经官能症，以争取从轻发落。

他回想起矢村转身离去时那朽木般冷冰冰的后背。原本在罪案调查中握有指挥大权的检察官，一下子堕落为大盗淫魔。自己必须做足心理准备，警视厅在调查时是不会留丝毫情面的。

杜丘被带出看守所，是在第二天的下午。

一起来的是上司伊藤守检察长和矢村。

“瞧你干的好事……”刚刚五十出头的伊藤脸色阴沉，“目前还在对报界封锁消息——可这算得上检察厅前所未有的丑闻了。”

“可是，检察长……”

杜丘口气坚决，望向伊藤。当他看到检察长那副铁青的面孔时，一直强忍着的、对无端伸向自己的黑手的愤懑，像决了堤一样迸发而出。从他那惶惶不安的眼神中，见不到对下属的体恤之情。

“我知道，”伊藤有气无力地说，“也许你真的是冤枉的。身为检察官，你必须恪尽职守。可你有必要把自己当成刑警，查案到深更半夜吗？”

“这有什么好奇怪的吗？”

“不，我是说，跟踪盯梢之类的事情本应交给专业的刑警负责。”

“专业的刑警，就是那个矢村警部。你以为他会听我的指挥吗？认为那个案子属于他杀的，是……”

“你别再说了。”伊藤抬手在脸前挥了挥，“总之，我们这就去你的住处进行搜查。”

“搜查？”

“当然是秘密进行的。我相信你是被冤枉的，可总要调查一下才行。”

“那当然。”杜丘缓缓地摇摇头，“可怎么来的是搜查一课的矢村警部呢？如果是抢劫强奸……”

“除了高层以外，知道这件事的只有我和矢村君。不能再让别的人知道了。当然不可能永远瞒下去，不过我们需要尽量多地争取一些时间，所以才叫来了矢村君。”

“是吗……”

杜丘点点头，看了看矢村，他还是那种一成不变的眼神。

“请把双手伸到前面。”

矢村说。

“你要把我铐起来？”

杜丘猛然退了一步。

“这是规定，你知道的。”

矢村不冷不热地说。他掏出手铐，粗暴地铐上了杜丘的一只手。

像是触到了蛇的皮肤，这令他身体深处感到阵阵冰冷。

“矢村君，”伊藤有些看不下去了，说道，“这个就免了吧，责任由我来负好了。”

连他也觉得这么做有些过分。

“我向来主张，自己的责任自己来负。”

“我明白。可是，这个样子不行，太扎眼了。算我请求你了。”

“那好吧。”

矢村打开了手铐。

比被铐上时还要强烈的屈辱感在皮肤上留下了痕迹。

杜丘冬人的家就在目黑区的学艺大学站附近。他是独身，自从母亲三年前去世后，就一直一个人住。院子有五十来坪，出了院子有一条下坡路直通车站。路上人来人往，电车的声音此起彼伏，根本谈不上清净。因此，杜丘近来正在考虑要不要卖了这里，换到公寓去住。

三人乘坐便衣警车抵达时，已将近三点钟。

在车里，杜丘沉默不语，伊藤和矢村也都一言不发。沉默加深了杜丘心中的阴霾。搜查是不可能有什么结果的，没有证物能证明自己是罪犯，当然，也不会有相反的证据。全是白耽误工夫。伊藤为了这次徒劳的搜查拖动臃肿、沉重的身躯，让他牵肠挂肚的自然就是——万一发现了堆积如山的赃物……

矢村在想什么，不得而知。反正，他是不会怀有丝毫好意的。

案件发生；专案组成立；警察拥有搜查权，独立展开调查；检察官也有搜查权——不，还握有差遣探员的指挥权，还可以申请对不服从指挥的探员进行处罚。这就势必造成探员同检察官之间心照不宣的龃龉。没有哪个探员对检察官不是窝着一肚子火儿的。一旦逮着机会，探员们都个个憋着欲将检察官拉下马而后快的心思。对于杜丘背上的嫌疑，根本不能指望警视厅的探员能本着善意的立场进行调查。

矢村是个另类。一旦荣升警部，就没有人把检察官的指挥权放在眼里。碰到刚刚出道的检察官对探员进行训斥，矢村这样的老油条立马就会提出抗议，憎恶之情溢于言表，还会甩出狠话：“要是连生瓜蛋子都镇不住，那就甭混了！”一旦遭到警务人员的抵触，检察官也就当不下去了。

可是，在办案过程中与矢村接触后才发现，矢村的性格更为变态。检察官在他眼中简直就是路边的杂草，既不尊敬，也谈不上憎恨。矢村所在意的，不过是对于追查罪行的灰暗执念。之所以说灰暗，应该是矢村的性格使然。他似乎对团队协作不屑一顾，往好里说，这是艺高人胆大；说得难听点，就是阴森可怕。正因如此，矢村会如何对待被指认为罪犯的杜丘，几乎不言自明了。

杜丘的绝望感在一点点地加深，他对此一筹莫展。

房门打开，才一个晚上没住人，就闻到了一股霉味儿。好像嗅出房主要倒霉似的，东西早早地就发了霉。

“请随便搜好了。”

“那就不客气了。要说这也不过是走走形式，跟对你信不信任没有关系……”

伊藤赔好话似的说着，随即从手边的桌子开始查起。矢村拉开衣柜，在西装外套的衣兜里摸索。

杜丘站在一旁观看。说是走走形式，可二人分明目光专注，不放过任何一个角落，犹如追踪猎物气味的猎犬。杜丘看明白了，他们是在专心致志地寻找小物件，这叫他觉得自己嫌疑重大。二人所搜寻的目标似乎并非成堆的赃物，而是水泽惠子报称被抢的翡翠戒指。戒指倒是有，可那些都是母亲遗留下的，不可能翻出水泽惠子的戒指。杜丘苦笑着想，但愿找不到戒指后，自己的嫌疑能被洗清。

起居室搜完，开始搜查客厅。

搜查依旧一丝不苟。

“这钞票是怎么回事啊？”

掀开地毯查看的伊藤，语气紧张。定眼一看，他手上拿着几张一万日元的纸钞。

“是你故意藏在这儿的？”

“没有，我不记得在那儿放过钞票……”

杜丘摇摇头。阴云般的东西开始在房间里弥漫。自己没必要藏现金，可是，为何会从那个地方翻出钞票呢……

钞票不多不少，刚好十张。伊藤拿着钞票，欠身坐在沙发上。他从兜里掏出一张写着数字的纸条，开始与钞票核对。

杜丘感到，自己的脸一下子变得面无血色。

圈套！

他真想喊出来，这是有人设下的圈套。地毯底下不可能长出钞票。既然长出了钞票，不用看伊藤的表情就能清楚，数字肯定对得上，就像是单据的两联。

杜丘瞬间明白了，自己在新宿的人潮中被一个身份不明的人物用一只隐形的、恶意的头罩蒙住了头。自己两眼一抹黑，无法挣脱，而这个头罩越蒙越紧……

“被抢的钞票，刚好都是连号的……”

伊藤瞧向杜丘，目光绝望、阴郁，而阴郁之中又流露出强烈的愤怒。

“这是圈套！”

“圈套吗……”

矢村接过话头。

充满杀意的沉重空气在狭小的客厅里涌动。

“你，败坏了整个检察系统……”

伊藤的声音像是重病号的呻吟。他看得很清楚，这一证据的发现将会引起怎样的轩然大波。黑暗、漫长的严冬将会降临……

“你要去哪儿？”

矢村冲着向门口走去的杜丘大喝一声。

“我想吐。我不会跑的。”

他感到胸口郁结着一些类似沉渣般的东西，真的想吐。他想喝威士忌。走出客厅的杜丘看到脱在玄关的鞋子，突然把脚伸了进去。穿上鞋子之后，他这才萌生出明确的逃跑念头。到了街上一瞧，因为有其他车子驶进街道里，便衣警车不得已先被停到了路边。

他向车站的方向跑去。

矢村听到玄关门被关上的声音，便来到屋外查看。他看到杜丘正在往前全力狂奔，已经跑出了相当一段距离。

浑蛋——矢村嘟囔着，冲向便衣警车。

3

对于为什么要逃跑，杜丘自己也不甚明了；逃出来后该怎么办，也并没有明确的主张。是冲动驱使自己迈出双腿。只迈出一步，便发现身后已然集结起无边无际的浓重黑暗。葬送人生，甚至连生存本身都会葬送的浓稠的黑暗，从踏上逃亡之路的双脚下不断弥漫，在身后越积越重。

开弓没有回头箭。唯有义无反顾。为了活命，只能不回头地跑下去，躲开从身后而至的吞噬他的黑暗触手。

已能感觉出警戒线正在拉起的迹象。他坐进在车站前拦下的出租车，从车窗往外看去，洒满落日余晖的大街上，有警车风驰电掣地驶过。

矢村警部那张狂怒的脸恍然若见。杜丘本人也是在穿上鞋后才决定要逃跑的，因此，矢村的大意倒是情有可原。这会儿，他肯定在懊恼不已，后悔当初没有铐上手铐。虽说是伊藤检察官要求这样做的，可到头来毕竟造成了杜丘的逃跑，矢村同样难辞其咎。或许，别人还会认为，下达紧急逮捕令却又不走正规程序，搜查一课的警部和检察官是企图欺上瞒下，以达到息事宁人的目的。甚至还会有人猜忌，人犯的逃跑也是他们串通一气的结果。

矢村已被激怒，加上他的性格酷似蝮蛇，自己真能逃得出他的手心吗？再说了，逃到哪里才是个头呢？杜丘的心里一片茫然。逃跑，是因为担心这样下去自己会真的被扣上抢劫强奸的罪名，可逃跑也并不会给事态带来任何转机，不过是给自己留下了一点点好似走钢丝般的远走高飞的自由。

钢丝的前端通向何方还不得而知，而杜丘付完出租车费后，口袋里只剩下可怜巴巴的一点零钱了。

必须搞到现金。

这个迫在眉睫的问题愁坏了杜丘。想来想去，也找不出什么搞到现金的办法。在银行倒是有一些存款，可手头没有提款卡。即便是有，走进银行也等于自投罗网。必须想到警察已经布下天罗地网的可能性，而到了明天早上，有关因抢劫强奸遭到拘捕的检察官潜逃的报道一定会铺天盖地出现在报纸的社会版上。电视台播放自己的头像，周刊杂志大肆渲染，如此一来，杜丘的相貌便尽人皆知了。

如果不怕被趁机压价，把房子卖给房地产中介倒是个办法，可还要先回家取图章和房契。

跟亲朋好友联系同样有风险。

无论想到哪个主意，都会在背后看到矢村那冷酷的面孔，杜丘感到毛骨悚然。

——逃不掉了吗？

眼下，杜丘要面临的是晚上吃饭和睡觉的问题。万不得已的时候，不是不可以像流浪汉那样，睡电话亭或大楼的墙根儿，可这终归不是长久之计。而重中之重的，还是要先填饱肚子。只有两条路，行乞或是翻垃圾箱，而哪一条对杜丘来说都是无论如何也做不来的，自尊心不允许。故事可以随便一听，可真到了如此境地，那就必须认识到逃亡生活的不易了。杜丘体会到，那些畏罪潜逃的罪犯尽管看上去胆大妄为，可内心该是怎样的惊恐。

从品川换乘电车，到池袋后下车，杜丘混在人流中出了西口。可以看到三三两两的警察的身影。警察巡视人群的目光，似乎比平时更加专注。

正走在从西口通往七号环线的大街上的杜丘，看到前方两人一组的警察正朝自己走来，心中一惊。周围没有可供藏身的巷子。就算整个东京都的范围内都拉上了警戒线，可头像照片毕竟还没有张贴出来。举止可疑、一米七以上、身穿薄料蓝色西装的男子——通报上的内容想必不过如此。

和警察打个照面也未必就能被认出来，不过杜丘对自己是否“举止可疑”并没有自信。

据说一线的警察在人堆儿中搜寻通缉犯的窍门，凭借的就是观察对方看到警察时的眼神变化，以及受到盘问时的肢体反应。

他像被吸进去似的走进一旁的咖啡馆里。点了咖啡，身上的钱只够喝杯咖啡的。咖啡端上来后，他用双手捂着热腾腾的咖啡杯取暖。冷冰冰的心得到了些许温暖，可凝视着满勺的浓稠液体，又觉得它酷似自己内心的黑暗。

长着一双长腿的警察从门外走过。

杜丘从未感觉警察的形象会这般可怕。还不光是警察，人群中的每一个人都是如此。就凭人群中有人用手一指，对某一个特定的人大声指控，很快，被指到的这个人便被打上烙印，落个人生惨遭断送的下场。这就好像恐怖的政治阴谋一般的噩梦，在街头角落里闪动着恰似植物子叶似的黑色眼睛，等待着牺牲者。

我成了逃犯？杜丘在心中默念。之前的人生消失在黑暗的尽头。他想，迄今为止，遭到自己指控的、经历了与自己眼下所体味到的相同恐惧感的罪犯，总有好几十个了吧。这些人当中，或许有的人也是因为这样或那样的恶意或者牵强的证言证据而被冤枉的。足以想见，这些人唯有通过逃亡才能挣脱强加于他们身上的锁链，为了获取逃亡所需的资金，或者出于饥饿所迫，便不得不铤而走险，在泥沼中越陷越深。

留给杜丘的也只有这一条路。不逃就会被人当成罪犯。他必须尽全力逃亡，然后查清究竟是何人设下的圈套。这需要一笔资金。而为了筹措资金，除了以身试法之外，别无他途。

他站起身，打了个电话。对方很爽快地答应了见面的请求。

这么做未必保险，可杜丘为了获得一些逃亡的资金，也只能用这个办法了。

他出了咖啡馆，小心谨慎地躲着警察，前往千早町。

看到写着江藤信吉的门牌后，他按响了门铃。

他被引进了客厅，不一会儿，江藤就走了进来。

“哎呀——”年过五十的江藤眯起镜片背后的眼睛，显出狡黠之相。

“没想到，杜丘检察官能光临寒舍。”

“我有些私事……”杜丘将视线从江藤身上移开，“碰巧到附近办点事……”

“哎呀，您能来真是太好了。”江藤满脸堆笑。他有个特点，越笑就越会显出凶相。“咱们喝上一杯怎么样？”

“可以。”

看到江藤拿出威士忌，杜丘点了点头。

“我是刑事案件的律师，您是承办检察官。可是，我们在这里绝对不谈公事，呵呵。”

“同意。”

江藤的言下之意很清楚：喝喝酒，谈天说地一番，然后拜拜。杜丘从装满杯子的琥珀色液体中感受到了屈辱。但是，这个液体在灼烧喉咙的同时，也顺带灼蚀掉了郁结在食道中的呕吐感。

“很爽吧？”

杜丘心里清楚得很，江藤嘴上说“很爽”，而心里却在说“你脸色好差啊”。

“我告辞了。”

杜丘饮尽了杯中酒，说道。才过了不到五分钟。

“那好吧……”

江藤并不挽留，一直送到玄关。

杜丘点头行礼。

“杜丘检察官……”

等杜丘转过身，江藤将一个纸包递到他的面前。

“您忘了件东西。”

杜丘默默地接过纸包——沉甸甸的。

他来到街上，寻找旅馆。他发现了一家庭院葱郁的旅馆，便走了进去。被领进房间后，叫了啤酒，他边喝边打开了纸包，里面有一百张面额一万日元的钞票。

明天一到，江藤就会知道，自己是个在案潜逃的抢劫强奸犯，到了那会儿，他非把肠子都悔青不可。想到这儿，杜丘发出会心的一笑。这笑发自于仿佛冻成一块僵石的内心，透着一股寒气。这种深寒之感犹如置身于风雨交加的荒野，非一般的孤寂所能形容。终于，自己犯下了渎职之罪。不，自己已经不再是检察官了，那么，此举又该当何罪呢？

收取的这一百万日元，是某桩案件的嫌疑人、一家公司的老总交给江藤用于打点关系的资金。江藤曾多次私下里拉杜丘去喝酒，都被他拒绝了。检察官和律师一起喝喝酒谈不上是什么违法乱纪的行为，可是，这关乎负有确保司法公正之职的执法人员的自尊。

自己不愿意堕落到跟一个无良律师勾搭成奸的地步。

不足半日的逃亡已使这种正义感布满灰尘、面目全非。真是惨到家了，他落寞地想。被追击的人是没有正义可言的。正义也好、法律也好，只在追击者一边。杜丘知道，自己的身体已经刻上了刺青，再也抹消不去的刺青。

杜丘心里很明白，自己已经失去了明天。

而且，还包括过去……

女佣进了屋，说“我们这儿有年轻姑娘”。杜丘回绝了。用讹诈来的钱买春，他对这种事儿毕竟还心有抵触。他觉得，这不过是一点良心的沉渣罢了，这种抵触感早晚会在逃亡的过程中消失殆尽。

刚在地板上打了个盹儿，就被一个短梦惊醒了。他梦到，在茫茫人海中，水泽惠子正用手指着自己。

水泽惠子。

想破脑袋也无法化解的苦恼再一次袭来，不停地抓挠着大脑的内壁。

水泽惠子也好，寺町俊明也罢，自己都跟他们素不相识，因此只能认为，一定有人事先收买了这两个人，唆使他们去报假案。

杜丘正在调查的案件有四宗。其一就是江藤律师提出贿赂的那宗，因此，这一个可以去掉。剩下的三件中的两件，都没有严重到非要把检察官诬陷成罪犯不可的地步。要说有可能性的，就是这最后一件了。

八月二十九日，身为厚生省医务局医政课技术官员的朝云忠志，死在世田谷区自家的院子里。经查，他是吞服了毒药阿托品。从各方面情况来看，警视厅搜查一课的矢村警部认定，案件属于自杀。唯独杜丘力主此案有他杀的嫌疑。警视厅做出的判断，不是一名检察官说推翻就能推翻的。因此，他单枪匹马地展开调查，以期找到真凭实据。

人死的前一天晚上，朝云家来过三位客人，一直耗到将近凌晨三点。这三个人分别是：厚生省药政课课长北岛龙二、朝云的同事青山祯介，以及东邦制药的营业部部长酒井义广。

杜丘将重点放在了酒井身上。在被控抢劫的那个晚上，他就是在跟踪这个酒井。酒井收买了水泽惠子与寺町俊明陷害自己，这么推测未尝不可。不过，多少有些牵强附会。

警视厅认定为自杀，未予立案。这种情况下，仅凭一名检察官单枪匹马地调查，要想找出他杀的证据，简直难于上青天。即便酒井就是凶手，他也没有害怕的必要。只要还没有找到一鳞半爪的证据，杜丘就没有能力动用搜查指挥权差遣矢村。对于这一点，那帮家伙还是清楚的。更何况，跟踪调查才刚刚开始。

可他们还是出手了——如此看来，杜丘所进行的包括跟踪在内的一系列行动，还是在某些地方逼近了此案的要害，虽然杜丘自己根本没有意识到。

——会是这样吗？

任凭再怎么天马行空、再怎么大胆地想象，还是看不到一丝的端倪。

可是，事情也只能这么解释了，否则便无从推测谁是幕后主使。因为，这怎么看也不像是以前调查过的罪犯所进行的报复。

——只能从水泽和寺町身上寻找答案了。

黑暗中，杜丘目光炯炯。

当初，自己尚存一线希冀，以为是那两个人认错人了，只要找他们问个明白，问题便迎刃而解。然而，自己家里冒出了那些所谓的被抢钞票，从那一刻起，这种希冀便灰飞烟灭了。进行搜查之前，那个眼如鹰隼的矢村，还有目光威逼的伊藤检察长，一定把两个报案人都盘问了个底朝天。这种情况下，杜丘再去追查这两个人，也不可能轻而易举地撬开他们的嘴。很显然，一旦坦白就会被追究报假案的罪名，因此，他们肯定会摆出强硬到底的架势。

不过，明知如此，杜丘也只能奋起反击了。幸运的是，还有从江藤那里讹诈的一百万日元，用这笔钱可以逃上好一阵子。不论他们愿不愿意说，都要不择手段地撬开他们的嘴。出来反击的风险很大，也许会落入矢村布下的罗网。这家伙肯定已经埋伏好了。虽说被逮住了反击也就无从谈起，可这么一直逃下去的话，冤情就永无洗清的那一天了。

危险不在话下。虽然对遭到围捕后自己能否全身而退并无自信，可也总不能像怯懦的狐狸那样一味战战兢兢地躲在洞穴里。该出手时就要出手。内心只是一匹被卸去利爪的瘦狼，对于跟警视厅抗衡会有多少胜算，自己并无任何的底气。可是，也只有放手一搏了。再者说，倘若能攻破两人诬告的壁垒，也许就能揭开隐藏其后的厚生省医务局药政课与制药公司之间那吞噬了自己的惊天丑闻。

受到伤害的杜丘，在黑暗中闪动着平静而充满斗志的目光。

4

现任检察官化身抢劫强奸恶魔——杜丘看到报纸上的这则大标题，是在第二天的清早。报道几乎占据了半个社会版。

刨根问底式的报道背后，记者的言外之意很明显，矢村下了逮捕令却又不给犯人戴上手铐，这分明是自导自演的假搜查。

报纸登出了人像。杜丘扔掉报纸，往前走去。人像登出后的头一两天是极其危险的。

报纸上的照片常给人一种与本人似是而非的印象。特别是抢劫强奸之类凶犯的照片，人们看照片时往往带有相当的成见，总觉得照片中的人面相凶恶，怎么看怎么像犯罪分子。而实际上，等见了真人，很多时候反而会觉得此人慈眉善目。到头来，这种错觉会救了逃犯。可杜丘对自己的面相却没有信心。他心里清楚，区区三天，自己已然开始面带凶相了，脸上的憔悴也加深了这种感觉。他觉得，自己跟照片里的人像极了。

他在电影院和弹子房里消磨了一整天。杜丘以前从不打弹子，进去后才明白，这玩意儿真能打发时间。而且，杜丘回想起，还从未见过有哪个罪犯是从弹子房里被抓走的。

晚报上登出了后续报道。警视厅和检察厅分别发表了声明：坚决不护短，誓将在逃检察官捉拿归案。而吸引杜丘目光的，则是另外一篇报道：两位证人为了躲避媒体，均搬出公寓，去向不明，故无法进行采访。

玩失踪了……

刹那间，他觉得很无望。连报社记者都不知去向的人，自己一个逃犯，又能有什么招儿呢？话说回来，隐去行踪的理由又是什么呢？被强奸的水泽惠子这么做尚属情理之中，她是为了躲避报纸和周刊的纠缠，而身为一个大男人的寺町俊明，又有什么必要这么做呢？警方对此丝毫没有提及。他们是把去向告诉了警方，还是说连警方都瞒着，偷偷躲了起来？

杜丘心想，这下麻烦大了。反击的第一步过早地出师不利。这样一来，第二步便无从谈起。

——要不，到公寓管理员那儿去打听打听？

要说从哪儿还能得到点线索的话，那就非公寓管理员莫属了。就算不知道搬到哪里，但搬家公司的名字总该记得一些吧？

第二天等了一整天，时近午夜，杜丘来到水泽惠子曾住过的新宿西大久保的公寓。从歌舞伎町进入旅馆街，走到尽头，便看到了这座斑斑驳驳的砖泥造二层公寓楼。他以为警察早已布下了天罗地网，便小心翼翼地靠近那栋楼，可是怎么也看不出有警察布控的迹象。矢村怎么可能不在这个地方张网以待呢？他觉得其中有诈，便过其门而不入。可往深里一想，矢村再怎么怒火中烧，他渴望的猎物毕竟还是杀人犯。对于偷鸡摸狗的“小人物”，他大概不会盯住不放、死缠烂打的。

他豁出去，敲响了大门口的管理员室的门。里面出来的保不齐就是刑警，他做好了逃跑的准备。开门的，是一个年逾六十、样子看上去很倔的老人。

“您是管理员吗？”

往室内飞速瞥了一眼，没发现有别人。

“我就是房东。你是哪一位？”

“我有话说。”杜丘说着，硬生生挤进门里，“您不用担心，只是跟您打听点事儿。”

“我没什么好担心的。要论打架，你这样的不在话下。”

老人绷着脸说道。

“不瞒您说，我就是被控告到您的公寓进行抢劫的原检察官。”

他在试探老人的反应。如此单刀直入是有原因的。老人似乎过着独居生活，所以他有一种预感，报纸杂志刨根问底也没能打听出人的下落，就算老人知道点什么，可要是话不投机，那也休想叫他开口。他认为，要想套出答案，唯有做到开诚布公。杜丘在检察官的生涯中学到，自亮家丑有时能起到打动人心的效果，对倔性子的人尤其如此。

“是这样啊，那就上来吧。”老人似乎并不怎么惊讶，稍顿片刻后，扬了扬下巴，“说吧，想打听什么？”

“是关于水泽惠子的事。”

“我什么都不知道。跟警察和报社记者也是这么说的。”

“警察也在调查她搬到哪儿去了吗？”

总觉得有些不对头。

“看着像。不过，你怎么想起要找水泽惠子的……”

隔着小炕桌，老人用枯槁的目光盯着杜丘。

“我是被冤枉的。”

“这个我知道。”

“您说……您知道？”

“我对看相识人略通一二。再说了，犯人是不会找水泽惠子的。不过……”老人截住话头，看着杜丘，“你也是个有勇无谋的人。这会儿，警察正往这儿来呢。”

“警察！”

杜丘欠起身子。

“你要跑吗……”

“我不想被他们抓住。”

“那倒也是。可人家想抓你啊，每隔二十分钟……”

老人闭上了嘴。传来自行车捏闸的声音。杜丘拎起鞋子，冲向窗边。老人打手势拦住了他，指了指壁橱。事发突然，杜丘一时犹豫不决，这时响起敲门声，他决定听天由命，钻进了壁橱。假若老人想出卖自己，那就只好束手就擒了。

心脏跳动剧烈，他甚至担心自己的心跳声会传到站在门口问话的警察的耳朵里。

门关了，听得出自行车骑远了。杜丘钻出壁橱。

“好了，这下我也成了同案犯了吧？”

老人压低嗓门笑着说。

“是这么回事儿。”

“我看政府那些人不顺眼，偏这么干……”

老人嘴上这么说，眼神里却闪现着说不出的落寞神情。

“多谢您帮了我，改日……”

“得啦，”老人说，“反正天天都闷得发慌。不过呢，我知道的也不多啊，水泽惠子是九月九号搬到这儿的，九月十九号就搬出去了，也就这么些了。”

难道说，九月九号搬过来，十二号遭到抢劫，十七号在新宿站向警察指认罪犯，十九号就失踪了？

这可不是什么巧合，事先设计好的迹象很明显。

“您知道她搬家时用的是哪家公司吗？”

“哪儿用得着搬家公司啊。她来的时候手里就拎着个包，走的时候还不是拍拍屁股就走人？她好像说过，两口子吵架，要分开过一段日子。我想是人家也许又和好了，不愿意再招惹上报纸啊杂志什么的，所以才避风头去了。”

“原来是这样……”

如此一来，便到了山穷水尽的地步。这就等于用手捯线，可捯到一半，线被掐断了。警察也想不到人会消失，一定没有对户籍认真核实。一般情况下，受害人笔录里只填写现住址及职业、年龄。

眼下，水泽惠子隐匿了行踪。不过，既然是女方因为夫妻吵架搬到这里暂住，即便她报案时用了化名，考虑到个中缘由，那也没什么好大惊小怪的。受理她报的强奸案时，亦是顾及了她的这个隐情。

可是，寺町俊明也失踪了。杜丘家中发现了被抢的钞票，那又为什么不加大力度搜寻两个人的行踪呢？还是说，正在暗中布局？

“检察官先生。”老人的目光像看自己的孙子那般柔和，“我一直以为水泽惠子是受害者，不想给她以后惹麻烦，所以，有件事我跟谁也没提过。”

“什么事？”

“腾屋子的时候，我瞅见了她包裹上的地址。”

“地址上写了什么？”

“石川县能登半岛的西部不是有个景点，叫能登金刚吗？那儿有个叫生神的村子。收件地址就是那儿。我的老家就在从那儿再往前的轮岛，所以记得很清楚。”

“您看到收件人的名字了吗？”

“我只瞅了眼地名。”

“您能告诉我这些真是太好了，非常感谢。”

杜丘深深地鞠了一躬。他忽然觉得，老人的身上颇有一些侠义之气。要跟正被警察追缉的流窜分子打交道，哪怕看上去不像是个罪犯，那也非得有些侠义之气才行。

从不断下沉的绝望之渊中看到一线曙光的杜丘，感觉自己就像是一匹渴望他人恩施的野犬。不过寥寥数日，身上却已散发出走投无路的野犬的气息。今后，自己这只野犬在追踪之路上能跑多久呢？

他千恩万谢一番，来到了屋外。

杜丘走进一条窄巷，打算往新宿站方向去，便向左拐。突然，看到一名骑自行车的警察从大楼的拐角冒了出来，不禁感觉身子一颤。跑的话就会引起怀疑，再说也无路可跑。还没想好怎么办，警察已经骑到身边，用手电筒迎面照过来。杜丘闭上眼睛，用一只胳膊遮着，把脸侧向一旁，感觉全身的血都在往上涌。可是，警察什么也没说，咔嗒咔嗒地蹬着车子离开了。

第二章 延伸的魔爪

1

到达能登半岛根部的羽咋，已是日暮时分。半岛的西部尚未通铁路，在此只能转乘大巴。

车窗外，黄昏中的日本海时隐时现。海上似乎要变天。十月仅剩下最后的四天了。海面上，铅灰色的浪涛挟裹着入冬的气息，一切都显得很黯淡，满目萧索。

这个季节大概是见不到几个游客的，大巴上为数不多的乘客看上去都是当地人的模样。

杜丘把头倚在车窗上。车子穿行林间，公路两侧的树木都是矮矮的，使人产生了错觉，以为整个半岛就是个盆景。也许是日本海气候的严酷冬季抑制了树木的生长。

能登金刚有一家旅店。这家叫金刚的旅店像是一只白色的海鸟，栖息在悬崖峭壁的顶端。

他走进了旅店。

从房间里往外看去，大海尽收眼底。弯弯曲曲的海岸线绵延伸展，最后变成小小的突起，那里就是陆地的边缘，再往前便是茫茫大海。

他叫人送来啤酒，凭窗啜饮。这样的饮酒观海，让他忽然产生了一种错觉，仿佛自己是到这里来出差办案的。他没有因此而感慨万千，只是感觉记忆的某个角落被什么东西扎了一下。区区数日之内，自己的过去便已飘逝到了遥不可及的远方。

这就像海市蜃楼。海市蜃楼是观者想象的折射，想象它是什么样子它就是什么样子。对于现在的杜丘来说，身为检察官的日日夜夜不过是摇曳在记忆中的蜃景。

不仅是对于检察官这种职业，刑警也好、普通的工薪族也好，莫不如此。所谓职业，不过是铁打的营盘流水的兵，终归是靠不住的。稍有不慎，即刻便会被权力、金钱，甚至家庭所抛弃。往昔便成了飘摇的蜃景。可以说，等在前方的，只有追逐与被追逐的艰辛之旅。而且，杜丘所踏上的，是一条绝望之路。

就算明天能见到水泽惠子，步步追问后能迫使她坦白这是有人布下的圈套，回归检察官的职位也依然无望。从江藤律师那儿讹诈的钱，已在心里烫上了烙印。自己的明天已被自己亲手葬送。

——真的能让她坦白吗？

就连这一点也做不到胸有成竹。水泽惠子回到了这个地方，这大概不会有错。若是和闹分居的丈夫破镜重圆，她不会把包裹寄到这里。这里估计就是她的娘家，她回到这里的目的，大概是打算躲在娘家避一段时间的风头。

可是，见到她后，该如何逼问呢——他清楚，直来直去是行不通的。即便是真凭实据摆在面前，女人也可以做到面不改色、死不认账。他觉得，相对于真凭实据，更要紧的是唇枪舌剑的本事。与男人不同，女人轻易不会让步。不，也可以说，男人容易让步是因为男人讲理性，不能否定规则，而女人则是超越了理性的。

何况杜丘如今已经不是检察官了，不过是一名正被警察追踪的逃犯。可以想象，她极有可能抓住这一点反戈一击，以报警相威胁。

从海上传来隐隐的冬日轰隆声，犹如远方的雷鸣。

第二天是二十七号，他一大早就离开了旅店。

生神是个小村子，像是由天而降，扣在海边的断崖上，树荫处散落着东一座西一座的农舍。

他绕开村公所。听说警视厅也在寻找水泽惠子，切不可掉以轻心。他们也许已经调查出水泽的娘家了，正在守株待兔。

他装出大大方方的样子向在地里做农活的村人打听。那个人想了一会儿后，告诉他，没听说过有这么个人。他又到二四九号国道沿线的杂货铺去打听，得到的回答仍旧是没听过水泽惠子这个名字。杜丘发觉，稀稀落落的农舍散落的范围，要比想象中大得多。

海面上起了风，由西向东吹过半岛。嘴里吹进了沙子，感觉扎扎拉拉的。

一连问了好几个人，都异口同声地说，这里没有人姓水泽。

——还真的是化名啊。

他并未感到特别的失望，因为对化名早就有心理准备。公寓的房东看得很清楚，收件地址就是这个生神。不管是不是化名，水泽惠子来到此地的可能性还是很大的。既然没有水泽这个姓，那就只好打听有没有不久前从东京回来的、二十七八岁的女子了。有一种说法，化名往往取自真名的谐音，可杜丘并不相信。临时起意不好说，可在有预谋的情况下，是绝不会这么做的。

发现了一个特征相符的女人。“莫非是附近的加代小姐……”一个在田里做活的老人这么说。好像是五六天前刚从东京回来，年龄相仿。老人热情地告诉他，今天一清早她们家人就外出旅行了，要在外头住一宿，加代小姐估计会留下来看家。

他谢过老人，按照指引找到了加代的家。

那户人家围绕在一片防风林之中，看上去像是农舍，门牌上写着手塚民雄这几个字。他朝房里打了声招呼，但没有回应。

不知什么地方传来一声猫叫，后栅栏门那儿发出一阵声响，随后又归于静寂。院子里，一只鸡歪着脑袋瞅着杜丘。隔着防风林能听见风的呜咽声。

他又喊了一声，随后推开玄关的门。水泥地的门厅很宽敞，左边是铺地板的起居室，装了一个地炉。透过微开的隔扇缝隙，可以看到起居室里间内铺着榻榻米的房间。门缝里横着一只女人的光脚。

朝那女人喊了几声，却听不到任何反应。

她一动不动。

杜丘仿佛被钉在了地上。女人的脚纹丝不动。她死了——想必如此。因为即使只是通过门缝看到了一部分景象，对死亡的真切感受仿佛也都浓缩在了那片雪白的肌肤上。

两条腿微微发抖。并非出于看到尸体后的惊骇。包括死状惨烈者的尸体在内，他见过的尸体早已不下几十具了，连解剖现场都见识过。这就是检察官的工作。这还不算，在东京都的监察医务院里，还见过死者血淋淋的脏器横飞：心脏、肺，这类东西切下后，被人一扬手就扔到了天平上。不消片刻，解剖即告完毕。解剖一只兔子也没这么快的。

腿脚发抖是另有原因的。如果这个人就是加代，一路追踪至此，到头来却成了泡影——这种不安使杜丘打心底里发颤。

只剩唯一的证人了……

他走进房间。女人的确是死了，是被勒死的，脖子上绕着两圈丝袜。杜丘注视着那张因淤血而青紫的脸。水泽惠子——尽管有些脱相，但对这张脸还是有印象的。不错，正是这个女人在新宿的人潮中声音高亢、近乎歇斯底里地指控自己抢劫强奸。他摸了摸她的身体，还是柔软温热的，还没有死人特有的那种冻铅一般的冰凉。

杜丘呆呆地俯视着尸体。有人抢了先。水泽惠子被除掉了，如此一来，洗清冤情的途径便不复存在，随同尸体永远地消失了。还剩下一个寺町俊明，他最后可以推说“也许是认错人了，记不太清了”，便可全身而退。纵使能让他作证是认错了人，那也无法洗清奸污水泽惠子、抢夺财物的冤情。

——杀人的会是谁呢？

隐形敌手的阴谋使他渗出了冷汗。

杜丘掉头往回走。此地不可久留。万一被人撞见，就更有口难辩了。

刚要跨出房间，他瞥见了柱子上的邮件袋。里面有几张明信片，那上面“手塚民雄先生、横路加代女士”的字样吸引了他的目光。寄件人是北海道样似郡小海边的横路敬二，时间是九月二十二日，通过千岁邮局投寄。他将明信片装进衣兜里。

那只鸡还在歪着脑袋。

来到国道，上了大巴。杜丘在大巴上读了明信片，内容简短。

一回到家乡，便被大自然的雄伟所震撼，至今无法平复。无边秋色美不胜收，照这个样子，我的病很快就会好转，咱们二人重聚的日子为期不远了。睡觉时盖好被子，切勿着凉。

内容只有这些。

用不着从字面上判断，横路敬二与横路加代，也就是水泽惠子，看起来是一对夫妻。婚后在东京生活，可是横路患了病，需要异地疗养。因此，他回到了故乡北海道，而妻子回到了娘家……

且慢，这个叫横路的人，难道不会是隐匿行踪的寺町俊明吗？杜丘突然感到了小小的冲击。即便是生了病需要异地疗养，那这一对夫妻为何要各回各的老家呢，这不奇怪吗？无论出于什么样的原因，这都不可解释。病人总需要有人陪护的……

——这两个家伙真的是夫妻吗？

杜丘若有所思地将目光投向车窗。水泽惠子和寺町俊明所住的公寓都在同一区，而且，在同一个晚上间隔很短的时间内遭劫；两个人还同时失踪。要说是巧合，那就巧得过分了。

横路夫妇被什么人收买了，分别用化名住进公寓；达到目的后，各自潜回老家观望，等待风头过去……

——危险！

杜丘在心中叫道。收买他们的人已经杀掉了水泽惠子，接下来，魔爪就该伸向寺町俊明了。等到把两个人都杀了，他们的隐身雇主也就真正做到了不留痕迹。

想到这里，杜丘猛地朝四下里张望了一下，感觉似乎有人在监视自己。凶手杀掉水泽惠子的目的，并非单纯为了灭口，而是在杀人灭口的同时，伺机将罪行转嫁到杜丘头上——只能叫人这么想了。凶手刚杀了人，尸体还没有冷透，而杜丘偏偏在这个时候到了现场。凶手就是在那一刻从后门溜走的。

他感到，自己的脸上慢慢失去了血色。要知道，包括杂货铺子的人在内，自己向好几个人都打听过水泽惠子。杜丘这才恍然大悟，自己糊里糊涂地再一次落入了圈套。在外人看来，杜丘具有无法推脱的动机：因为水泽惠子提出了抢劫强奸的指控，自己为了报复，便去追杀她……

大巴的乘客中，未发现什么可疑的人物。

——杀人嫌疑。

随着全身的血液回流，心头慢慢地压上了一块重物。如果杀人嫌疑成立，那就要被公开通缉了。到时候，全国的大街小巷都会贴满通缉令，这种情况下，自己岂不插翅难飞？逃到哪里才会有安全地带呢……

——哪里会有什么安全地带啊！

他徒然地在心中默念。本来就是以抢劫强奸的嫌疑在逃，现在又加上了杀人嫌疑，那就再也不会有自己的立足之地了。杜丘对此心知肚明。他面对的是强大的国家权力，它倾巢而出，对自己张牙舞爪。机场、车站、码头、饭店，还有人群里，任何地方的任何角落，都会闪动着虎视眈眈的搜索目光。

杜丘试着推算自己还剩下多少时间。关键是尸体什么时候会被发现。据说这一家人外出旅行去了，要住一宿才回来。如果此话当真，那么，尸体也许在明晚之前还不会被发现。到了明天晚上，警察才会上门，推定死亡时间，开始走访。不出一个小时，他们会掌握杜丘的体貌特征。本县自不待言，邻近各县也会实施紧急戒备。同时，还会向横路加代曾经居住过的东京发出通报。

杜丘的愁眉略微舒展了一些。横路加代住在何处虽不得而知，可他们夫妇二人离家后，分别用化名住进公寓，然后再次出走。即便是警视厅也不可能那么快就能把住在新宿公寓的水泽惠子联系进来。只要不牵扯到水泽惠子，杜丘的存在便会无人知晓。

就算有人串门使得尸体提前被发现，紧急戒备所依靠的线索不过是些一鳞半爪的体貌特征，似乎也不足为惧。

——应该去趟北海道。

杜丘下定了决心。以目前的处境，这是唯一该走的路。在杀手的魔爪触及横路敬二之前，在被以杀害横路加代的嫌疑遭到通缉之前，这是留给自己的最后机会了，必须破釜沉舟。要是横路敬二再被杀掉，虽说不至于彻底无望，可是所有的证据就会灰飞烟灭了。

在羽咋换乘国铁，从小松机场飞回东京，再乘喷气机飞到北海道，这是最快捷的路线。是否会成为永远的逃亡者，取决于能否先于杀手找到横路敬二。

2

“我还是无法相信。”

伊藤检察长按着额头说道。苍白的前额上留下一些浅浅的指痕，诉说着他的困扰。

“不管你信还是不信，都已经无关紧要了。”

矢村警部冷冷地说。

“那个横路加代，真的是杜丘杀的？这个杜丘……”

伊藤又重复了一遍。搜查住处是秘密进行的，不仅没有申请搜查令，参与者还是不同部门的人。由于杜丘的逃跑，报纸对这一点咬住不放，认为背后必有文章。公众舆论亦是一片指责。伊藤被总检察长叫去臭骂了一顿。上头下了严令，为整肃纲纪、查明罪行，务必全力以赴、逮捕杜丘冬人，还说倘若不能尽快捉拿归案，检察厅就会威信扫地。

伊藤每天必去警视厅。虽说东京地方检察院成立了特侦组，已经部署妥当，可当务之急还是逮捕杜丘，而非调查，这就必须借助矢村的力量。矢村看到伊藤并无好脸色。但凡上了铐子，人就不会跑掉，因此，伊藤也只有忍气吞声了。

如今证人又被杀了。伊藤的脸色难看得像得了重病。

“今天之内就得逮住那家伙。”

“今天之内？这办得到吗？”

“没的说。”

矢村侧着身子，点了点头。

接到石川县警的报告是在昨天，也就是二十七号的半夜。将手塚家的位置告诉了杜丘的那个老人晚上想去他家唠嗑，结果发现了尸体。县警经过一番查访，得知有个男人曾四处打听一个叫水泽惠子的女子的住址。探员中有人看过报纸，还记得水泽惠子这个名字。县警不清楚水泽惠子跟横路加代是否为同一人，因此，将指纹发给了警视厅。该指纹与受害人提出抢劫强奸指控时在笔录上留下的指纹相同。警视厅遂将杜丘的照片传真过去，请证人辨认，得到的答复是，此人正是打听手塚家的男子。从玄关处采集的指纹，也证实是杜丘的指纹。

矢村发话了，今天之内便可将其捉拿归案。县警将尚在旅行的被害人家属叫了回来，询问后得知，加代的丈夫正在北海道养病。明信片上应该写有地址的，可明信片却找不到了。矢村闻讯后判断，杜丘正在前往北海道。倘若如此，横路敬二与寺町俊明或许就是同一个人。根据手塚民雄的证言，对横路居住的品川区的住址进行了调查。查阅居民登记表后发现，此人的原籍是北海道样似郡的小海边。

通报业已向道警发出。石川县的刑警也肯定上路了。各方已严阵以待。

“话又说回来，矢村君，就算杜丘蓄意报复，可报抢劫案的两个人是夫妇，却不住在一起，还都用了假名字，这又该如何解释呢？”

“蹊跷肯定是有的。可是，那家伙毕竟杀了人。”

对于抢劫或强奸之类的龌龊犯罪，矢村一贯不屑一顾。杜丘有负自己的信任而一逃了之，固然叫人气愤，可矢村并没有积极参与抓人的心气儿。反正，那家伙早晚会落个灰头土脸地被某地的警察捉拿归案的下场。但是，杜丘杀人了。虽然不在自己的辖区，可凶杀案毕竟属于矢村的领地。矢村眯起眼睛，仿佛看到一面快意复仇、一面辗转逃亡的杜丘那长长的身影。此人的毅力超出想象。他想，万一道警马失前蹄，也许就该轮到自己跟这家伙较量一番了。

“横路敬二是何许人也，又是干什么的，这些都还没搞清楚吧？”

“这都是暂时的。只要道警抓到人，一切就都清楚了。”

“能这样，自然很好……”伊藤忧心忡忡地说，“我还以为你会去趟北海道。”

如果再抓不到人，伊藤真不知道该怎么向总检察长交代了。

“道警也不是吃闲饭的。”矢村撇了撇嘴说，“要不，你把你们特侦组的人带来，你来坐镇，如何？”

伊藤没有吭声。

3

看到电视上的报道是在九月二十八日，到达千岁机场的第二天早上。杜丘趁等火车的这段时间进了咖啡馆，在那里看到了电视。

石川县一名已婚女子被杀

看到这则插播的新闻字幕，杜丘身子一紧。没想到发现的时间居然会这么短，关键是接下来电视上会怎么说：自己到处打听水泽惠子，是否引起了怀疑？还有，石川县警对于杜丘的情况已经掌握到了何种程度？

石川县能登半岛的生神，一名年轻的已婚女子在日间被杀。昨天，也就是二十七号下午六点左右，住在同一镇子上的农户五十川平治先生到邻居手塚先生家串门，发现该家的二女儿、从东京返乡的二十六岁的横路加代女士被人勒死。

据县警方面的调查，当天中午左右，曾有一名男子在附近徘徊，打听一个名叫水泽惠子的女人的住址。五十川先生证实，该男子身材高大，年龄三十岁上下；他告诉该人，这一带没有姓水泽这个姓的，不过，邻居家的加代女士似乎符合他要找的那个人的特征。于是，该男子道谢后前往手塚家。

现已推测出死亡时间为该男子来到此地后的下午一点左右。

另外，对于该名可疑男子，县警在警视厅的协助下，已于当天夜间成功查明其身份。此人即为近来引起热议的在逃检察官——原东京地方检察院刑事部检察官、三十一岁的杜丘冬人。杜丘被指控于上个月十二号的深夜，闯入新宿区一名叫水泽惠子的女性家中劫财劫色，遭到警视厅的逮捕，在前往其家中搜查的过程中伺机逃跑。警方经过调查后认为，杜丘为了泄愤，对该女子进行追踪后将其勒死。从手塚家玄关的玻璃门和推拉门上均发现了杜丘的指纹，据此断定，命案确为此人所为。

本应严于律己的现任检察官，不仅犯下抢劫强奸的罪行，还伏案潜逃，穷凶极恶地图谋报复，这招致了检察当局的一片混乱。总检察长已严令务必火速将其逮捕，并在东京地方检察院内部成立了特侦组。同时，警察厅亦对警视厅的疏忽进行了严厉惩戒，并指示尽早逮捕人犯，以挽回警方的威信。

此外，被杀的横路加代女士住进新宿的公寓时使用了水泽惠子这一化名，在控告杜丘的同时，与另一名报案人、名为寺町俊明的男子几乎在同一时间隐去行踪，因此，检察当局认为其中必有蹊跷，杜丘的抢劫强奸嫌疑也不能说没有疑点。

横路加代的丈夫横路敬二先生目前去向不明，县警正在搜寻之中。

听播报时，杜丘一直侧着脸。窗外是北海道特有的金黄色的秋日艳阳，光耀夺目。

——总检察长，再加上警察厅……

他喃喃自语。像毒蛇一般永远冷面的矢村好像就在眼前，统率追兵的兴许就是他。已经轮不上县警唱主角了。既然事关检察当局和警视厅的威信，那么，挑大梁的非矢村莫属。

眼前是一幅活生生的景象：矢村瘦削的面颊蕴藏着怒火，不遗余力地穷追猛打，令人不寒而栗。

女侍应送上水来，杜丘故意扭过脸去，装作在欣赏街景。自己的大头像刚刚上了电视，要是她万一大呼小叫起来……想到这儿，他冷汗直流。

冷汗也在诅咒自己的愚钝。自己还以为警视厅需要几天时间才会查清横路加代就是水泽惠子，可事实上，人家当天晚上就搞清楚了。当初自己并未多想，便到处打听水泽惠子的住处。谁要是记得曾有人打听水泽惠子，那么，连小孩子都会明白，杀人凶手自然就是杜丘。自己紧张得连这一点都没顾及，实在是太鲁莽了，冷汗有一半就是为了这个流的。

他感到一种不再相信自己的恐惧，觉得指不定什么时候就会干出蠢事而身陷囹圄。

可是，警方为什么通报说不知道横路敬二的去向呢？杜丘敏锐地捕捉到这一疑点。要说加代的家人不知道横路的老家，这未免不近情理。再者说，警视厅既然掌握到了这种程度，他们不可能不去调查横路的户籍。

——不公布是为了布下迷魂阵？

眼角深处的阴影里，仿佛看到矢村一脸狞笑。

道警是打算瓮中捉鳖吗？

抑或说，横路在北海道的老家早就没人了，他是在朋友家或哪家旅馆里调养？要是这样的话，那倒还好理解。还可以这样设想：手塚家的人并没有看到横路从北海道寄来的明信片。

——不，绝对不是这样的。

杜丘骤然间感到一种焦躁，心里像是有一口钟在不停地敲打：危险，别去找横路！假如横路和寺町就是同一个人，道警和石川县的县警，再加上东京地检特侦组的那班家伙，都会等着打自己的伏击。弄不好，连矢村也会驾到……

——该怎么办才好？

不要自投罗网，快逃！心中一阵阵的狂乱。可是，逃到什么地方才好呢？杜丘这样反问自己。自己面对的是检察厅和警察厅——国家权力的集合，究竟该往哪里逃？所谓的安全地带，在日本的任何角落都是不存在的。非要说有的话，唯一的办法就是，证明自己的无罪。为了证明抢劫强奸是别人设下的圈套，就必须找出杀害横路加代的凶手。唯有如此，才能结束这无家可归、东躲西藏的逃亡生活。

可是，真的能揭开这层前途叵测、茫茫无尽的黑幕吗？水泽惠子已经被灭口了，要是横路敬二再有个三长两短……

杜丘站起身。绝不可再优柔寡断。只剩下唯一的一条路了。杀手没准儿已经在横路敬二的周围伺机而动。现在可不是患得患失的时候。为了活下去，无论如何也要比杀手早一步找到横路。

即便道警已经张网以待。

到收银台结账时，他依旧是将头扭向一旁。收银员是个二十出头的女孩子。她看了看账单，接过钞票，不知为什么，一个劲儿地盯着杜丘的侧脸。目光似乎发现了什么。杜丘的心里咯噔一下，这丫头该不会喊出声儿吧……

女孩儿一边不紧不慢地算着账，一边看着杜丘。

“谢谢光临。请一路小心。”

“谢谢。”

杜丘点点头，走了出去。

从千岁到了苫小牧，转乘日高本线。旅游旺季已过，车厢里空荡荡的。来北海道不是第一次了。学生时代曾用一个来月的时间，把整个北海道周游了一遍。不过就算是第一次，现在也没有游山玩水的心情。他往座位里一靠，闭起眼睛。

咖啡馆的收银员说“请一路小心”，是出于何种含义呢？这一点他始终挂在心上。这句话是纯粹对一名游客说的呢，还是对眼前这个刚刚从电视上看到的罪犯说的？

杜丘觉得，有可能是后者。她的语气听上去就是这么一回事。要是这样的话，从中就不难揣摩出平头百姓的普遍心理了。明知对方是个凶犯，却还要说“请一路小心”，这种心理在当检察官的那些日子简直是无法想象的。倘若碰到这种人，自己势必会义正词严地指责对方没有尽到举报义务。

他体会到一种支持逃亡者的平民心理。逃亡者未必全是罪犯。或许，正是因为有了这种小小的善意的支持，各有背景的逃亡者们，才能够忍受颠沛流离的生活吧？

“北海道的海岸线，可真乏味啊。”

对面座位上的一名半老的绅士向杜丘搭话。

杜丘勉强笑了一下，算是回答。他想一个人静一静。

“我叫大内，一个人从东京到这儿来旅行的。”大内操着关西口音做起了介绍，“老伴儿撇下我先去了。你也是从东京来的吧？”

“嗯。”

“你这是要去哪儿啊？”

“先到终点站……”

“我也是啊。打算今天晚上在样似町住下，明天从襟裳岬出发，途经黄金大道去带广。对了，我觉得好像在哪儿跟你见过似的，是不是咱们住过同一家宾馆啊？”

“是吗，也许吧……”

杜丘模棱两可地应了一句，然后将目光投向大海。除了浩瀚无垠以外，海上并没有什么可看的风景。杜丘不知如何才能躲开这个老人的纠缠，一时心里着急。

“早上的报纸看了吗？”

“还没。”

杜丘很怕老人又唠叨个没完。

“那正好，我拿给你看看吧。你听听，‘在逃检察官，终成杀人魔王’。”

“哦，这一篇啊，我已经看过了，您就别费事儿了。”

眼见大内要从行李架上拿行李了，杜丘赶紧拦住了他。他嘴部的肌肉发僵，说出的话像是挤出来似的。

“这样啊。”大内坐了下来，“要说啊，那个检察官，真是昏了头了……”

看到有了个聊天对象，大内似乎很高兴。

“嗯，可不是嘛。”

“可话又说回来，还不是因为当今整个社会都缺乏自律吗？我退休前在一家银行担任分行的行长，唉，都是过去的事儿了。那会儿，讲究的是‘现金限窗口结清’，你有没有听说过？”

“没有。”

“我就知道你没有。我们那会儿，要是柜上弄错了，多给了客人钱，哪怕数额再大，我们也不会向人家要回来。即便客人后来发觉了，主动把钱退回来，我们也坚决不收，还要对客人讲，本行是绝对不会出错的。这就是信用和气度。现在是今非昔比呀。记得是去年吧，我常去一家店，有一次那家店的老板到银行提现金，结果呢，本来要取六万多，可不知怎的，一下子变成了六十七万多。可等到老板到家一看，两个银行的人已经来家候着了，据说就差动手搜身了。等钱一到手，人家抬腿就走，就留了一盒千八百日元的点心盒子。”

“那可亏大了。”

话题越扯越远，这让杜丘松了口气。

“那个老板可被气坏了。虽说退钱也是天经地义吧，可我们那会儿，哪怕分行垮掉了，也不去会干这种下作的事。要是钱多给了就能要回来，那好，万一有客人回来投诉，说钱少给了，你还能不认账吗？你说是这个理儿不是？”

“那倒也是。”

老头的这话入情入理。

“都是因为这世道缺乏自律啊。要我说啊，在逃检察官头脑发昏也是被逼的。不过，我认为，身为检察官，对自己万不可姑息迁就，哪怕是自己犯了罪。否则，他怎么能有资格追究别人的罪呢……”

杜丘点了点头。

——是自己昏了头吗？

逃亡是为了躲避不白之冤，这能算是头脑发昏吗？然而，世人早已在杜丘身上烫下了罪犯的烙印。

“可是，我还听到一种说法，逃亡检察官是被冤枉的……”

大内还想就着这个话题说下去。

“人哪，无论是谁，都会被眼前的东西蒙蔽。说实在的，明天的事，谁也说不准。按说银行经理都是很有城府的，可他们也一样，有的人就是禁不住酒和女色的诱惑，结果只能跑路。有那么几次，我也眼瞅着就要栽了。现在想起来，我能安稳地干一辈子，不用东躲西藏的，还真是万幸啊。检察官这个行当，水还要深得多，那个人怎么可能知道明天会怎么样呢……”

——明天如何，谁也说不清，真是这样的吗？

杜丘将目光移向窗外。

列车沿着单调的海岸线一刻不停地疾驰。

车轮的声音显得绵软无力，在气势上与揭开真相之旅极不相称。杜丘觉得，那声音听上去很压抑，似乎预示着什么。

4

小海边位于海边川的上游。从地图上看，道路分成两岔，一条穿过郡界，通往幌别川，另一条沿艾萨满河、塔基那河扶摇直上，通向日高山脉。日高山脉发端于襟裳岬，连接皮罗罗峰、奥罗昆峰，从神威岳北上，将平原一分为二，小海边位处西南。

杜丘并没有坐到终点站样似，而是就近在一个小站下了车，足足提前了三站。还不清楚警方进行了怎样的部署，因而，他不得不绕开样似站。

转乘大巴进入样似时，已近日暮时分。从西样似的郊外顺着海边川的河滨道往上走，路的两侧是连绵开去的针叶林带，赤杨之类的阔叶树已经掉光了叶子。一到九月下旬，北海道便进入了初冬。这里没有深秋的概念，秋天的帷幕一落下，冬天旋即登场。

连个警察的影子都见不到，只是间或有运送木材的卡车驶过。后来，连卡车经过的间隔也都越拉越长。太阳开始落山，脚步声嗒嗒作响。

——横路敬二会在家吗？

这才是问题所在。他如果看了电视或报纸，没准儿已经动身前往妻子的娘家了。还有另一种可能，倘若寺町俊明和横路敬二就是同一个人，那他得知妻子的死讯后，反而会躲起来。因为他害怕的不光是杀害妻子的仇家，他还要躲避警方对真相的调查。而且，杀手——杀手并不是没有捷足先登的可能，就像横路加代被杀时那样。

不管怎么说，只能前去探个究竟了。以后的行动方案，要到时候才能定夺。

他竖起外套的衣领。路上已经映不出影子。正是寒气砭骨的时令。

沿河散落着一些村子。日高山脉的西南部是整个北海道降雪最少、气候最温和的地区。山脉挡住了北风，因此，阿伊努人的村落随处可见。眼前这几个稀疏的村落也都是属于阿伊努人的。

等天全黑了下来，杜丘才向一个阿伊努老人问路。老人没有开口，只是直勾勾地上下打量了一会儿，指了指上游的方向。他似乎对潦倒的人生牢骚满腹，那阴郁的表情令人印象深刻。杜丘并不感到怪异。以前在北海道云游时，这样的阿伊努老人见得多了。经常可以看到，他们的目光中时而带出一些冷酷的神色。这是好还是坏，杜丘并不能说出个所以然。

风吹得杂木林哗哗作响。杂木林中的很多树都只剩下秃秃的树干。旁边就是要去的村子。他敲响了透出灯光的一户人家的门。

“请问横路敬二先生的家在哪一边？”

“往前一点儿就是……”答话的中年主妇口气含混起来，“您是他的熟人？”

从她脸上流露出的神色看，她似乎已经通过电视或报纸对案情有所了解。杜丘感到周围涌动着不安，仿佛有触手从黑暗中伸过来。

“嗯，和他是朋友。”

“那个红屋顶的房子就是。”

说完，她关上了门。

杜丘借着夜幕，对着近旁那座红屋顶的横路家长时间地窥视。

由于嗅到了危险的气息，他的心脏狂跳不止。横路家真的存在。警察既然知道得很清楚，那为何还要对外公布什么其人下落不明呢？莫非是横路确实曾经回到过这里，可后来又闻风而逃，真的就此下落不明了？

这是座红色屋顶的小房子。窗子里透出灯光，虽看不到人影，但里面显然是住着人的。

杜丘迷惘了。街坊四邻都知道了横路加代的遇害，因此，横路不会还老老实实地窝在这里。他很可能不是去了石川县，就是躲起来了。倘若如此，那眼下就没必要铤而走险。

不，等一等。报道里是提到了横路加代，但对北海道只字未提，所以，只要横路本人或是他的家人不说，村里的人也许就还不知情。至于方才那主妇的态度，也许是自己疑心过重所致。

静观了将近三十来分钟，什么动静也没发现。不祥之感已经习以为常，心跳又恢复了正常。

真想有野兽那样的嗅觉啊。

杜丘迈出脚步。既已来之，总不能无功而返啊。他慢慢靠近房子，敲响了门。“哪一位？”屋子深处传出一个沙哑的声音。

“麻烦打听一下……”

他说到这儿便戛然收声。他听到了轻微的咔嚓声，就在门的后面。这是有什么金属的东西碰撞到一起的声音。是手铐！他腾地转过身子。也许并不是手铐，可是，确实有人藏在门后。而搭腔的人则在房子的深处。

在他拔腿狂奔的一瞬间，门被拉开了，纷杂的脚步声一涌而出，人声鼎沸。“站住！杜丘”“别跑”“再跑就开枪了”……

嘶喊声响成一片，黑暗中传来枪声。

杜丘没命地跑啊跑，脑子里只有一个念头：绝不能束手就擒。身后的脚步声如影随形，那声音酷似一群狰狞的野兽。沿着大路跑早晚会被逮住，杜丘拼命逃进了密林。

密林里一团漆黑，辨不清东南西北。他顺着与道路相垂直的方向折往山岭。好几道手电筒的光束劈开了密林，喊叫声此起彼伏，近在咫尺。

黑得看不见脚下的路，只能借着微弱的星光，凭感觉穿行。

他发现自己已经把对方甩开了一些距离。并非因为他跑得快，而是追兵跟丢了。

灌木丛随处可见，挡住了光，这为杜丘开辟了逃生之路。追兵的声音越来越远，渐渐地，杜丘自信起来。以前，杜丘曾经热衷于打猎，就在那时习惯了走山路。曾经的记忆一点一点地开始复苏。

——可甩掉他们了。

又过了三十多分钟，他有了这种确信。追兵人声消寂，手电筒光照也不在了。双脚又疼又麻。然而，他并未停下歇息，而是借着星光，朝着山岭的方向一刻不停地攀登。山上没有路。他穿行于灌木丛之间，来来回回兜了无数个圈子，但还是在一点点地往上爬。这一带必须尽量远离，哪怕多一步也好。等天一亮，搜索队就会被派来搜山。就算这边的警察没有警犬，可万一人家用直升机空运呢，有警犬追踪，能不能脱险就不好说了。

他不停地走啊走，打算一直走到天亮——不，天亮以后也不能停步。总之，在摆脱掉搜索队之前，必须一直走下去不可。至于摆脱掉搜索队之后又该如何，到时候再做打算也不迟。

伸手不见五指，地图是看不了了。

杜丘在头脑中的地图上搜索。沿着山岭一直往上爬，最终就会从样似川的上游越过郡界进入日高山系。要甩掉带着警犬的搜索队，就非得逃到那里不可。

第二天上午，他发现了一座小屋。小屋已开始腐烂，似乎是采矿鼎盛时期的遗迹。这东西早就不能称之为小屋了，可眼下不是挑三拣四的时候。他一下子瘫倒在地。虽说中途歇过几回脚，可毕竟一宿未合眼，身体已然疲惫不堪。再加上腹中空空，只是天亮时吃了几个野草莓和猕猴桃果腹。可肚子饿还算是小事儿，睡觉才是最要紧的。

什么追击队不追击队的，他已经顾不得了。

他沉睡过去，像一摊烂泥。

——下雪了。杜丘在大雪纷飞中迷了路。走啊，走啊，总也走不出这荒野。寒冷刺骨，饥肠辘辘。照这样下去，迟早会被冻死。漫天飞雪，远方传来野兽的咆哮。他想，得赶快回家去。对家的记忆是温暖的，这激发出他身上残存无几的能量，为脱离险境放手一搏。

突然，杜丘停下了步子。他想起来了，自己已是无家可归。是的，哪儿也没有自己可回的家了。过去已经被抹掉。他感觉自己的心里也开始下起雪来。还不光是无家可归，连个能避风躲雨的地方都没有了。风雪之中，杜丘茫然四顾，只觉一片凄凉。

野兽的咆哮声渐渐逼近。

挣扎之中，梦醒了。一看才知道，真的开始下雪了。梦中的野兽咆哮声，原来是风吹动小屋腐朽的壁板而发出的鸣响。

他感到浑身震颤。眼前活生生的现实比梦境中不知还要凄冷多少倍。杜丘爬起来，走出小屋查看。

视线所及之处，除了山还是山。除了山、铅灰色的天空，还有满天的飞雪，其他的便什么也看不到了。根本无法辨明方位。是从哪个方向逃到这里来的，更是无从估量。

看看手表，已是下午了。他回到小屋里，查了查地图。他想知道目前的位置，可看地图根本无济于事。眼睛所能辨清的，只有长满了小屋外斜坡的、连绵无尽的云杉林。

倘若从步行的时间上进行估测的话，这里应该就是样似川上游，或是跨越郡界的幌别川上游的麦娜雄河一带。

——该怎么办呢?

杜丘有气无力地喃喃自语。无论如何，必须下山到哪个镇子里去才行。要想翻越日高山脉，那是门儿也没有的事。

——那么，该何时下山才好?

要是今天或者明天就下山，必定会成为警察的瓮中之鳖。若不想束手就擒，三四天之内最好不要下山。那样一来，警察就会以为自己翻过了日高山脉，逃到别的什么地方去了。可是，没有粮食，又如何能在山里待上三四天呢？不，这简直是做梦。一路东奔西逃，体力已经消耗殆尽了。

从地图上看，沿着河道星星点点地散布着一些小村落。能不能顺着河边走，到村里找一些吃的呢？杜丘想，这是唯一的办法了。山里的吃食，除了今天早上吃到的几个猕猴桃和野草莓，再没有别的了。跟家乡的木天蓼很像的猕猴桃，果肉接近开始发酵的黄油，倒是味美可口，可也并非随处可得。再加上小鸟、小动物和棕熊的啃食，早已所剩无几。

——棕熊！

杜丘不禁环顾了一下四周，感觉浑身起了一层鸡皮疙瘩。当初只顾逃命来不及多想，要知道，这里可是凶猛性在陆地上堪称第一的棕熊的王国。

他想起了梦中野兽的咆哮。难道是在梦中听到了现实中棕熊的咆哮……

第三章 猎人游戏

1

还是找不到聊以果腹的东西。

寻至一条河边，饮了几口河水——味道很甘美。杜丘沿着河边往下走，来到一个小村子。这个村子的名字不得而知，可以看到好几栋貌似木材加工厂的房屋。他洗净脸上的尘垢，又顺便冲掉鞋子上的污泥，尽量整了整衣衫，然后朝村子里走去。

一个跨着摩托的小伙子在路上擦身而过，很快，他停下了车，回头张望，一脸猜忌的表情。尔后，又再次发动了摩托。

杜丘无意之间瞟见了村口的公告牌，这才明白过来刚才的那个小伙子为何停下了车。公告牌上贴着通缉令，一旁的文字对逃入山中的杜丘的装束等细节作了描述，还写着“此人可能于近日下山，望村民密切注意”云云。

摩托车的轰鸣声又回来了。

杜丘急忙爬上路边的土坡，在密林中藏起身子。还是刚才的那个小伙子。他扬起沙尘，冲进村子里。接下来不用看就知道，小伙子一定是想起了通缉令上所描述的相貌和装束。

密林里，他不停地跑啊跑。从街上传来好几辆摩托车发动时的嘶吼声，就像是男人们发现猎物后亢奋不已时发出的嘶吼。还听到了呐喊声。这呐喊声发自人类逐猎自己同类时的狂喜之情。狗不通人事，却也兴奋得狂吠不止。

——还要放狗！

杜丘竭尽全力地狂奔。确切地说，是手脚并用、连滚带爬。腿上的肌肉又酸又痛，像两根竹竿一样不听使唤。心跳剧烈得快要喘不上气来，可又容不得片刻的喘息。对于走山路，那帮家伙比警察要擅长得多。他们能奔善跑，而且来势汹汹。摩托车所发出的欢唱更助长了他们的声势。

这轰鸣声就好似玩“一匁花”游戏[1]时的哼唱。这些人仿佛一面哼着“一匁花呀，赢了真高兴”，一面缩小包围圈，在轰鸣声中体会捕猎活人的喜悦。

很快，狗冲在头里，越追越近了。万一被追上会落到怎样的地步，简直难以设想。活人逐猎活人——这里面浸淫着一种与人捕猎野兽不可同日而语的残忍的喜悦。

他穿过密林，爬上山崖。闯入密林的那帮后生们肆意地大呼小叫。狗狂吠着，冲在前面。杜丘边逃边想，这下可完了。阿伊努犬是猎熊的高手，对于它们的凶猛性，杜丘是太了解了。杜丘手无寸铁，毫无招架之力。他咬着牙在跑，可体力已经到了极限。

即便如此，他还是在跑。

跑着跑着，心头升腾起一股邪火。要不索性不跑了，豁出去拼了——那帮臭小子凭什么追我？他们有什么权力要对一个和他们毫不相干而又无辜的人穷追不舍？那帮家伙又不是警察。既然不是警察，为什么要放狗追我？这些人难道就想不到逃犯也有可能是被冤枉的吗？仅凭一纸告示，他们就认准了犯罪者一定是恶魔。他们天真地认为他们是在围捕恶魔，从而享受着猎捕活人的乐趣。倘若这就是民众，那么，这些民众不才是恶魔吗？杜丘想，这样的民众所支撑起来的国家权力又该算是什么呢？

哪儿有路啊，他只能披荆斩棘，在灌木丛中穿行。越跑心里越是发慌，总觉得难保不会落入这些比坏蛋还要可怕的年轻后生之手。

身后听到了响动。回头一看，是一只狗。通体白毛的阿伊努犬飞也似的

---

[1] 日本的一种儿童游戏，参加游戏的人被分为两组，手挽手排成一列，相向而对。一面哼唱固定歌词的歌谣，一面互为进退，通过猜拳决定由哪一组赢得对方的成员。将对方的成员全部赢取的一组为赢家。

直冲自己而来。有一些狩猎经验的杜丘，很清楚阿伊努犬的性子。警犬跟它们根本不在一个档次。这是些面对棕熊连眼都不带眨的、视死如归的烈犬。

他四下里寻摸，想找根棍子。只要有根棍子，单只的狗还是可以对付一阵的。可是，哪儿有现成的棍子呢？那狗追了上来。追到跟前，对着杜丘斜愣了一会儿，便跑开不见了。

杜丘长吁一口气。惊魂稍定，没有血色的苍白的脸上泛出苦笑。狗怎么会知道自己在追什么呢。这些狗是被那帮家伙忙乱之中放出来的，便亢奋起来，循着猎物的气味各自突奔。在狗的脑子里，猎物也许是梅花鹿，也许是狐狸，反正不是杜丘。

以人为猎取目标的犬，只有警犬。

那狗没多会儿就折回来了。它站定后，朝着杜丘晃了一两次尾巴，便又急匆匆地从另一个方向冲进密林，消失无影。

黄昏，杜丘发现了另外一座小屋。这种开矿时期留下来的业已枯朽的小屋看起来到处都是。小屋不过是徒有虚名，并不能遮风避雨，满目都是窟窿，夜空清晰可见，星星仿佛可以从窟窿眼里掉进来。

他躺了下来，似乎再也动弹不得。他脑子里一片茫然，只是盯着星星出神。盯着盯着，星星显得越来越亮，也越来越冷漠。

——只能去自首了吗？

要想不饿死，似乎只能这样了。山里不比城市，叫人完全束手无策。警察也许就是看准了这一点，打算采取围困战术。他不愿意就这样枯死在山里，甚至觉得与其这样，还不如含冤坐牢。

他把破烂不堪的外套从头蒙到胸口。虽然漫天飞舞的雪花不过是在预告严冬即将到来，可夜间骤降的气温还是让人觉得够呛。

他被某种动静从酣睡中惊醒。也许是饥寒交迫所致。这时，只听得远处的山峰一带，一阵动物的啼叫声划破了夜空。

呦——呦——

这是梅花鹿的叫声。他走到外面查看。清冷若冰的月光下，黑黝黝的层峦叠嶂依稀可辨。如果估计得不错，远处的山峰应该就是皮里卡奴峰一带了。在阿伊努语里，皮里卡奴的意思就是女神。鹿的叫声听上去并不太远，就在眼跟前的山里。啼叫声向鹿群宣告，交尾的季节到来了。

——原来是交尾啊。

杜丘低声念叨着。他对这些能够在苛刻的大自然中采食、交尾、生存下去的鹿充满了艳羡之情。而人呢，仅仅在山里被困了一两天，就要被迫做出二选一的抉择，要么饿死，要么向权力低头，自甘被剥夺自由。而且，人所选择的，往往是被剥夺自由，而不是饿死。

呦——呦——呦——

别的山上也响起了鹿的啼叫。连叫三声的是长有三叉角的雄鹿。这叫声雄劲、清脆，它穿透厚重的夜幕，清晰入耳；它越过云杉繁茂的一座座山峰，消失在远方。声音虽然消失了，但在清冷月光的映衬下，余音仿佛在层峦之间萦绕不去。孤傲如斯的景象令人生畏。

长着三叉角的雄鹿的啼鸣刚劲有力，令他感到一些震撼。遥望着余音萦绕的山巅，杜丘的心中升起一股愤慨。他又恢复了逃亡的意念——不，不是逃亡，是追踪，不舍不弃的追踪，非这样不可。逃亡不过是暂时的权宜之计，说到底，还是为了追踪。倘若在这里折戟沉沙，那就正好遂了那个陷害自己的家伙的心意。绝不能让他得逞。

——要把他追得原形毕露。

杜丘当然要揭穿隐藏在阴谋与陷阱背后的黑幕，可对于揭穿黑幕后，洗清冤情、求得自身的安宁等事，他已经不再关心了。罪行能不能澄清，这已无关紧要。总之，就是要一追到底，剥下导演了这出荒唐闹剧之徒的面具。此刻，杜丘决意为此赌上自己的余生。他打算压上身家性命，放手一搏。

应该努力活下去！除非饿死，否则不应该因为恐惧而拱手交出自由。决心已定，饥饿感反而得到了些许缓解。

——明天，要再往山的深里走才是。

警察也不可能在所有的地方都布上网啊。野草莓和野生蘑菇可以拿来充饥，再找找猕猴桃，哪怕一连走上几天，也要找到个戒备松弛的村子。万不可因为饥肠辘辘就断送了自由。

警察在横路家设下了埋伏，由此几乎可以确定，横路敬二与寺町俊明就是同一个人。虽然还不清楚横路的情况，但此行也不能说毫无收获。

他又回到小屋里。

第二天一大早，他便离开了小屋。他对着日光估摸了一下方位，决定朝着西北方向走下去。他沿着似乎是野兽踏出的小径往上爬，跨过了三条小溪涧。从地图上看，日高山上的河流多得数不清，支流密布。按照从躲避警察追捕的位置所步行的距离来测算，方才涉过的河应该就是幌别川上游的麦娜雄河，或是舒满河。

这一带没有村落的标记。有的话，但愿是老人居多的阿伊努人的村子。他再也不想误入那些无知残忍、以捕猎活人为乐的后生们所待的村子了。

他走得很慢，两腿哆哆嗦嗦，不听使唤。只吃了一点点野草莓和猕猴桃，野生蘑菇则难以下咽。他没有力气生火——火柴，香烟，哪一样都没有。

取之不尽的，只有水。灌了水饱的肚子，每走一步都会咕咕作响。苇草中的花楸顶着红彤彤的果实，凌驾于日高峰峦之上的天空则是一片蔚蓝。可是，他觉不出任何诗情画意。看到了几只兔子。为了打兔子，他走的时候攥了块石头，可石头又被他很快扔掉了。

他迷路了。不，说是迷路其实并不准确。原本就是看哪条路像是猎户踩出的小道儿，就沿着哪条路走，全凭大体上的估计，可以说自打一开始就迷了路。不过，他倒也并非没头没脑地四处乱撞。观察观察山势，再找找猎人踩出来的小道，总算还能保持住西北的方向。从前的狩猎经验发挥了作用。可这一次，却分明误入了一条动物走过的路。无疑，这条道儿是鹿踩出来的。

循着动物的路走是件危险的事，很可能会与棕熊不期而遇。杜丘站定，打算往回返。突然，他蜷起了身子。就在眼前不出十厘米的地方，绷着一根细绳。目光顺着绳子一寸寸地看过去，只见绳子的一端消失在草丛里。他小心翼翼地避开绳子，钻进草丛。草丛深处，粗大的云杉树干上绑着一只村田式步枪，而绳子就系在村田式步枪的扳机上。

阿妈婆[1]——在内地，称之为固定枪。此种狩猎方式在狩猎法中是被禁止的。这是一种机关，沿途爬过来的动物只要触动绳子就会引发枪击而中弹。他把枪从托架上取下，退出弹匣，里面装填了一颗铅弹。这种铅弹是用来打鹿或者棕熊的。

他惊出一身冷汗。随着冷汗的消退，他感到整个人都快虚脱了。真要是碰到了绳子，肚子的一枪算是挨定了。

他坐了下来。由于担心坐下就再也站不起来了，他从早上起就没停过脚。他必须赶在太阳落山前找到睡觉的地方，或是搞到食物。这会儿，他感觉浸透体内的酸楚楚的疲劳感稍微减轻了一些。因为他搞到了一支枪。

——可以打到猎物了。

他检查了一下子弹。虽说是手工打造的，但威力似乎还可以。再看看枪身，这把枪很有些年头了，锈迹斑斑，不过撞针看起来是换过的，还没怎么磨损，应该不会哑火。必须做到一发命中。

他费劲地站起身。

打什么好呢？只能是梅花鹿了。兔子个头儿太小，只有一发子弹，太过于冒险。打鹿倒是正合适。要是能打中一头……

杜丘想起昨夜雄鹿的高亢啼叫。他真不忍心射杀把自己从绝望之渊拉了上来的鹿。倘若没有那雄鹿力拔层峦的啼叫，自己这会儿没准儿已经垂头丧气地自首去了。

——可又有什么法子呢……

杜丘嗫嚅道。

---

[1] 阿伊努语中毒箭的意思。

2

有湍流之声传来，那河应该就在附近。杜丘觉得流淌的水声中似乎还掺杂着别的声音，于是停住了步子。

那声音戛然而止。

他以为是听岔了，便又继续朝前走。

在不下雪的日子里，猎鹿可不是件轻而易举的事。要是有条狗还好办一些，可现在单枪匹马，除了躲在猎物出没的道上守株待兔，也无计可施了。这是个需要耐性的活儿，急也没用。相对而言，找到个阿伊努人的村落，弄到些救命的食物才是当务之急。睡觉的地方也是非解决不可的。等到这些都搞定以后，再谈猎鹿也不迟。话虽如此，杜丘走着的时候还是留了个心眼儿，兴许就会瞎猫撞上死耗子，碰到个把猎物也说不定呢。

他来到一片长着云杉的疏林草地。穿过草地，就看到一条林间小道。河水的流淌声就在小道的尽头。是沿河而上，还是顺流而下，杜丘一时举棋不定。

就在这时，又听到一个声音。声音是从山上的方向传来的，听上去像是人的惨叫。杜丘躲到云杉林的阴影里，一面观察动静，一面做好随时逃跑的准备。惨叫声再度传来，这次听得真真切切，是个女人的声音。

——救命啊！

那叫声非同一般，声音里透着恐惧，近乎歇斯底里。杜丘从树影里走了出来。一瞬间，脑中闪现出女子被人强暴的场面。他顺着坡道往上爬。这么做或许冒险，可对于一个女子的求助，他做不到袖手旁观。

就在要翻过缓坡的时候，惨叫声又响了起来，似乎就在耳畔。杜丘刚要拔腿飞奔，便惊骇得收住了步子。他听到了凄厉的咆哮声。

——棕熊！

对于棕熊的凶猛性，有过打猎经验的杜丘还是略知一二的。冒冒失失地往上冲，只会落个羊入熊口的下场。从那声咆哮的声势来看，这个对手可不是拿村田式步枪就能对付得了的。那一连串的咆哮声听得人不寒而栗。可是，自己又不能自顾自地逃命。

他检查了一下子弹是否已上膛。幸好，风是从上面吹下来的，自己是逆着风。他蹑手蹑脚地走了过去，展现在眼前的是一幅可怕的景象。

一个姑娘攀在云杉树上。一头看上去足有三四百公斤的金毛棕熊狂吼着，对着树干又咬又啃，爪子死死地抱着树干。它不时地挺起身子，用坚实的前掌击打树干，然后再用双臂猛摇。

树干早已遍体鳞伤。本来就不怎么粗的云杉树，树干已被削去了一大块，被啃得张开了口子。棕熊并不罢休，还要把那姑娘从树上摇晃下来。姑娘拼命往高处攀，却被晃得摇摇欲坠，似乎随时都有可能摔下来。

显然，她坚持不了太长的时间。棕熊甚至会咬断树干，把树推倒。棕熊像疯了似的，狂躁不已。

杜丘迅速观察了一下地形。首先，凭着村田式步枪绝无可能将棕熊一枪毙命，只能让它受些皮肉伤而已。它要是就这么跑了，倒也万事大吉。可是，食人熊一旦听到枪响，就会瞬间进行反扑。这时，如果用的是发烟火药，这家伙就会冲着有硝烟的地方猛扑过来。猎熊的铁律就是，打完一枪后立刻移动位置。而这支村田式步枪里所装填的子弹，八成就是有烟火药的。要是再有一粒就好了，可惜没有。到时候很难说能否来得及扔下枪、爬上树。离远点开枪倒是个保险的办法，可这样一来，连能不能把熊打伤都要画个问号了。

要是棕熊反扑过来，那就只能跑到河边跳进水里去了。河离这儿有二十多米远。棕熊的奔跑速度要远远超过专业的赛跑运动员。不过，区区二十多米的路，也不一定就跑不过它。只要跳进河里就有救了。那姑娘就可以趁机逃走。

这是唯一的办法。杜丘脱去外套，向那头一心要吃到姑娘而浑然不觉的棕熊靠近。死死抱着树干、声嘶力竭地惨叫的姑娘也没有注意到他。

他慢慢靠近，距离熊还有将近三十米。这把被当成“阿妈婆”用的村田步枪保不齐会哑火，再往前走就危险了。腿抖得厉害极了。咆哮声滚滚而至，耳边的空气都被震得发颤。

他举枪瞄准。从背后射击，瞄的就是脊柱。如果能命中这个位置，村田步枪也可以做到一发毙命。可是，用来复枪的话还有些把握，三十米的距离用村田步枪就有些勉为其难了。

趁着棕熊直立起上身的当口，他瞄个正着儿，扣动了扳机。随着“砰”的一声枪响，一股硝烟冒出。说时迟那时快，杜丘扔下枪，朝河边奔去。他来不及看清到底有没有打中。一瞬之间，他瞥见那只熊掉转过身子，像一座移动的小山一样朝他猛扑过来。他没命地跑，临跳进河里之前回头一瞧，那熊嘶吼着扑到杜丘方才倚靠着射击的云杉树上，一通狂咬。

不出片刻，那熊便发现了杜丘，冲将过来。杜丘跳进河水里。河底并不深，根本无法潜下去。他心想，这下糟了！可为时已晚。眼见着那熊趟下水，激起大片的水花。他胡乱地在水里扑腾着游。说是游，其实不过是脚蹬着河底，双手抓挠着石头。由于水流湍急，有的时候可以一气冲出去好远。

这么游啊游的，不知过了多久。等缓过神来，棕熊的影子已经不见了。明白过来以后，一直憋着的那口气顷刻间松弛了。

他费了好一番力气，才逆着水流游到岸边。好容易到了岸边，可人已经累得动弹不得了。他爬上草甸，放平身子。鞋是顾不得脱了，手上、脚上伤痕累累，脸上也淌着血。精疲力竭，连抬手腕的力气都没有了。

他感觉不到寒冷，只是觉得好想睡，眼皮一个劲儿打架。意识告诉他，一旦睡着，就有可能被冻死。棕熊也许还会卷土重来。他一再告诫自己，千万不能睡着。话虽如此，身子却动弹不得。他只是睁着眼睛，仰视着天空。薄暮迫近，使人联想起飞翔时脖子挺得老长的水鸟。水鸟既像是准备飞进黑夜，又像是打算逃离黑夜。

——那姑娘脱险了吗?

既然熊蹚下了河，那么她必定是一溜烟儿地跑回家了。他直到这会儿才想起，那姑娘身上穿的是灰不溜秋的牛仔裤配红毛衣。记忆从潜意识里苏醒了。她会不会是个阿伊努姑娘呢?要是阿伊努人就好了，找到她也许会讨得一些食物。

——管她是谁呢，无所谓了。

他心里这么想着。现在再要他走着去找阿伊努人的村子，简直就是笑谈。他有了一种预感，自己会这样一命呜呼。唯一庆幸的是，自己没有被熊吃掉。他望着灰色的天空，可是空中已看不到有任何活物的影子飞过。

他对着天空凝视良久，然后闭上了眼睛，感觉这段逃亡的日子显得异常漫长。就在快要昏昏欲睡时，他听到了一个动静，那动静还相当的大。

是熊吗?！杜丘以为是熊来了。他艰难地坐起身，想跑也跑不动，除了往河里跳，就再没有别的招儿了。河面上暮色弥漫，暗灰色的河水看上去愈加冰冷。

传来动物呼哧呼哧的喘息声。不过，那并不是熊。出现在河滩上的是一匹马，马背上骑着一个人，那身装束活像西部片里看到的牛仔。那人从马鞍子上拔出枪，朝天空连发两枪。

听到枪声，杜丘又倒了下来。

“你没事儿吧?”

那人下了马，将杜丘搀扶起来。

“还好……”杜丘点了点头。

须臾之间，乱哄哄的人声、马蹄声纷至沓来。近十匹马下到了河滩上，骑在其中一匹的背上的，正是那个姑娘。

“太好了！还没喂了熊……”

姑娘跑过来，说道。

“想吃我，没那么容易……”

被众人团团围住的杜丘绵软无力地回答着。

“睡得还好吗？”

远波真由美走进房间，问道。

“睡得还行，谢谢了。”

叼着香烟、凭窗眺望风景的杜丘转过身，轻轻点了点头。

“你的衣服都破得不成样子了，先凑合穿这个吧。这是爸爸的猎装。鞋穿着还合脚吧？还有你的那些钞票，都快泡烂了，给你换了新的。”

杜丘从真由美手里接过衣服、鞋子——还有簇新的钞票——到隔壁的房间里试着换上。厚实的套衫式猎装在功能性方面考虑得很周到，这是以往惯穿的西装所无法比拟的。只要再穿双厚袜子，半高腰的靴子也就合脚多了。体力本已恢复得差不多，再加上这身行头，逃跑的念头似乎又炽烈起来。

“挺合身的哟。”真由美上上下下打量一番，说，“对了，还没有请教救命恩人的尊姓大名呢。”

“我叫前田。”

杜丘垂下眼睛，答道。

他记得，在被接到真由美的父亲开办的这家日高牧场时，曾经向人自报过前田这个姓氏。

“前田先生，那你怎么会到山里去的呢？你好像不是本地人吧……”

真由美微微歪着脑袋，问道。就在那濒临绝境的关头，她听到了一声枪响，往下一瞧，一个穿着西装的男人正在朝河边狂奔。那头熊飞也似的在后头撵，河里水花四溅。真由美对发生了什么一无所知，从树上滑下来，拔腿就逃。在这深山老林里，那人居然穿着西服，她甚至觉得这八成是因为过度惊吓而产生的幻觉。

“我是个游客，迷了路……”

杜丘三言两语地打发了这个问题。他明白，这样的说辞丝毫不能令人信服。弄不好，这姑娘已经掌握了自己的真实身份。她二十二三岁，一双大大的眸子，透着淡淡的蓝色。牛仔裤包裹不住她那身体的曲线，看得杜丘不禁有些眼神迷离。

“还是说说你吧，那你又是为什么一个人跑到那种地方？”

“我是骑马去的，正想着去拜访一位住在深山里的阿伊努老人。结果撞见了熊，我就从马上掉了下来。马鞍子上有来复枪，可来不及拿了。于是我就拼命往树上爬了。”真由美倏地耸了一下肩，“给你讲个好玩儿的吧。”

“什么？”

“从前啊，听说日高山里的阿伊努人，碰见熊的时候，就把袍子的前摆撩起来，把下身亮给熊看。

“哎、怒抗、露斯易……

“北乃库斯……

“阿、哎、口……

“霍帕拉他、呐——

“这意思就是说，你不是想看吗？我就呼扇呼扇我的袍子，给你翘翘我的腚子……

“如果是女人，就弯下腰，对着熊撅起屁股；要是男的，就直接亮出下身。”

“熊看了就吓跑了？”

“还没来得及试验这招儿灵不灵呢。”

“我就说嘛……”

杜丘忍俊不禁。真是个泼辣、豪爽的姑娘。他将视线投向窗外，心想，她那豪爽的性格大概就是被这个广阔的牧场熏陶出来的吧。窗外连绵的草原一望无际，一团团的密林随处可见。

“我家的牧场可是北海道第二大的，这让爸爸很引以为豪呢。不过，他眼下正忙着竞选道知事，一门心思顾着那边儿呢……”

“养马，还是养牛？”

“马啊。我们这儿送出去好几匹良种马呢。你会骑马吗？”

“不会。”

“你是干哪一行的？是律师吗？”

“我看着像个律师吗？”

“这我可说不上来。”

对于他的职业，真由美感到相当茫然。看面相就清楚，他不是个干粗活的。不过，在看上去知书达理的外表下，却暗藏着一股凶险之气。

“你父亲在吗？”

“嗯？”

“我想对他当面道谢，另外，还想借这身衣服……”

“不会吧，你这就要走吗？”

“我还有些私事，也不能总这么给府上添麻烦。”

警察迟早会上门，必须赶在他们来之前离开这里。他不想让真由美看到自己狼狈不堪的窘态。

“看来我是怎么也留不住你了。我想，像前田先生这样的人，爸爸也肯定会挽留的。”

就这么把人送走，真由美总觉得心里头有些空落落的。这是救过自己一命的人。虽说她看到马跑了回去，就知道救援队很快就会赶到，自己最终还是会得救。但是，这个男人仅凭村田步枪里的一发子弹就把凶猛的棕熊引到了河边，他的勇猛让她大为感动。要知道，熊虽然不会爬树，但水性却很了得。弄不好，他会因此丢掉自己的性命。不光如此，前田在眉宇间所流露出来的阴郁也牵动着真由美的心。

“你的好意我心领了。”

泡了澡，剃了须，精神重新焕发，杜丘觉得可以继续自己的追踪之路了。

“什么也不说了。”

真由美无可奈何地站起身。她想，也许令自己怦然心动的不过是一个匆匆过客吧。可是，前田那饱经旅途沧桑的外表里，还有另外一种引人遐思的东西。

他跟着真由美来到楼下。这是一座宽宽大大的、城堡似的西式建筑。房内的设计大概是考虑到了牧场里的职业习惯，可以穿着鞋随意走动。

远波善纪正待在客厅里。

他个子很高，有着一副对于年逾五旬的人来说相当健壮的体格。

“你就是前田先生吧？”远波起身迎接，“真不知道怎么谢你才是。”

“应该说，被救的是我。”杜丘站着说道，“我是来辞行的。”

“你这就准备出发了？”

远波只是点了点头，并未挽留。

“爸爸！”真由美脱口而出，“怎么不留留人家？多没礼貌……”

父亲并非人情味淡薄之人。真由美原以为父亲必定会多方挽留、像模像样地招待一番，所以才动了气。

“真由美，每个人都有自己的情况啊。有时候，好心挽留反倒会给人家添麻烦呐。”

远波古铜色的脸上浮现出笑意，可目光却锐利起来。

“我知道。那我用马送你一程，请等一下。”

真由美离开了。

“我也失陪一下。真由美过会儿就把马牵过来，就请你在这儿等吧。”

远波点点头，走了出去。

杜丘心想，步行离开也没什么不可以啊。可随后又想到，光是走出这偌大的牧场就需要走上老半天，便决定还是借助马的脚力了。

杜丘瞟了一眼远波坐过的位置，感到心被一下子揪紧了。那儿有份报纸，社会版里详细报道了逃亡检察官摆脱警察的围捕、潜入日高山脉一事，还配上了照片。令人吃惊的并非报道本身，而是那上面有一道折痕，这表明远波曾仔仔细细地读过。

——莫非他已经告密了？

这才是最为要紧的。杜丘把报纸拿在手里，直起了腰。他并没有天真到仗着搭救过姑娘的性命而自居。那些一发现自己便迫不及待地开始猎人游戏的人的残忍，在脑子中一闪而过。活在天真的幻想中是很危险的。他出了客厅，朝玄关走去。房间多得数不过来的大房子里静悄悄的，仿佛空无一人。整栋房子好像都屏住了呼吸。

听说远波正在参加道知事的竞选——要是在自家里逮住了处于旋涡中心的逃亡检察官，那知名度可就大了。再神经正常的人，一旦参加了竞选，也都会变得不择手段。

他拿着报纸，出了玄关。无尽的草地上，辟出了一条汽车道。他知道，出口就在前方几公里以外的地方。可是，杜丘并没有选择那个方向，而是沿着与其成直角的方向开始飞奔。他必须能跑多久就跑多久，尽早逃离这个牧场。

跑了大约两公里，回头一看，只见一匹马追了过来。杜丘站住了。不管来者是谁，在草地上，人腿绝对跑不过马腿。

那马全力疾驰，一路追近。速度快得让人叫绝。真由美骑在马上，秀发飘曳。就在跑过杜丘身旁的一瞬间，那马扬起双腿，原地空踏。真由美手拉缰绳，上半身像弓一般反仰，左手伸向空中，挥舞起马鞭。那身姿显得出奇的美艳。

“快！警察来了。有人告了密，快上马！”

没工夫细问了。他搭着真由美的手，纵身上了马。马重新开始了疾驰。

“街上全戒严了！”真由美喊道，“听说来了三百人的机动队。哪儿也出不去了。用不了多久，这个牧场也会被围起来！”

“那应该去哪儿啊？”

“哪儿也去不了！”

从背后搂住的真由美的腹部剧烈地起伏着。

“只剩一个办法了，往幌别川的上游走！山里没路的地方，有间阿伊努老人的小屋，那儿没人知道，我们就去那儿。在戒严解除之前，那是唯一的藏身之地。有老人带路的话，倒是可以登上肖罗康山谷，翻过郡界线上的皮丽卡山。可只要没出日高山脉，到哪儿去都会遇到危险啊。这段时间你就好好躲着，哪儿也不要去！”

“你为什么要放我走？”

“我喜欢你！”

“我要是杀人犯呢……”

“我才不在乎呢！”

“我……”

杜丘刚要疾呼“我是无罪的”，又把话咽了回去。对一个姑娘作一番空洞的解释，是起不了什么作用的。冤枉也好，有罪也罢，她会在乎吗？真由美的腹肌一上一下地起伏着，仿佛在激愤地诉说：逃一辈子我也不在乎，我只要报答你。

3

“我要把那家伙困在北海道。”

矢村警部声音低沉，两腮瘦得像是削去了一大块，表情分不出是愤怒还是冷笑。

“困在北海道？”

伊藤检察长扬起无精打采的脸。

“没错。”

“这话有点儿可笑啊。你还不如说‘把他困在日本’算了，这有什么区别吗？”

“话可不能这么说。”他用不屑的眼神看着伊藤，“那家伙杀了横路加代，还去找她的老公。可是，横路早就听到了风声。杀了老婆，却放过老公，有这可能吗？”

“那他岂不成了复仇狂吗？”

“不。”矢村缓缓地摇了摇头，“杀死加代也许是因为一时失手，而洗清自己的罪名才是那家伙铤而走险的最终目的。因此，他必须找到横路敬二。而这个横路，为了躲过这一劫，就非得回到东京不可，他需要那个给无辜检察官设套儿的幕后老大替他摆平。要知道，不光那家伙追他不放，我也正找他呢。那家伙要想揪出横路和那个幕后老大，就必须尽快赶回东京。”

“你先等等。你刚才说，杜丘是无辜的……”

“仅就抢劫强奸罪而论，他是被陷害了。看起来，寺町俊明跟横路敬二似乎是同一人，那个横路连老婆的葬礼都没露面就躲起来了。”

“要这么说，他压根儿就犯不上潜逃。真是干了件蠢事……”

“那种情况下，换了我也会逃的。不逃，这个黑锅就算背定了。”

“这倒也是。”

伊藤悻悻地点点头。

“这跟大夫的医疗事故一样，总会有人被冤枉。”

“可是，就算证明不了一定是错案，我想，法官应该能看出疑点的吧？”

“还不是因为那家伙杀了横路加代，我们才知道证人是两口子。那家伙在决定逃跑的时候，怎么可能知道这个呢？”

“言之有理。问题是，雇了这两口子的幕后主使是谁呢？”

“横路干了三年出租车司机。值得注意的是，在那之前，他在做贩卖实验用小动物的生意。可是，生意做得太小了，根本查不出什么。”

“跟那个东邦制药有什么瓜葛吗？”

“暂时还看不出来。东邦制药说，他们之间没有业务往来。不过，这种买卖金额不会太大，只要在账面做做手脚，是不会留下痕迹的。”

“假如东邦制药就是那个幕后黑手的话……”

这就必定牵扯出酒井营业部长，杜丘为了推翻关于厚生省医务技术官朝云忠志的自杀说，一直对此人进行秘密跟踪。

“如果说，只有这层背景才能将横路和杜丘联系在一起的话，那么，或许真的被那家伙言中了，朝云的死存在疑点……”矢村神色凝重，“如果是我判断有误，我会承担责任的。”

“我不是这个意思。”

“不。”矢村不容争辩地摇摇头，“我这个人，不论到什么时候，做事情都是有原则的。如果杜丘是对的，我自会承担责任。但是，即使是这样，也要由我来逮捕杜丘。将杀害朝云的凶手绳之以法的人，不是那家伙，也不是你，而是我。”

“明白，明白。”

望着矢村那瘦削的面颊上流露出的苦涩，伊藤点了点头。只有矢村才敢于这样当面分庭抗礼，而不管对方是不是什么检察长。正因如此，他的办案能力才会有口皆碑。倘若真的在晚辈检察官面前栽了面子，他这个人，引咎辞职这种事是做得出来的。面对朝云的死亡背景里开始渐渐浮现出来的疑点，他的脸上满是懊丧。

“对了，你不是说要把那家伙困在北海道吗？”

如果不能尽快逮捕杜丘，伊藤本人也会陷入被问责的境地。不管是不是为了揭开朝云之死的真相，反正矢村开始对抓住杜丘拿出了劲头，这使他觉得有了主心骨。

“道警方面的措施不能说有什么纰漏，那家伙是交了狗屎运。牧场主家的那个丫头肯定把他藏在山里了。我得去一趟。”

“你去？”

“没错。我单独行动，也好见机行事。实在不行，就先叫他们收队，只重点盯防码头、机场、渔港这些交通要冲，来个引蛇出洞。希望你也能做出同样的部署。”

“知道了。我把特侦组的人马全调过去，他们都认识杜丘。我们会尽力而为的。”

伊藤如释重负。

瘦瘦的矢村则显得落寞寡欢。

4

杜丘请真由美在地上画了个指示图，然后便动身去找那个阿伊努老人的小屋。她告诉他，老人叫榛幸吉。

“你千万要多加小心，别碰见熊。不过，这一片儿是幸吉老人家的地盘，熊轻易不来的。”

真由美在马上挥了挥手。

“你也要多提防才是，别忘了上一次。”

“我不会有事儿的。上次从马上被甩了下来，没来得及拔枪，赶上今天，我会叫它尝尝来复枪的厉害。我的枪法可是很准的哦。”真由美拿起马鞍上的枪卖弄着，“还有，我不来找你，你就不要下山。我不来就说明警察盯得紧。”

“一言为定。多谢你了。”

杜丘朝着掉转马头、一步三回头的真由美挥手作别，然后走进了密林。那马发出一声嘶鸣，绝尘而去。

他沿着流经密林的小河逆流而上。一簇簇的野草莓将河岸装点成鲜红色，散发着初冬的气息。等到果实落尽，这里就会变成雪的世界。密林深处，啄木鸟敲击树洞时的咚咚声，犹如阵阵鼓点在林间回响。除此之外，再没有其他的声音了。每走一步，静寂便加深一层，连脚步声都仿佛被吸掉了。时不时地，脚踩到树枝上，发出噼噼啪啪的声音。这声音正是逃亡者脚步声的化身。他一步一步地朝着这秘境的深处迈进。

他感觉自己正在像设计陷阱的人所计划的那样被围追堵截。他再次领教了这个国家警察权力的强大。权力不仅仅体现在警察的制服上，天真的年轻人结成可怕的团伙，对权力俯首膜拜。还不光是年轻人，大多数普通人都在心里藏着一个警徽。要是亲手逮住个逃犯，他们可以一连几天好酒好菜地犒劳自己，把心中的警徽擦拭得锃光瓦亮。

——还能逃出这片日高山地吗……

必须潜回东京，越快越好。读了从远波家带出来的报纸后，他便清楚了这一点。指使横路夫妇进行栽赃陷害，最后又杀了加代，把横路敬二藏匿起来的神秘人物的真面目开始渐渐地浮出水面。

——是东邦制药的营业部部长，酒井义广。

报道上说，横路敬二离开北海道的老家去向不明的时间，是在加代被杀当日的傍晚。打那以后，他便始终销声匿迹，连妻子的葬礼都没露面。警视厅调查了横路过去的经历，发现他从事过“医用实验动物的贩卖”。看到这儿，杜丘心里有了谱，操纵横路夫妇的，就是东邦制药。

经营过医用实验动物，就意味着也经手过药理实验用动物，后者的可能性反而会更大。近来，医学实验使用的都是经过灭菌处理的小动物。对于个体作坊来讲，灭菌处理是力所不能及的。相对而言，药理实验则对灭菌没有太多的要求。

横路同东邦制药，他们之间存在着某种联系，如此推测是不会错的。

让人生疑的，还不单是这一点。

那些令人匪夷所思的情景，杜丘至今记忆犹新。

厚生省医务局医政课技术官朝云忠志被发现暴毙，是在八月二十九日的清晨。

接到通报后，杜丘与矢村双双奔赴现场。

朝云住在世田谷区的新代田。在厚生省医务局医政课任职的，几乎人人都是拥有行医执照的医师，朝云也不例外。

那天早晨，女仆悦子准时在六点钟起了床。她取了报纸和牛奶后，顺便到院子里看了看。院子有五十来坪，种着一些灌木，一角还养了一只日本猴。朝云膝下无子，对那只猴子疼爱有加。这几天猴子有些病快快的，吃不下东西。朝云为此心急如焚，悦子到院子里查看，部分也是出于这方面的原因，可这一看，吓得她扔掉了手里的牛奶和报纸。

朝云和那只猴子躺在灌木丛里，已然气绝身亡。朝云翻着白眼，仿佛在用那白眼盯着悦子。

朝云的老婆不在家，去了乡下。悦子大叫一声，跑到大街上。

杜丘和矢村到达现场时，勘查工作已经开始了一阵子。

“什么情况？”

矢村向手下询问。

“倾向于他杀。”

回答的是中年刑警细江，杜丘也与之有过一面之交。

死亡推定时间是早上五点至六点之间——也就是说，悦子发现的时候，人死了没多久。猴子也是一样。验尸官鉴定后说，下毒用的毒药应该是阿托品。

“阿托品？那是啥玩意儿？”

听到不熟悉的药名，矢村皱起了眉头。

“详细的说不上来，好像是一种剧毒药。”

死者被人灌了剧毒药，可问题是，没有发现装阿托品的容器。勘查人员仔仔细细地搜查，连棵小草都没放过，可就是找不到那个容器。这便成了他杀的依据。容器可能是被凶手带走了。

“可是，怪就怪在，并没有人进到过宅子里啊。”

细江歪着脑袋说道。朝云家四面砌有砖墙，高高的墙头上埋着密密麻麻的玻璃片。如果有谁翻墙而入的话，总会留下痕迹的，比如，某片玻璃被弄碎了等。再说，院墙内侧这一边的松软土地上并没有脚印。使用过工具的迹象一概没有。门锁得好好的。悦子是打开门以后才跑到街上的。

假定凶手曾经到过房子里的话，那他又是怎么逃出去的呢？

“容器……”矢村抱着胳膊，“那东西是固体吗？”

“不是，听说是液体。”

“房子里呢？”

“仔细检查过了，但没发现毒药，当然，也没发现容器。还有，法医和鉴定课的人推断说，毒药是在人死的位置喝下去的。”

“知道了。”

矢村点点头，朝着法医和鉴定课的人走了过去。尸体还停在原地。

“有什么依据说明，是在这里服的毒？”

“依据嘛，有很多了。”

一个上了年纪的鉴定员回答道。

阿托品提取自日本自产的莨菪等茄科植物的根茎，化学结构与东莨菪碱和天仙子碱等非常相似。该药用途很广，可作为并用药之一用于麻醉，或是扩散瞳孔的眼底检查、防止结核病患者的盗汗，以及肠或支气管的痉挛收缩的治疗，等等。但是，该药的毒性很大，用量不能超过千分之一克，致死量为零点零五克。倘若吞服了致死量，一般会作用到延髓，导致猝死。

假如是在房中吞服的话，那么，不等走到院子里，人就会死掉了。可是，朝云死的时候还穿着木屐。虽说致死量因人而异，任何毒药都是如此，但是服毒后还一时半会儿死不了的话，人就会陷入一种狂躁状态。同东莨菪碱和天仙子碱一样，这药具有致幻作用，其特征就是使人的大脑处于兴奋状态，不停地乱喊乱叫，异常狂暴。住在一起的人不可能没有察觉。因此，正确的推测则是，服药是在院子里，药性作用到延髓，造成当场猝死。

“这猴子似乎挣扎得很厉害啊。”

地面上有抓挠、翻滚的痕迹，一看便知，猴子死得可没朝云那般痛快。

“是啊，阿托品对猴子、狗，还有兔子、鸟之类的没什么效果。不过，那说的是吃了含有阿托品的植物，如果是提纯的生物碱，就会变成这个样子。”

“原来如此。”矢村点了点头，“怎么知道是阿托品的？”

“那要等解剖以后才能确定，可你看看他的眼睛……”

鉴定员指着朝云的眼睛。

“眼睛？”

“是啊，他的瞳孔放得很大。”

瞳孔放大是死人的特征。可是，朝云放大了的瞳孔正中央，像是有个油亮的黑点，这正是阿托品造成的。瞳孔的周围有一圈虹膜，里面包含了黑色素，分为黑、褐、茶、蓝等颜色。包覆虹膜的括约肌受到阿托品的作用后，这道虹膜就会被挤成小戒指的形状，肉眼可见，恰似一个神秘的泉眼。因为这个缘故，据说从前的贵妇人为了让眼睛看上去魅力四射，对富含阿托品的颠茄这种植物十分青睐。

现在，朝云正用放大的瞳孔中的那个神秘泉眼凝视着死亡的世界。

“是吗……”

矢村陷入沉默。

清晨五点至六点之间，朝云死在院子中央。猴子身上拴着链子，可想而知，他当时是在遛猴。他在原地喝下阿托品，延髓受到药性影响，与猴子双双暴死。可是，不见容器。朝云和猴子在院子中央拿什么喝的阿托品呢？

是凶手哄骗他喝下阿托品，然后带走了容器吗？可是，宅院里却看不出有人进出的痕迹。

——密室杀人。

莫非他想到了这一点？杜丘盯着矢村那冷峻的侧脸，思忖着。不过，矢村从来就不知道和颜悦色为何物。

“阿托品的味道和颜色呢？”

“这东西无色无味。”

“哦。”杜丘很留意地看了看周围，“猴子从嘴到鼻子上都挂着蜘蛛网，这是怎么回事？”

“您说蜘蛛网吗？”在一旁倾听的细江回答道，“我们赶到的时候，弄破了的蜘蛛网到处都是啊。猴子大概很难受，就拿头去撞蜘蛛网。”

“这……”

杜丘无言地点点头，将视线投向上方。身旁是高大的银杏树，从半腰的枝杈到屋顶之间挂着三个蜘蛛网。这些蜘蛛网煞是奇特，像是结到一半便半途而废了似的，又像是被扭曲的诡异几何图案。三个蜘蛛网都是一模一样的。

“这是公害蜘蛛，”一位鉴定员拿起相机对着蜘蛛网说道，“这家伙，因为公害，大概是忘了怎么结网了吧。”

杜丘默默地望着银杏树。

“检察官先生，”细江说，“要想从墙上跳到这棵银杏树上，那是不可能的。这个已经调查过了。”

“笔录做完了没有？”

矢村有些急躁地说。

阳光开始变得灼热起来。

第二天，矢村打来了电话。

“朝云是自杀。”矢村说道，“从朝云的两个手心里化验出大量的阿托品。结论出来了，他先在屋里把阿托品倒在手里，然后走到院子里喝了下去。”

“那猴子呢？”

“估计是让猴子学着自己的样子喝下去的。猴子的掌心里也查出了药液。”

“就算是他在屋里把药液倒在了手上，可当时用的容器又该如何解释呢？”

“这点事儿还不好办。如果用的是杯子的话，往手里倒完后，可以把杯子放进洗碗槽，用胳膊肘打开水龙头，冲洗后再用胳膊肘把水龙头关上。我们在洗碗槽里发现了一个杯子。”

“我反对自杀这个说法。哪有人会用这么麻烦的办法自杀呢？”

“那么，你的意思是说，是凶手进到院子里，让朝云用双手托着毒药喝下去的喽？他还教会了猴子这么做？朝云可是医生啊。还有，凶手进出院子的问题，你打算怎么解释？自杀的动机也是存在的。”

“那种程度的动机会导致自杀吗？我不这么认为。”

“得了吧。”矢村冷笑似的说，“我给出的是讨论后的结论。至于你怎么想，随便好了。”

矢村挂断了电话。

之后的一切就是由此而引起的。

杜丘开始单枪匹马地调查朝云死因背后所隐藏的真相。他查出，就在朝云暴毙的前一晚，有三个人找过朝云。他们十点过后才到，一直酣谈到将近半夜三点。

一个是青山祯介，朝云的同事；一个是北岛龙二，厚生省药政局的药政课课长；最后一个就是东邦制药的营业部部长酒井义广。

他还查出，这三人在三天前的晚上也曾来过。

此外，女仆还提供了一个情况，她在快三点的时候去送茶，当时，酒井义广说了声想呼吸呼吸新鲜空气，就去了院子里。客厅和院子是连通的。

就在锁定酒井、对其进行跟踪的过程中，冒出了那个抢劫强奸案。

当初并不是没有怀疑过，指使横路夫妇的，就是酒井或者他所效力的组织。除此之外，不会有别的可能了。可是，有一个因素又使他不能断定确系酒井所为。警视厅认定为自杀，并未成立专案组，酒井自可泰然处之。对于一个毛头检察官单枪匹马的行动，他没有理由冒着有可能会搬起石头砸自己脚的风险，对那个检察官栽赃陷害，非要置其于死地不可。

——可是，这理由一定是存在的。

横路敬二经营过实验用小动物。酒井是制药公司的董事兼营业部部长，那么自然可以认为，他们以前有过接触。还有那个厚生省的药政课课长。假如横路和酒井之间不存在任何联系，杜丘的推测就会显得荒诞不经、不值一提。可是，一旦清楚了这种联系有着存在的可能，那么，这个推测就有如被注入了活力，开始生根发芽。

——蜘蛛网。

让杜丘感觉诡异的，是朝云家的银杏树上挂着的那三个说不上是几何图案还是别的什么、只结了半截的蜘蛛网。而实验用小动物里面，肯定也包括了蜘蛛。

近来，蜘蛛这种小动物很少能在都市里见到了。而在朝云家里，蜘蛛网随处可见，这是为什么？而且还是那种诡异的蜘蛛网。买卖实验用小动物的小贩、制药公司、药政课课长、医务技官之死，再加上给检察官设下的圈套。

像是有一条来路不明的虫子，吞下了这些疖瘤后身体抻得老长，杜丘眼见着它从假寐中被惊醒，开始蠕动。这可怕的虫子打算爬往何处？

这条长虫袭击并咬死了横路加代，如今又抖动着身上的疖瘤爬行，打算追杀横路敬二。

——不能再听之任之了。

必须赶回东京，刻不容缓。

行至一处小水塘，另一侧可以看到真由美提起的榛老人的小屋。

第四章

金毛棕熊

1

小屋用茅草葺顶，外形酷似合掌膜拜的样子，俗称小神龛。

榛老人是个沉默寡言的人，听到这个真由美所介绍的来客正在被警察追缉，脸上的表情仍是无动于衷，只是指了指用圆木搭成的地铺。

他那张脸饱经风霜、沟壑纵横，皮肤就像是生了锈的铁皮，却不乏光泽。小屋里到处都悬吊着熏肉。大概是做熏肉的缘故，茅草和柱子都熏得黑亮亮的，甚至整个小屋都好像是熏制出来的。

在小屋安顿下来后，三天过去了。他一直保持着警觉，可始终不见有搜索队在这一带出没。这里是遁世老人在大山深处的结庐之地，或许只有真由美才知道它的存在。

这三天里，老人几乎没开过口，倒也并非因为心生厌烦。老人拿出棕熊皮做的睡袋给他用，还默默地为他做饭。一日三餐几乎顿顿都是熏肉。头一两次尚觉得美味可口，那味道在所有的熏肉中都算上乘。可到了第二天，终究还是腻歪了。他原本就不怎么吃肉。

“你好像吃腻了吧？”

到了第三天的晚上，老人罕见地开了口。

“嗯，有那么点儿。”

杜丘实话实说。

“可这里也没别的了。”

“没关系，我不会过分要求的。”

想起仅靠猕猴桃和野草莓果腹的日子，这里算是天堂了，还吃得到熏肉。虽然小屋里又臭又窄，可前面的水塘却是清澈见底，好像里面没有水似的；对岸的苇丛和其背后的云杉林的倒影在水面上清晰可见。

“不出几天，鲑鱼就该游上来了。”

“鲑鱼……”

“是啊，你就跟我去偷猎吧。得腌些鱼了，鱼肚子里的鱼卵多得是，个个都大得跟你爱玩的弹子球似的。”

老人透出祥和的目光。

“弹子球那么大的鱼卵？您知道弹子？”

“以前在札幌玩过，能玩上一整天。那都是很久以前的事了，那时候老伴儿和丫头都还在……”

一丝阴云又回到了老人那布满褶皱的脸上。

“您太太和女儿都去世了……”

“五年前，被熊吃了……”

老人声音沙哑，口气冷淡。

“被熊……”

“我运气不好，找了那熊五年，到现在也没碰见过那畜生。真是岂有此理……”

声音低沉了下去。

“说到熊，远波真由美小姐倒是被熊袭击过一次，差点丧了命。”

“小姐被熊袭击了？什么时候？”

老人厉声问道。

“就在四天前。”

杜丘便将来到这里的缘由一五一十地说了。

“那头熊什么样？”

老人目光炯炯。

“那头熊很凶暴，一身金毛，大概有三四百公斤。”

“子弹打中它了吗？”

“听说它流了血，不过好像不是什么大伤。”

“啊——”老人发出痛苦的，近乎惨叫的声音，“就是它，我要找的熊就是它。在这一带，个头儿那么大的熊只有它了。”

很快，他的目光黯淡了下去。

“说起来，它身上总该有一些标记的吧？”

“没有。”老人摇了摇头。“虽说没标记，可我看到它就会认出来。那畜生要吃人的时候，就跟疯了似的，眼睛里会喷出火来。”

“要吃人的时候……”

棕熊一心想吃被逼到云杉树上的真由美，对着树干连掰带咬、咆哮阵阵的情景仿佛又回到杜丘的眼前。

“是的，一般的熊遇到人都会躲着走，只有那畜生是个例外。我亲眼见过它有多么的凶……”

黯淡无神的目光里闪过一丝阴郁。

那场横祸发生在六年之前。从很早以前开始，榛幸吉就在日高牧场做工，干一些杂役的活儿。老婆和闺女住在牧场附近。闺女嫁给了族里的一个在样似町的伐木场打工的小伙子，在快要临产的时候住回了娘家。阿伊努的风俗早已无人问津，特别是在年轻人中间。虽说到了幸吉这一辈儿还残留着一点点的遗风古训，可就连这个幸吉，自打成年以后就没怎么在村子里住过。他流转于采矿场和牧场之间，靠打工过日子。

一天，几个放牧的半大小子拉幸吉去偷捕鲑鱼，他答应了。无论是哪条河，鲑鱼都是属于被禁捕的。巡视员对偷捕行为看得很紧。一旦被逮住，就要受到很重的处罚。可是，偷捕却别有一番滋味。

不光是北海道的河流，整个北海道原本都是属于他们自己的。早春时节，从鳟鱼到柳叶鱼、鲑鱼，都会成群结队地游上来。这就是幸吉儿时的情景。等到河水上涨，河里往往就只能见到鲑鱼了。不过，幸吉却并没有因此而认为偷捕有多么的天经地义。偷捕使人感到血脉贲张，不仅仅是阿伊努人才会这样，任何人都是如此。夜晚的河边，宛如银色水滴的清冷月光洒向河面，此时此刻，人与鲑鱼进行的搏击就体现出一种诗意。

忙完了活，四个人就出发了。中途先把车子存在幸吉家，然后徒步往山里走。这些河如今都属于保护区，游上来的鲑鱼的数量已大不如前，可多少总会有斩获的。

就在半道儿上，他们撞见了一头棕熊。这是头金毛棕熊，一直守在路旁的林子里。长着金毛的棕熊性格凶暴，令人闻风丧胆。四个人面面相觑，他们谁也没有拿着枪。又不是第一次遇到熊，因为这个就不去抓鱼了，这不就是认怂嘛。此时，人和熊之间的距离有七十来米。

“浑蛋！”一个叫保田的四国小伙子叫嚷起来，“我可是萨鲁因的后代，快让开！”

萨鲁因的意思是继承了熊之血液的阿伊努人。据说，熊听到这句话，就会落荒而逃。

棕熊发怒了，冲将过来。它抖擞着金毛，像一座小山。

这里是开阔地，四个人撒腿就跑。“爬到树上去！”幸吉喊了一嗓子。他蹿进林中，边跑边寻摸云杉树，然后便跌跌撞撞地往上爬。棕熊的个头太大，爬不了树。紧随其后的两个人也爬到了附近的树上。他定睛一看，只有年纪最小的保田还在地上跑着。这个小伙子性格豪爽而又逞强好胜，平日里总是标榜自己能跑善跳，脚力不输给棕熊。幸吉看着看着就发现了，棕熊其实要快过他一倍。那熊把地面踏得巨响，越追越近了。

随着一声惨叫，一切又归于平静。

棕熊折回来了，肩上扛着保田的一条腿。保田还活着，人被倒挂着，两条胳膊咣咣当当的，时不时地在棕熊的腿上敲打。棕熊又小又圆的眼睛阴森森的，往外喷着火一般，它看了看树上的幸吉，大摇大摆地走了。

三个人逃回去以后，牧场派出了搜索队，可由于天黑而一无所获。到了第二天，发现了保田的两只脚，只剩下了脚脖子以下的部分。这双脚似在诉说，跟熊赛跑是多么枉然。

下葬的只有血衣和残脚。

猎友会的人花了一个多星期搜山，可始终没有遇见那头金毛棕熊。

对于保田葬身熊腹，幸吉并没有感到太多的责任。要怪就该怪他非要跟棕熊赛跑。可是，他对于棕熊把保田活生生地倒挂着扛走，倒是感到了难以名状的气愤。这畜生太残忍了。不过，幸吉也未曾动过杀掉金毛棕熊报仇雪恨的念头。虽然年轻时曾打死过三头棕熊，可他早已过了血气方刚的年龄。

第二年的冬天。

棕熊的事情早已被淡忘。它打那以后就销声匿迹了，想必是流窜到了别的地方。

十月的最后一天，下了第一场雪。傍晚，他从牧场回到家，只见房门被撞开，雪花扑扑地往里灌。血流成河，混着棕熊的臭味儿一直淌到门外。

他大叫着冲进屋里。身躯快要塞满门厅的金毛直立而起，朝幸吉扑去。那喷火的眼睛似曾相识。幸吉抄起墙上的柴刀，打算不管三七二十一地照着它的面门劈过去。可是，也不知金毛想起了什么，它抛开幸吉，一溜烟跑掉了。

幸吉往屋里一看，便捂住了双眼。妻子和女儿头挨着头，双双气绝身亡。两个人的腹腔都被掏空了。被掏空的只是腹腔。女儿光着腿，从快要临产的腹部到大腿根仅剩下了骨盆。

不知何故，在幸吉的眼里，妻子和女儿是并排着被金毛奸污了。

他握着柴刀冲到屋外，可那头金毛棕熊早已在雪中没了踪影。

幸吉辞掉了牧场的工作。

他买了把村田式步枪，潜伏在山里。

为了找寻金毛，他踏遍群山。五年间，他好几次都发现了金毛的踪迹。粪便、脚印、在树的高处挠出的爪痕，还有金色的毛发——然而，却一次也没有狭路相逢。金毛好像知道幸吉在追它似的。它本能地察觉到这个对手相当危险，一直在躲避。

它也许害怕枪。可是，区区一把村田枪，只要不打中要害部位，对它的身板来说，不过是小菜一碟。它尽可以反扑过去，把开枪的人杀掉，然后薅些草塞进弹孔里止血，不出几天，伤口就会长好。叫金毛害怕的，并非枪本身，而是幸吉的执念。这么想大概不会有错。

幸吉决心一旦与金毛遭遇上就跟它进行肉搏，把枪直接顶在它的身上。要想把它击毙，非得这样不可。金毛似乎被这股气势镇住了，一直在提防。

幸吉视金毛为恶魔。因为妻子和女儿死的时候似乎被并排奸污过。他深深地认为，事情远不止人被吃掉这么简单。即便他不愿再这么想，母女二人被奸污的景象也像是烙在了脑子里，挥之不去。

先奸后吃——幸吉感到了一种作为男人所无法容忍的屈辱。他对任何人都只字未提。他的愤怒中还夹杂着性的成分。也许，这是因为他身上流淌着与棕熊有着很深渊源的阿伊努人的血。

那头金毛棕熊竟然袭击了牧场的真由美。这让幸吉从骨子里感到震惊，眼前浮现出可怕的情景：它将真由美从树上拖下来，剥光衣服压在身子底下，强暴了她，然后狼吞虎咽地吃光她的腹腔。这是恶魔才做得出来的惨绝人寰的暴行。

“打明天开始，我还得去找那头熊。就要冬眠了，它得找食儿，这会儿闲不住的。机不可失，以后再想找到它，就不一定什么时候了。”

“带上我可以吗？”

尽管心急如焚，可眼下似乎还没到逃出山的时机。与其在小屋里干等，还不如跟着老人去找熊，也好排遣一下情绪。

“好啊。”

幸吉点了点头，直到这时，他也没打算询问杜丘为何会被警察追捕。

追逐棕熊的幸吉与被警察困在山里的自己——北海道这片土地真的是很残忍啊。不，在残忍的程度上，比起那头金毛棕熊来，能够在一天之内将一个好人逼成逃犯的大都市也许更为残忍。老人所追踪的那头棕熊尚且知道是谁在追它，而在新宿的人海里给杜丘下了魔咒的那个人的真面目，却依然隐藏在黑暗之中。

2

“抽支烟可以吗？”

在从神威岳下到添松谷的半道上小憩时，杜丘向老人问道。很多动物都对烟味儿很警觉。杜丘知道，棕熊、鹿，还有猪，都是如此。

看到老人点头，他才把烟点上。烟很宝贵，抽上两口就得掐掉。

“据说棕熊喜欢闻烟味儿。”

“棕熊，喜欢闻烟味儿……”

杜丘本想说“难不成棕熊还会抽烟”，可随即又把后半截话咽了回去。一个念头一闪而过。以前在某个场合，他听人讲过一段关于动物对香烟的气味儿上了瘾的话。他当时也是将信将疑。那说的是……

“猴子！”

杜丘不禁喊出了声，他望着老人。老人狐疑地望着杜丘。要知道，北海道是见不着猴子的。

“没什么，我想起以前听人说过猴子抽烟的事儿。”

杜丘尴尬地笑了。可是，那笑容很快便凝固了。

——就是那只朝云忠志养的猴子。

朝云的老婆听闻丈夫的死讯后便从乡下赶了回来。此时，她的证词又在脑中清晰地再现。

“听说猴子经常病怏怏的？”

问这话的就是杜丘。

“是的，很长时间了，它的食欲都不太好。我先生那个着急啊，请兽医来看过，可人家说瞧不出哪儿有毛病，大概是得了神经失调。”

年近四十、戴着眼镜的朝云节子回答道。

“猴子得了神经失调？”

“人家说了，一天到晚地被拴着，所以荷尔蒙失调了。也许就是这个给闹的，只要旁边有人抽烟，这猴子就拼命去抓飘过来的烟雾，抓一把就往嘴里送。可这东西又吃不得……”

“这猴子的举动还真叫人纳闷啊。”

对动物略知一二的杜丘感到这事的确很蹊跷。猴子当真想抽烟吗？

“得了神经失调可不得了，上野动物园的猴子还不是一样，不是吃红土，就是揪别的猴子身上的毛吃。”

“那倒是……”

这样的事以前曾有所耳闻。

“我们两口子没有子女，我先生就把那猴子当成了孩子养，还嘴对嘴地喂过它香蕉吃呢。猴子这一病，可把他给急坏了，酒井先生来的时候，还问过他，有没有什么好药。”

“是那个东邦制药的酒井吗？”

“是的。”

“那么，有这种药吗？”

“他对猴子想抽烟这事儿也感到莫名其妙，琢磨了老半天，好像也没想出什么好法子。”

“对了，府上的院子里好像有不少蜘蛛网啊。”

杜丘抬眼望着树枝上结着的怪异蜘蛛网，不经意似的问道。

“说的是啊。”朝云节子也瞟了瞟那些蜘蛛网。“这些都是几天以前突然织起来的。”

“那个酒井先生见过那猴子吗？”

“他逗猴子玩过两三回。猴子好像跟他也混熟了。”

“跟酒井先生的交情……”

“他们是在先生到厚生省任职后才开始交往的，所以谈不上有多深。”

“听说昨天夜里他们一直待到将近三点钟。您知道他们在谈些什么吗？”

“不知道。”朝云节子悲戚地扭了扭修长的脖颈，“我前一天就到乡下去了。”

“酒井先生，您先生的同事青山先生，还有药政课的课长北岛先生，这三个人我们都问过了，他们说，您先生准备辞去厚生省的职务，他们就是来劝您先生回心转意的。为了这个，三天前的晚上他们也来过一次。”

“先生从不向我讲太多他自己的事儿。”她凄然地垂下眼睛，“不过，他好像早就想辞掉厚生省的职务了。当初就是个权宜之计……”

“这样啊……”

接着，朝云节子断断续续地讲述了她先生到厚生省任职的原因，那是出于对医生这一职业的憎恶。

——猴子吸烟。

杜丘仅仅把这一奇怪的现象当成了谈资，一直忘在了脑后。神经失调这一现代文明所催生的病名提供了极大的方便，任何疑难杂症都可以统统冠以这一病名加以解释。现如今，神经失调已经被自律神经失调这一病名取而代之，所有难以解释的病症都被归入这一范畴。

——不过，真是这么回事吗？

如果野生棕熊喜欢香烟的烟雾，那么，这不就意味着那只猴子不一定是得了神经失调吗？

——药。

朝云和猴子均死于阿托品。过量的阿托品会成为可怕的迷幻药，它会对人的大脑施以异常的刺激，令人产生幻视、幻听，歇斯底里，坐立不安。到了一定的剂量，还会产生催情药的效果。给猴子的不就是这东西吗？而且是出于某种目的。猴子并非真的在吸食香烟的烟雾，而是把它误认为别的什么东西。

——是幻觉吗？

一瞬间，杜丘感到心里一阵发紧。他还记得，朝云节子说过，她先生近来也表现出一些神经失调的征兆。

朝云的神经质可谓事出有因。

进入厚生省之前，朝云在一家小医院担任代理院长。院长卧病不起，力邀他出任此职，他便接受了下来。院长患了癌症。他是朝云学生时代的前辈。朝云就任代理院长后，赶上了一场风波，医师会的全体社保医[1]闹起了辞职。前辈是个有气节之人，哪怕医院入不敷出，也要坚持绝不唯利是图的办院方针。他因此深得患者的敬慕，可医院却落得赤字连连。同时，他还被地方医师会视为眼中钉。这是因为，对于患者在别的医生那儿所遭遇的医疗事故，他也会不留情面地仗义执言。

可想而知，他对社保医搞的集体辞职唱了反调，认为这是对国民享受医疗保险权利的蔑视。对此，朝云也深有同感。

因为朝云才是事实上的经营负责人，医师会便开始对他施压，鼓动他也参与进来。朝云坚决不肯。其结果就是，医师会取消了他的会员资格，以示报复。

前辈身故后，医院落到债权人手中，关门了。当时，朝云刚刚决定开办自己的诊所，正在着手筹备。

就在资金的筹措就快有眉目的时候，医师会的打击报复开始了。医师会会长拒绝为银行贷款提供担保，融资一事便没了下文。这还远不算完。负责核准医院开业的医师会下属的合理规划委员会，发出了不准开业的通知。

一纸禁令封死了开业之路。这与开烟酒铺时的情形相仿，需要跟同行隔上个几百米。会员资格被吊销的后果开始显现了。要是放在往常，只需征得附近医师的同意便可大功告成，可这一次，相当于公家专卖机关的合

[1] 有资格接诊医疗保险的参保患者的医生，包括牙医。日语正式称呼为“保险医”，需经过专门的注册。此制度现已废止。

理规划委员会，开始亡灵现身了。

尽管对于患者来讲，医生的数量还远远不够。

此前听说过这样的事，有的县没有医科大学，为了取得医生资源，便千方百计地申办大学，但在医师会的压力之下，所有努力均付诸东流。可万万没有想到，开办个体诊所竟然也会受到波及。

从事实上说，开业已经没有可能。

为了开业已经殚精竭虑的朝云陷入了绝望。对于医师会的险恶用心，他无语了。不仅仅是医师会，医生这一职业圈子里所盛行的“同行是冤家”的风气，也令他感到无可奈何。他把一腔积怨都泼给了老婆节子——“这还是治病救人的医生该干的事儿吗？”

走投无路之下，他变得有些神经质，受失眠的影响，脾气越来越暴躁。有医院伸过来橄榄枝，但都被他回绝了。就在这个时候，厚生省医务局医政课发来了聘函。

他压根儿不想进厚生省。政府的死工资，低得都不好意思跟人说。那种地方自然是没人愿意去的。对于医生来讲，那里就是个养老等死的地方。起初，他婉言谢绝了，可不知为什么，很快就改了主意，走马上任去了。

工作上的事，朝云从不多说一句，因此，节子并不清楚自己的先生在厚生省负责哪方面的事务。她以为，他放着薪水高的医院不去，想必还是觉得这里的工作有奔头儿吧。可没过多久，节子就隐隐觉得事情似乎并非如此。他还是那么的愁眉苦脸。要是有孩子倒也罢了，可他自从出现神经质的征兆后，突然之间，性欲也跟着衰退了，始终不见好转。他自己也诊断说，这是神经质所导致的性欲衰退。他曾半开玩笑地向酒井打听有没有回春药，可人家说没有。节子认为，只要医师会批准开业，不用说性欲，老公的烦闷也会不治自愈，所以，那才是症结所在。

“用不了多久，医师会就会同意你开业的哦。”

节子拿这话宽他的心。

“糊涂！你要我举着道歉信，跟那帮大老爷磕头求饶吗！”

朝云勃然大怒，回敬了一句。

隔三岔五地，他会好端端地心生邪火。节子心想，老公是个犟脾气，给医师会服个软儿能要了他的命。由此看来，他的那个病是没指望了。

节子说，出事前半个月左右，有一次看到他一副冥思苦想的样子。

了解到这一细节之后，矢村警部得出了突发性自杀的结论。当然，掌心检测出阿托品残留物、院子处于完全的密室状态，这些也都提供了佐证。除非动用直升机，否则凶手是进不去、也出不来的。

——可是……

说朝云有些神经质也就罢了，可连猴子居然也染上了，这不奇怪吗？猴子是不可能抽烟的，所以，它是把烟当成了别的什么东西。因为它被凶手偷偷下了阿托品，产生了幻觉……朝云服下的不正是阿托品吗？

药物有其可怕的一面。将精神课用于麻醉分析的巴比妥酸衍生物与用作清醒分析的安非他命混合使用的话，可以随心所欲地操控他人的意志。动机会不会就在酒井部长身上呢？这家伙是个药品专家，对任何药物都了如指掌。药在死者手里，容器却不翼而飞，这一迷局会不会就是他一手制造的？自己在不知不觉中接近了谜底，所以他才设下陷阱，使自己成了逃犯。

杜丘想到这里，“啊”的一声，轻吸一口气。

喜欢香烟的动物，另外还有。

——斑鸫！

他出神地望向山谷对面的杂木林。萧索的杂木林里点缀着像是花楸的红彤彤的果实，宛如串串珍珠，鲜嫩欲滴。

当时，他正在跟踪酒井义广。

对酒井进行了三次跟踪。第二次的时候，酒井在傍晚时分与一位漂亮的女子在新宿会面。他们先在咖啡馆里碰头，然后共进晚餐。那女的不是他妻子。杜丘心想：他们肯定会去旅馆的。

忽地，他感到一阵憋屈。酒井年近五十，是个红脸大汉。脖颈子肉嘟嘟的，一看便知，此人一贯蛮横霸道、厚颜无耻。在制药公司里也算是位高权重，对他来讲，搞女人易如反掌。让杜丘感到痛苦的是，此人跟大美女寻欢作乐，自己还得跟着。他把痛苦化为了斗志。

但是，酒井和那女子在饭后就分了手。杜丘毫不犹豫地跟上了女人。女人上了一辆出租车，驶往世田谷区的经堂方向。她在经堂的神社附近下了车。杜丘拦下女人刚刚坐过的出租车，让司机停在原地等候，自己则对女人进入的房子观察了一番。

武川洋子

门牌上写着这样几个字。

他回到私人出租车里，向司机询问那女人刚才都说了些什么。

司机是个实诚的男子。

“对啦，她说起过斑鸫。”

“Ban Dong？”

“斑鸫是一种小鸟啊。她说有人用气枪打掉了一只斑鸫，翅膀受了伤，飞不动了，她就把这只斑鸫抱回了家。她心肠还真不赖。”

“只说了这些吗？”

“哦，她还向我借过火柴。抽着抽着，她冷不丁地对我说：‘司机师傅，斑鸫还吸烟呢，您说稀奇不……’没错，她就是这么说的。”

“斑鸫怎么会吸烟呢？”

杜丘觉得，这纯粹是无稽之谈。

“是这样的，她说，只要有香烟的烟雾飘过来，那只斑鸫就啪嗒啪嗒地呼扇受伤的翅膀，对着烟雾啄个不停。”

“这斑鸫还真够奇特的。除了这个，还说什么别的了吗？”

“没了，就说了这些。”

司机告诉他，这就是他们交谈的全部内容。

那只斑鸫……

如出一辙，斑鸫想要啄食香烟的烟雾。斑鸫，再加上猴子——女人养的是斑鸫，她跟酒井有来往。跟酒井也有来往的朝云，养的是猴子。那猴子吸食香烟的烟雾……居于这两种吸食香烟烟雾的动物之间的，是酒井。而且，这个酒井还是制药公司的营业部部长。

——这里面必有名堂。

否则就说不过去了，杜丘心想。当初听司机讲时，对于斑鸫和猴子吸食香烟的烟雾一事，自己并未太多留意，只当是旁枝末节的小事，听过就算了。

其实并非如此。两个人喂养的动物同时染上烟瘾不可能是偶然的，而是某种药物起了作用。一定是药物。少量的阿托品会成为可怕的致幻剂。可以这么假设，阿托品引起了幻觉，使它们把香烟误当成别的什么东西。

可是，这么做是为了什么呢？为什么非要让斑鸫和猴子产生幻觉呢？是某种实验吗——比方说，用阿托品毒死猴子和朝云后，让容器消失。不，容器是不可能随随便便消失的，所以，如果这是实验，那它只能跟幻觉有关。假设让猴子和斑鸫服下一定量的阿托品后，它们出现了把香烟的烟雾误认为别的东西的反应模式，那么，这一反应模式不也可以用到朝云身上吗？

——可是，如果是这样的话，棕熊又是怎么一回事呢？

杜丘的大脑开始变得混乱。

这两个证据不正是受棕熊这件事的启发、经过一番搜肠刮肚的冥思苦想后才找出来的吗？可是，回过头来看，棕熊喜欢抽烟这件事又该作何解释呢？除非说棕熊也是服了阿托品、产生了幻觉，否则，自己的推测便是站不住脚的。

非要牵强附会地自圆其说倒也不是没有可能。阿托品出自植物颠茄，在日本国内，横跨山梨、长野两县的深山幽谷里野生的东莨菪，人称国产颠茄，其根茎中也富含阿托品。它在北海道的深山老林里自然生长，棕熊采而食之。棕熊受到幻觉的支配，看到别人抽烟产生的烟雾，便躁动起来……

杜丘苦笑了，哪儿有这么巧的事儿呢。

“得了，咱们再找找去。”

幸吉站起了身。

“您说熊喜欢抽烟，”杜丘边走边问，“这是过去的传说吧？”

“跟传说差不多吧。”老人随口说道，“祭熊仪式里用的熊是养大了的幼熊，据说这种熊总爱抓香烟的烟雾往嘴里送。”

“什么？原来说的是家养的熊？”

杜丘一惊，停住了步子。

“可不，山里的熊要是能自己出来找烟抽，我们何必这么辛苦。”

幸吉大踏步向前走去。

这一天，他们依旧未能发现棕熊的踪迹。

回到小屋后，杜丘比老人抢先一步进到屋里。他要检查有没有外人在他们不在时闯入的痕迹——外出时，杜丘一定会很仔细地记住东西的摆放位置。

环顾屋内的杜丘，目光停留在一点上。墙边幸吉用来存放小物件的木箱，稍稍偏离了一点位置，门口的空水桶也被挪动了一点。

——外出时，有人来过！

自从杜丘住进这个小屋后，还是第一次出现物品不在原位的情况。

幸吉走进屋子，一言不发。

杜丘来到屋外，仔仔细细地巡视小屋的四周。要想发现一个人的痕迹是很不容易的。杜丘将布满疑云的目光投向云杉林。太阳就快要落山了，夜的影子开始悄悄地爬上这片山林。

他有一种危机四伏的感觉。有人来过了——这是毋庸置疑的。究竟是何人光顾了这个山中小屋？而且，这个不请自来的访客，只留下一些若有若无的痕迹，便悄然退去。

——有人越逼越近了……

这一夜，杜丘无法真正入眠。他像野兽一样，昏昏欲睡之中，仍然使神经保持着对危险的警觉。

幸吉似乎并没有察觉有人来过，什么话也没讲。杜丘也只是把这事闷在了心里。

3

给山里披上了一层红彤彤的初冬色彩的、圆溜溜的果子凋落了。

风从日高山上吹来，云杉林里树涛汹涌。山风过后，葡萄、猕猴桃、野草莓等纷纷寿终正寝，从树上掉落。拾取落果的狐狸的足印，穿过小屋前的水塘一侧的湿地，仿佛要躲避这个冬天似的，呈一条直线伸向远方。

那个神秘的访客再也没出现过。杜丘开始怀疑，那也许是个错觉，所以幸吉才没有吐露一个字儿。这个幸吉，嗅觉简直跟野兽一样灵敏。如果外出时有人乘虚而入，他绝对不会无所觉察。东西的位置不过是挪了那么一点点，而且，都快过去十天了，也未见任何的异常，不能不认为这是一个风声鹤唳的逃亡者神经过敏的结果。

不过，杜丘并未因此放松警惕。

没有任何人来，也包括真由美。她没有丁点儿音信。杜丘对眼下的形势一无所知，不免心急如焚。

自从因寻访横路敬二而被迫逃到山里以来，已经过了将近二十天。

——要不要下山呢?

他没有一天不在思考这个问题，焦虑感日复一日地加深。倘若不尽早赶回东京，随着时间的流逝，证据将会越来越少。一味这样耗下去，很难说横路敬二不会落得和妻子加代同样的下场。

横路敬二早早地就闻风而逃了，或许已经死于非命，这种可能性也不能说没有。他一旦被灭了口，杜丘的嫌疑就永无洗清之日了。这就好比是横路夫妇留在尸体上的令人作呕的黑红色尸斑，没有办法消除。总不能追到地狱里去说理。心里越是明白，这种终日无所事事的日子就越是显得痛苦。

——万一他被灭口了呢……

如果是这样，办法只有一个，揭开朝云被害的真相。这正是设计陷害杜丘的目的之所在，因此，唯一的办法就是让真相大白，迫使命案的幕后黑手亲口坦白收买横路夫妇的经过。

——真的能办到吗？

幸运的是，横路同酒井义广之间的联系已经清楚了，甚至还了解到一个与酒井有关的奇特事实——猴子和斑鸫都喜欢抽烟。眼下，还不好据此得出什么结论。家养的棕熊同样喜欢抽烟，正是在这一点的启发下，记忆之源被打开，可这一点反而阻碍了自己进行推断。但是，对于猴子、斑鸫以及棕熊这三者之间的共同点，杜丘抱有很深的疑问。即便没有使用阿托品进行幻觉实验这回事儿，这三种动物都喜欢抽烟，怎么想都令人匪夷所思。这样的习性在任何专业书籍中都不可能有记载。如果书本上没有，但最终却是事实，那么，这里面一定存在着某种共通的玄机。

造成这一玄机的三者身上的共通之处就是，它们都是人工饲养的动物。而且，围绕着朝云之死的玄机，目前来看，不外乎就是装着阿托品毒液的容器不翼而飞，以及猴子和斑鸫吸食香烟烟雾这两点。因此，它们之间应该有着某种神秘的联系，就算是为了搞到对其进行推断的依据，也非得回到东京不可。

可是，能逃出去吗——想到这儿，杜丘不由得心生绝望。听说道警为了区区一名在逃检察官，竟然出动了近三百人的机动队。检察厅为了扭转威信扫地的局面而向警察厅求援，重重布阵。就算能够侥幸地逃下山，可山脚一带的大街小巷和车站也肯定会布控得如铁桶一般。一旦下雪，山里就没法再住下去了。离下雪的日子已经没几天了，想来警方已经算准了这一点。

看起来，下山是有风险的啊。

远波真由美的杳无音信就是明证。她说过，接到联系之前，让杜丘只管在山里藏着。真由美没有动作，也就说明牧场受到了监视。

——真由美。

真由美腹部的剧烈起伏犹在掌心。当时，如果不是自己路过，她就会被金毛棕熊吃掉了吧？在这种地方，十之八九会是如此。也许，她会被残忍地扛起一条腿，活生生地被拖走。真由美虽身为大牧场主家的千金小姐，却也难保不会惨遭葬身熊腹而无人知晓、自此下落不明的厄运。

某一天，在大都会的人潮中，就在转过一个街角的时候，突如其来地，被一个不识其真面目的神秘人物用一个肉眼看不到的、黑色的魔咒头套蒙住了头。拐过街角之前，自己还是自己，可拐过街角之后，过去便立刻消失了，变成了想回也回不去的过往。是那个头套将过去一笔勾销了。这个头套受何人的意志摆布，尚不得知，想脱又脱不掉。自从被蒙上了这个魔咒头套，从前习惯了的视野仿佛面目全非，五彩缤纷的世界倏忽之间变成了黑白的，一切都是雾蒙蒙的，或许更糟。拐过街角之前所拥有的明天和昨天都不复存在了，只剩下苟且偷生的今天。

得过且过、逃一天算一天的宿命……

失去了明天，人生会多么的乏味。

杜丘想，先不去管给自己蒙上那个魔咒头套的人究竟是谁，总之，一个男人命定的明天已经失不再来了。以为还有的，不过是电影胶片上的一格镜头而已。放出来就会看到，下一格镜头仍旧是逃亡过程的定格。若是继续放下去，也许就该做好看到坐牢和忍饥挨饿的心理准备了。

人生被粗暴地定义为逃亡，在这样的心境下活过今天——只能如此了。就像幸吉锲而不舍地追击棕熊，而棕熊一边躲避幸吉，一边另有心机那般。

其实幸吉也很焦躁。

没有狗的幸吉要想追到那头金毛报仇雪恨，并不是件容易的事。幸吉沿着它的足印或残迹穷追不舍，可这狡猾透顶的金毛一有风吹草动，便立刻遁影无形，连个声儿都不出。

“等下了雪，这畜生就该钻到洞里去了。”

幸吉紧蹙着眉头，仿佛在说，在那之前，想打死它恐怕是没戏了。

一天，在追踪棕熊回来的路上，幸吉摸出一个鱼钩，折了根柳枝，开始钓起红鲑鱼来。杜丘心想，莫非幸吉也对腌制的鹿肉、鳟鱼和鲑鱼感到腻歪了吗？湍流中的岩缝里，经常可以看到四十厘米长的红鲑鱼，那个头儿大得让人以为是鳟鱼。杜丘从没在河里钓过鱼，心想，这么大的鲑鱼能钓得上来吗？要真能钓上来，晚上就可以打上一顿久违的牙祭了。

约莫三十分钟后，幸吉钓上来一条不足二十厘米的小家伙。他当场剖开了红鲑鱼的肚子。里面未见鱼食，倒有不少的泥沙。

“低气压就快来了……”

幸吉把沙子捧在掌心里，抬头望着天。云层移动的速度果然越来越快。

“低气压？怎么知道的？”

“变天之前，河里的红鲑鱼就会吞下沙子，它们可不想被水冲走。掂量掂量鱼身和沙子有多重，就能估摸出风暴有多大。我们赶紧回去吧。”

幸吉站起身。

杜丘一面紧赶慢赶地跟在幸吉身后，一面感叹，要想在山里生存，不掌握一些相应的技巧可不行。称量一下鱼和沙子的重量，即可预知低气压引起的河水流量变化的程度，这就是一个明证。

他觉得，如此一来，捕杀那头金毛棕熊的难度就更大了。在大山里，金毛比幸吉更有适应性，知道的东西比幸吉还要多。再由此联想到，曾经咆哮着冲向自己的这头金毛棕熊，面对追踪而至的幸吉却没有要攻击的意思，而是蹑手蹑脚地退避三舍，心头便蓦地袭来一种不祥之感。无论幸吉还是金毛，都在进行着一场杜丘看不到的殊死之战。

杜丘觉得，相比较而言，自己所进行的这场角逐实在缺乏惊心动魄之处。

黄昏过后，低气压如期而至。风呜咽着吹过云杉林，搅得本已枯死的落叶重又满地飞舞。随后，瓢泼大雨噼噼啪啪地砸向地面。

到了拂晓时分，低气压离开了。

天没亮，大雨就停了。走出小屋一看，水塘涨水了，苇丛的多一半儿都淹没在水里。残风舞动着冬天的利爪，好像要将水塘里的水舀上来似的。

“就是那畜生……”

只听幸吉呻吟般地喃喃自语。杜丘走到幸吉站着的小屋那一侧。泥地上，大得可怕的棕熊脚印赫然在目。

“又是这个金毛！”幸吉说道，“这畜生在雨停了之后来过，还往屋里偷看来着……”

他指着脚印的手微微有些发抖。

“您是说又吗？”

“那是十几天前了。这畜生趁咱们外出的时候，到屋子里来过，留下了气味。我怕你担心，就没跟你说……”

杜丘吃了一惊。那到底不是错觉。但是，没想到这个不速之客竟然就是金毛……

“不过，这金毛到底图个什么呢？”

“我也不太明白，所以才瞒着你的。”

幸吉缓缓地摇摇头。

金毛两腿直立，往小屋里偷窥；它屏息静气，用一双小而圆的褐色眼睛盯着熟睡中的幸吉和杜丘——这情景让杜丘想起来就不寒而栗。金毛究竟为了什么……

杜丘觉得，这离去的脚印里面有着非同小可的意味。

幸吉汗毛很重的脸上浮现出苍白之色。

4

“这畜生在打我的主意。”

幸吉说这话，是在四天后的一个夜里。

“它在打您的主意？”

“没错，我心里明白……”幸吉刀刻一般的额头掠过一丝惊恐之色，“这畜生好像下了决心要置我于死地……”

从幸吉额头上闪现出的阴郁中，杜丘看到了一种如坠入地底的无尽黑暗一般的胆怯。他颇感意外。假如金毛真的打算袭击幸吉，那幸吉理应感到情绪振奋才是。

“你肯定还不知道，这四天里，我在路上两次闻到附近有它的气味儿。这畜生一发怒身上就发出一股脂肪烧焦了似的煳味儿，每次我都能闻出这煳味儿。”

“我怎么一点感觉都没有……”

跟着幸吉从早到晚地东奔西走，可杜丘却没有丝毫的察觉。

“我是阿伊努人嘛。”幸吉说道，目光如焰，阴森晦涩，“以前，我从没把自己当成阿伊努人。这里的人对我都没的说，尤其是真由美，她很尊敬我，不光是对我，对我老伴儿也一样。可这会儿，我感觉到了阿伊努人的血性。要问为什么我可说不清，我只知道，这么长时间了，这金毛一直被我追得东藏西躲。可现在，它开始算计起我来了。我心里清楚得很，它在偷偷盯着我呢。这金毛突然让我觉得很害怕。说得丧气点儿，我没准儿会被它吃了……”

“这怎么可能……”

幸吉的话叫人不由得一阵惊颤。

“不——”幸吉摇了摇头说，“我心里清楚。不过，就算难逃一死，我也不会让它痛快的。”

“别说这么不吉利的话——还有我呢，我会尽力帮您的。”

“你帮不了什么。”幸吉口气冷淡，不为所动，“逃兵一有风吹草动就会被吓破胆。追兵才不会这样。就在四五天之前，我还是追兵……”

幸吉摇了摇头，似在表明，自己也没弄明白为什么会突然从追兵的身份变成了逃兵。

从这一天起，幸吉的话越来越少了。搜索金毛的时候，他似乎比以往小心谨慎得多，那支村田式步枪由肩扛改为了手提。

幸吉的神态告诉杜丘，与金毛决一死战的时刻越发临近了。不知何故，金毛决心除掉追踪者，它停止了躲藏。从这一刻起，幸吉便被恐惧缠身。也许是阿伊努人的血性起了作用，不过，如果就像幸吉说的那样，这里面反映出了追踪者和被追踪者的心态——那么，杜丘是应该颇为感同身受的。金毛大气不出地偷偷逼近，它的这一举动着实让人感到一种无以言表的战栗。

“别动！”幸吉低沉的声音使得杜丘的双腿一下子僵住了，“好像有人……”

幸吉用警惕的目光从云杉林里向小屋的方向望去。杜丘则一无所察。

这是幸吉示弱地坦言自己也许难逃一死的两天之后。有一天中午的时候他们正要回一趟小屋，就在这时，幸吉觉察出了异样。一无所觉的杜丘紧张得喘不过气来，他明白，幸吉虽然嘴上不说，但一直在替自己提防着追兵。

两个人蹑手蹑脚地摸到能看得见小屋的地方。杜丘看到，面对水塘的一侧站着一个又瘦又高的男人。是矢村警部。

“这是警视厅的刑事。”

“明白了，你在这儿躲好了。”

幸吉一个人朝小屋走了过去。

矢村看到幸吉后，慢慢地踱向小屋。

“我是警察。”矢村瞟了一眼幸吉，说道，“有个叫杜丘的，应该在这儿吧？”

“哎呀——”幸吉歪着脑袋说，“你说的是哪一位啊？”

“就是和你住在一起的那个人。”

矢村打量着幸吉，目光像两把刀子。很明显，幸吉并非一个人住。

“我这儿经常会来一些打猎的朋友。”

“这样啊。”矢村点了点头，隔了一会儿又问道，“听说你在追棕熊。你有狩猎证吗？”

“我给老婆和闺女报仇，还要向公家要个纸片子吗？”

幸吉扭过脸去。

矢村没有回答这个问题。他将目光从表情生硬的幸吉身上移开，走出了小屋。

“等一下。”幸吉追出小屋。

“你是一个人来的？”

“怎么了？”

“棕熊就藏在这附近。碰上它，你就没命了。它可是嗜血如命的。”

“对棕熊……”矢村那凹陷的面颊上浮出冷笑，“我会提防的。”

“手枪可对付不了它。不过，你是死是活跟我倒是没什么关系……”

对着扭头便走、一副满不在乎的样子的矢村，幸吉嘀咕了一句。

看清矢村从水塘的一侧走向云杉林，身影消失在林子里以后，杜丘回到了小屋。

“此人不善，眼神跟金毛似的。”

幸吉在说对矢村的印象。

杜丘默默地点点头。矢村站在水塘边的身影像是刻在了他的脑子里。

矢村终于出现了——由此可见，警方捉拿自己的决心非同一般。矢村到底是名不虚传，居然单枪匹马地光顾幸吉的小屋。他是调查了杜丘逃出牧场的经过后，自己找上门来的。矢村的目光再怎么敏锐，也不可能通过盘问就洞穿了真由美的秘密。

既然矢村见到了小屋，那就不用去怀疑他是否已经嗅出了什么迹象。非动身不可了——已经刻不容缓。可是，又不能下山去。

——去翻越日高山吗?

幸吉沉默不语，扭过头，回避着杜丘那焦急的目光。他也是想放手让杜丘自己去决定该怎么办。他默默地为下午搜索棕熊做着准备，把心思都放在了与棕熊迫在眉睫的决战上。那神态像是在表明，每个男人都有自己的路要走。

杜丘走到屋外，一边眺望远山，一边琢磨：只有一个办法了，翻过日高山，往带广方向去。他打定主意，要在第二天一早就离开小屋。远方的山峰上笼罩着鹰爪一般的黑云。

矢村，再加上金毛——远方似乎响起杂乱无章的鼓声。

矢村慢悠悠地沿着山谷里的猎人小道往山下走去。到底是北海道，除了无穷无尽的广阔云杉林，便是漫漫的草原。地势起伏不大，平地缓坡居多。

——真是不虚此行。

矢村揪下一片草叶子含在嘴里。跟棒幸吉住在一起的人一定是杜丘。他在幸吉的窝藏下，一直在伺机出逃。

——绝对不能让他得逞。

他打算明天早上调来机动队搜山。只要以小屋为圆心，布下大范围的包围网，抓到人是板上钉钉的事儿。等逮住了杜丘，非得让他好好说说对朝云的死因之谜知道了多少。杜丘遭到横路夫妇的陷害，不就是因为他接近了朝云一案的真相吗？对于这一层，矢村还是能够想得出，可再往下便是茫然一团。对朝云的死因查来查去，至今也没能找出他杀的依据。想必杜丘也强不到哪儿去，他是在浑然不觉之中接近了真相。因此，才会冒出那个陷阱。

矢村抬头望向天空，神色严峻。他不甘心承认这个小检察官的办案嗅觉要强于自己。可现实却是，杜丘仅仅因为过问朝云的死因，就被迫杀了人，踏上了殊死的逃亡之路。

冬天的云朵看得人眼睛胀痛。

视线的右侧，就在灌木丛的里面，有个东西一闪一闪的。矢村以为是只松鼠。方才见过好几只松鼠在云杉枝头跳来跳去。他停下来，朝灌木丛里窥探。

那是两只眼睛，放射出阴森的寒光。那眼睛一眨不眨的，像是燃烧的火球。棕熊！虽然看不到身子，可从眼睛的大小和位置判断，那熊的身量相当大。

熊死死地瞪着矢村。

矢村并未慌张。他慢慢地拔出手枪。两者的距离有七八米。三十三毫米——手枪的口径是小了点，可一旦击中要害，再凶猛的熊也会减缓扑上来的速度。他对自己的枪法信心十足。

就在瞄准后扣动扳机的一瞬间，那眼睛突然动起来。随着一声枪响，手臂被震得往上一扬。

紧接着，爆发出一阵恐怖的咆哮，灌木丛仿佛一下子被劈开了。棕熊的身躯几乎将整个视野遮挡得严严实实。只见它直立着身子，摇摇摆摆地扑了上来。看上去，它的个头儿要比矢村大上一倍。

他边跑边开了第二枪，也不知打中了什么地方。咆哮声越来越高，棕熊就快要扑到眼前了。矢村没有想到棕熊的身手竟会如此敏捷。他好不容易找了棵云杉树作掩护，就听“咣”的一声，棕熊的前肢拍到树干上。真是千钧一发。眼前的树干被削去一大块，树皮飞溅。熊的吼声震耳欲聋，臭烘烘的热气喷了他一脸。

矢村拼尽全力，跑向旁边的另一棵树。这棵树的树干并不太粗，可他也来不及跑到更远的地方了。他躲在树后放了第三枪，根本来不及瞄准。这一枪似乎打掉了熊的一只耳朵，只见鲜血四溅。

棕熊被激怒了。它嗷嗷地张着大嘴，满腔怒火地隔着树干横劈过来。咯吱一声闷响，树干被折弯了，与此同时，矢村的左胳膊中间重重地挨了一下。随即，他被熊爪往前拖去，连人带树干都被熊抱住了。

——这下完了！

恐惧感袭遍全身。手枪早就掉了。他拼命挣扎，可根本无济于事。他感觉到熊爪抓住了他的后背。外套和上衣被扯了起来，血盆大口向他袭来。他拼命把头闪向一边。扑了个空的棕熊一下子咬住了树干，只三两下，就咔嚓咔嚓地把树干咬开了口子。这声音就响在矢村的耳边。棕熊把整个体重都压在树干上，树干像弓一样地弯了下去，发出骇人的声音。

就在此时，响起了枪声。紧接着，又响了第二枪。

棕熊放开了矢村。矢村一下子瘫倒在地，意识几近模糊不清，依稀感到自己捡了条命。只见棕熊飞快地窜向灌木丛，庞大的身躯像是一座小山。

跑过来的正是杜丘。幸吉则追进棕熊藏身的灌木丛里。

“你怎么样？”

杜丘抱起矢村，查看他的伤势。

“不好说，可还挺得住……”

矢村那没有血色的脸扭曲着。

“出血很严重啊。”

杜丘把矢村放平，从血迹斑斑的外套上扯下一块布，绑在左胳膊的肩肘部。胳膊正中间的部位被剜掉了一块儿肉，露出血糊糊的骨头。右后背上还有抓伤，所幸并不太深。

“你想救我吗？”

“本来不想救，可不救你就没命了。”

“我把话说在头里，你就是救了我，我也不会放过你。”

矢村的脸痛苦地抽搐着，越来越苍白，满头大汗。

“我早就知道的——还走得动吗？”

“不用你管。”

矢村不领情地推开扶过来的手，可没走两步，便踉踉跄跄地要往下倒。

“别逞能了。”杜丘用肩扛住了他，“我先把你送到小屋去。这儿离山下的镇子太远了，再说我也不想被逮住。你死不了的，先凑合让幸吉先生给你看看吧。”

“哦……”

矢村微微点了点头。

5

幸吉治伤用的招儿很吓人，简直惨不忍睹。他先拿清水冲洗胳膊，然后用火把对着伤口烧。屋里飘散着皮肉烧焦的气味。

到了最后，嘴里咬着布头强忍剧痛的矢村昏了过去。

“熊爪是细菌的老窝。不过，这么处理一下就没事儿了。剩下的就交给大夫吧。到了明天，我就把他送到镇子上去。”

幸吉用从屋子外面采来的草榨出汁，将这黏糊糊的液体涂在现成的布头上做成绷带。

“那头熊呢？”

矢村从昏迷中醒过来，问道。

“跑了。”幸吉说，“明天我会把你送到镇子上。到时候，你会派警察抓这位先生吧？”

“这是我的职责。”

矢村答道，脸因痛苦而扭曲着。

“我没指望你知恩图报。”杜丘把手枪递给矢村，“这个先还给你。”

矢村用单手检查了弹匣，然后把枪塞进了绷带里。

“你以为你跑得了吗？”

“那你就看着吧。”

“你休想……”

矢村疼得直冒冷汗。

“你还是闭会儿嘴吧。”幸吉说道，“等会儿药劲儿上来就没那么疼了。到时候你可以睡上一觉。不过……”

“不过什么？”

幸吉对矢村的发问只是摇了摇头，并未作答。说不清他是不是在后悔没让金毛把这个人吃掉。要是让金毛吃了他，那就有机可乘了……

“我就问你一个问题，”杜丘对闭着眼睛的矢村说，“你是不是以为横路加代是我杀的？”

“嗯。”矢村闭着眼答道，“不过，关于这件事，你尽管缄口不言好了。现在还不是合适的时候。等逮捕你的时候，自然会问你的。”

“知道了。”

杜丘不再说什么，心想，对于犯罪行为，此人是没有什么正义感可言的，有的只是他个人的执念；无论这种执念是否包含了正义感，他都会锲而不舍、一意孤行。

追踪者——他觉得矢村会永远是一个追踪者。看到他那高高的、苍白的颧骨，这种感觉便更加深刻。听说矢村是一个单身汉，也不知道他过去有怎样的经历。这个人谈不上有什么善恶观，只是一味地醉心于追捕逃犯。从这一点来看，他恐怕跟自己一样，都属于离经叛道者。也许是上天的安排，两个人终将在这种共性的驱使下，在永远也不会有结果的逃亡与追踪之中，不断加深对彼此的伤害。

第二天早上，矢村拒绝幸吉护送。

“那畜生吃了一枪，正急着报仇呢。你当我愿意当你的保镖吗……”

幸吉提着枪出去了。

杜丘在小屋前目送矢村离开。矢村没有道别，头也不回地走了，瘦高的身板微微向左倾斜着。

此后，又过了五天。

每天都保持着警觉，可一切都平安无事。警察并没有来。

“也许他没有把你的事说出来。”

幸吉如是说道。

也许他是没有说，可杜丘心里明白，这并非出于好意或报答。那个人从不会讲什么儿女情长。他是料定往这里派警队是不会有什么效果的。几十、上百的机动队靠近森林总会闹出动静，很容易被察觉。哪怕行动隐蔽得再巧妙，还有幸吉这个阿伊努人在。幸吉敏锐的嗅觉是很难骗得过去的。他是打算加强山脚一带的封锁，同时等待伤势的痊愈。搜捕队明白得很，一场雪下过，山里就待不住人了。人家是不想做无用功。

离降雪的日子屈指可数。按照往年，降雪是在十月底到十一月上旬。离十月底只剩下三天了。

随着寒气加重，树木一天比一天变得枯黑，地面一天比一天干硬。

“真由美小姐好像也没什么好法子了。事到如今，只好去翻日高山了。趁着雪还没下，我明天就送你过去。”

早上，幸吉出了小屋就仰头往山顶上张望。

“等到了带广或十胜町，就会有办法了。北海道大得很呐。”

“那您呢？”

“我还回到这儿来。”幸吉凄然地一笑，“在雪下大了之前，继续找那畜生。那畜生袭击人的时候像是饿坏了似的，看来他身上的脂肪还不够过冬的。这样的话，就是下了雪，它也不会缩在洞里的，机不可失啊。”

“那就拜托您了。”

只要山下镇子里的警戒不解除，翻越日高山就是唯一的选择了，而且，还非得依靠幸吉做向导不可。

那一天，他们一直走到肖罗康河的上游，踏上归途时，已是下午很晚了。金毛踪影皆无。这是杜丘的感觉。杜丘也打过猎，不算是门外汉了。看到脚印，他甚至懂得通过观察被踩倒的草的弯曲程度测算出野兽大致的通过时间。碰到雪地里的脚印，他会扒开表面的雪，查看下面的上冻情况，再推算出野兽经过的时间。可现在，杜丘却丝毫也感觉不出金毛的行迹。

“那畜生在盯着我们呢。”

然而，幸吉却说出了这样的话。时间已是下午。杜丘不相信。他从幸吉盯着路边草叶子的眼神中看到了一种病态的迷离，觉得幸吉简直到了风声鹤唳的地步。不知从何时起，幸吉的眼神里早已没有了追踪者的果敢。

肖罗康河流经一片原生林的缺口地带。河岸上长满了山毛榉和赤杨，枝繁叶茂，背后便是一望无际的云杉林，郁郁葱葱，遮天蔽日。

他们沿着河岸边上野兽出没的小道儿走着，一会儿，幸吉停了下来。

“我闻到那畜生的气味儿了！”

幸吉压低嗓子嘟囔了一句，随后双腿叉开，牢牢地站住脚跟。刹那间，杜丘感到不寒而栗。幸吉的站法分明是射击的架势。

四周没有任何迹象。左侧是灌木丛，叶子都掉光了，只剩下纵横交错的枝杈，根本藏不下金毛那庞大的躯体。右侧则是山谷。

“别动！”

幸吉急迫的声音令杜丘一下子僵住了，两腿抖动不已。杜丘似乎也闻出了金毛那烧煳了的油锅般的愤怒之气，不禁毛骨悚然。

咔啪——

灌木丛被劈开了，与此同时，黑褐色小山一般的金毛从一堆枯枝当中一跃而出。它直立着身子猛扑过来，一副誓要把人压扁的架势，充满仇恨的一双眼睛像亡灵一样喷着火，不亚于滚动的巨石一般的冲力把杜丘撞得一下子飞了出去。杜丘没来得及叫出声，就像一片被吹飞的枯叶般滚下了山谷。

之前听到一声枪响。似乎看到幸吉死命地把枪顶在金毛的身上，枪口戳进了金毛坚硬的胸毛里，发出碾碎肌肉的沉闷声响；枪声浑浊不清，想必是金毛的赘肉把声音吸收掉了；幸吉把步枪当成了长矛使——脑子里闪现出这一切不过是一瞬间的事。

或者，这也许是跌落山谷时产生的幻觉吧。滚落的过程中，杜丘的手不住地试图揪住灌木的枝杈。就在摔下山谷时，从山崖上方传来一声凄厉的惨叫，有如夜鹰的鸣叫，仿佛要把溪涧的水声击碎。那叫声只响了一次，取而代之的是金毛那呼哧呼哧的沉重喘息声。

异样的寂静再次降临。

只觉浑身僵硬，血液好像凝固了。连耳朵都是麻木的，丧失了听力。溪涧的水在无声无息地流淌。他好想顺着溪流逃出这鬼地方，甚至觉得还不如让警察抓去来得痛快。然而，杜丘还是艰难地迈出了瑟瑟发抖的双腿。幸吉尸体的惨状仿佛历历在目。倘若就此一跑了之，那就等于亲手在自己身上永远地烙上了胆小鬼的印记。

双腿打战，根本使不上劲儿。他手脚并用，试图找个坡面爬上去。

爬上去一看，幸吉已没了踪影。那支枪扔在地上，散落在一旁的上衣碎片和子弹袋上血迹斑斑。草叶子浸泡在一摊血水里。血迹一直穿过了灌木丛。

杜丘拾起枪。这时，血液突然之间重又开始流动。对金毛的仇恨使他血脉贲张。听觉恢复了，听得到附近有低沉的咕噜声。

他把子弹上了膛，追了过去。

根本用不着追。一出灌木丛，就看到了斜坡上的金毛，它的嘴里叼着幸吉的头颅。头颅、躯干，还有下半身，都已经分了家。金毛的脸上沾满鲜血，啪嗒啪嗒地往下滴着。

金毛抛开幸吉的头，直立起身子，脑袋滴溜溜地转来转去。杜丘端着枪冲了过去。不可思议地，他没有感到丝毫惧怕，浑然忘我。正因为忘我，金毛龇牙咧嘴的吼叫声也能充耳不闻。他瞄准了它的鼻尖。金毛放声咆哮，满嘴都被血染得鲜红。

他对着这张血盆大口扣动了扳机。

金毛扑通一声翻倒在地，嘴和眼睛里都冒出血来。变成了熊瞎子的金毛再次嚎叫起来，声音震天动地。杜丘重新装上子弹。金毛一边咆哮，一边用熊掌击打着地面，张牙舞爪地冲着杜丘爬过来。地面被震得咚咚直响。

杜丘对准眉心射出了子弹。金毛的眉心被打穿，再也动弹不得。

它瘫卧在地上，身体剧烈地抽搐着。金毛将一团血块从嘴里吐出，随后一命呜呼了。

它吐出来的东西正是幸吉内脏的残块。那内脏还活着，仍在蠕动着。

第二天一早，杜丘埋葬了幸吉和金毛的尸体。他在埋尸的位置插上树枝，然后回到了小屋。

只能动身了。必须赶在下雪前翻过山去，找到逃生之路。他往皮囊里装进幸吉储备的腌肉，做好了出发的准备。他想，既然已经从幸吉那儿打听到了大致的地形，再怎么迷路，也不会一辈子都翻不过去的。他决定走的时候把睡袋还有那支村田式步枪都带上。

出了小屋，他回头望了望。

失去了主人的小屋看上去像是缩了一圈，给人一种行将被迫近的冬天摧毁的孤零无助感。

它就像是一个追逐戏散场后被遗弃的道具。幸吉追踪金毛，最终演变成金毛反戈一击，逃亡者和追踪者同归于尽。这或许就是某种暗示吧。矢村受了伤，自己即便可以平安地翻越日高山，将来会怎样仍是无法预料。即使可以成功地潜回东京，可要说找到那个影子一样的人物，这中间的距离恐怕比起眼前那远方的山巅还要漫长吧。

也许自己会跟幸吉一样，把命丢掉。

——不过，命不会白丢。

多年来一直躲着幸吉的金毛，突然之间摇身一变，开始对幸吉打起了伏击。那好，就让那个鬼影一样的家伙也尝尝这种瘆人的滋味吧。这就是从蛰居山中的这段生活里所获得的唯一收获。一定要让那家伙体验体验比金毛的脚步声还要阴森恐怖的梦魇。

杜丘挥起一只手跟小屋作别，朝着远方依稀可辨的日高山迈出了步子。像是做向导一样，一只秃鹫在高空中盘旋。

突然间，听到一个声音。

他跑着钻进了森林。那声音离得很远，像是野兽。声音沿着地面隐隐地传来。如果不是棕熊的话，那就该是警察了。是警察那倒好办了，只管跑到原始森林里藏起来就是。

他隐蔽起来，细细地观察。

出现在水塘边的，是骑在马背上的真由美。真由美从马鞍上抽出来复枪，翻身下马，到小屋里查探一番后，又走回来，在水塘边伫立。

杜丘确定没有尾巴后，悄悄走上前去。塘里的水面上，清晰地倒映出一双穿着牛仔裤的修长的双腿。

“啊呀，你在这儿呢……”真由美听到动静后扭过头来一看，便扔下来复枪，跑着迎了上来，“谢天谢地，终于见到你了……”

杜丘将真由美拥入怀中，女人的气息让他感到一阵晕眩。这气息像乙醚一样，深入骨髓。

“警察收队了。”

真由美的声音掩饰不住兴奋。

“收队了？”

他放开她的身体，追问道。

“嗯，警察昨天就打道回府了。没准儿是战术转移吧，反正山下镇子里的警察都走光了。”

“你知不知道那个被熊打伤的矢村警部怎么样了？”

也许，这都是矢村一手策划的。

“你是说那个人吗，医生给他看过以后，第二天他就回东京去了。”

“这……”

矢村回去了——这是为什么？因为自己救过他一命，矢村就一反常态地心慈手软了吗？不，这太不像他了。

“封锁线是解除了，可坐日高本线还是挺有风险的。车上肯定有埋伏，千万不能上当。我倒是有个锦囊妙计。”

“真是太难为你了，谢谢。不过，我下一步的打算是翻过日高山，到带广去。”

“这种冒险毫无意义啊。”真由美手执缰绳说道，“就算到了带广，可从那里到本州去的船，班次可不多呀，还不如听我的安排呢。”

“你打算怎么办？”

“今天夜里，有一批良种马要送到千岁去。我已经叫人在运马的卡车上做了手脚。碰上查车的也不怕。飞机是坐不得了，但可以搭乘联运船或者渡轮回本州。只要到了千岁，总会有办法的。”

“可是，这会给你……”

“添麻烦的是我啊。爸爸出卖了女儿的救命恩人，真是太卑鄙了，这笔账早晚要算。可眼下最要紧的，是怎么逃出去啊。”

“谢谢你了。”

杜丘低下头。

“可我有个条件。”

“你说。”

“你喜欢我吗？”

“嗯。”

“那就好。”真由美似乎放了心，脸颊上浮现出些许羞涩。“对了，幸吉老先生呢？”

她好像这才注意到杜丘手里的村田式步枪和那一身装束。

“他死了。”

杜丘声音低沉地答道。

第五章 逃出

1

到了约定的时间，一辆巨型拖车准时出现。杜丘从藏身的树林里走出，打了个信号。

车大灯熄灭了，从驾驶室里下来两个人。一个五十岁上下，另一个年纪与杜丘相仿。

“是杜丘先生吧？”

出于小心谨慎，年长的那个人轻声轻语地问道。

“是我。”

“我们是奉小姐之命，来搭救你的。”来人毫不掩饰不耐烦的语气。“你可记住了，谁也不想摊上这个事儿，我们这是没办法。现在就请上车吧，到地方之前，你可就甭想再出来了。怎么样，没问题吧？”

听上去他是在拿话唬人。

“拜托了。”

“那好吧。”

这个人朝着那个满脸不情愿、形容猥琐的年轻人说了些什么，便转到了拖车后面。这辆拖车身形庞大，车顶很高。他打开了门上的锁。里面装的是良种马。两个人摸着黑，一声不吭地牵出了五匹种马。在黑暗中也看得出，这些种马体魄健壮，都从鼻子里往外喷着白气。杜丘这才注意到，原来天气已经冷到了这般地步。

“好了，进去吧。”

年轻的那一个在红色尾灯的光亮里扬了扬下巴。此人嘴唇很厚，一脸迟钝相，讲话粗鲁。进到车厢里一看，紧里面钉着隔板，隔板是打开的。

“这地方还够你躺进去。”

年长的那一个说道。

尽管已做足了心理准备，可一瞬间，他还是犹豫了，心里闪过一丝恐惧——这该不会是陷阱吧？主意是真由美出的不假，可万一这两个人把计划泄露给了她的父亲，那自己岂不成了瓮中之鳖？探进半边身子后，杜丘愣了一会儿。进退维谷间，杜丘下定了决心：留下来也是死路一条，不去拼，怎么会有明天！

整个身子钻了进去。刚一进去，年轻的那一个便狠狠地关上了隔板。里面的空间勉勉强强够一个人躺下来。大概是真由美嘱咐过的，地板上铺着叠起来的苫布。

“要小便的话，你就躺着尿吧。还有，碰到停车的时候，你可千万别出声儿，这是赶上了查车的。到千岁的时间是明天一大早，我们会在郊外放你下去的……”

关上隔板后，那人又说了这一大堆，话尾里似乎带有讪笑的意味。

传来往车上装马的声音。大概是马装完了，只听两个人经过车旁，边走边交谈。

“走吧……”年长的说道。“车上关着个杀人犯……”年轻人的后半截话含混不清。随后，杜丘又隐约听到了几声讪笑。突然，一种不安的感觉汹涌而至，似乎快要把这狭小的空间撑破了。那人话尾里的讪笑也许正说明这是一个陷阱啊。该不该逃出去？杜丘试着推了推隔板。厚厚的隔板纹丝不动，跟关进了号子里差不多。空间将将勉强容得下身子，根本使不上劲儿。“喂！”杜丘喊了起来，“我有话说。”可这时，引擎已经发动了。车头离着八丈远，根本不可能听到。

马开始躁动，杜丘则沉静了下来。他闭上了眼睛，等待着自己的命运会是什么呢？

在受困密室的那种焦灼感的压迫下，他大口大口地呼吸着，好让肺部获得更多的氧气。

车子徐徐滑动。响起一片马蹄交错踩踏的声音。车速提起来之后，这种声音便消失了。受风压造成的逆流作用的影响，一股马身上的焦煳味儿被猛烈地吹向隔板。

急也没有用。就算这是陷阱，就算那两个家伙准备把自己卖了，事到如今，也没有什么办法可想了。他好想睡上一觉。接下来的几个小时里，身子连动一下都是不可能的了。

除了偶尔拐个弯儿，车子颠簸的节奏都是一成不变的单调。

凭感觉，车子是沿着海岸线驶上了二三五号国道。遇到会车时，卡车的轰鸣声骤然加大，犹如撕心裂肺一般，随后转瞬即逝。每到这时，种马群里便发出一阵纷乱的马蹄声。他想到了纯种马乌黑的眼睛，这眼睛里折射出纯正血统给它们自身带来的命运：人类将它们培育成骏马良驹，然后再一匹匹地卖掉。这双黑眼睛充盈着希望，永不干涸，直至跑得筋疲力尽，最终被施以注射死亡。人们都说，这才是良种马的血统，这才是它的骄傲。然而，现在的杜丘却从没有安栖之所、唯有无休止奔跑的良种马的眼睛里看到了哀怨。

行驶了大约两个小时，车子停了下来。似乎是遇到了检查岗。车外有人在走动，还听到了说话声。至于说什么则听不清。汽车一辆接一辆地被拦下，吱吱嘎嘎的刹车声接二连三地响起。眼前浮现出手持涂着发光材料的指挥棒、挥舞着红色指示灯的持枪警察的身影。由于紧张，杜丘在黑暗中睁大了眼睛。

听到车门被打开的声音。

还好，什么也没有发生，车门又被关上了。

车子发动了。他惊出一身的冷汗。不管是落入陷阱也好、被卖掉也罢，他早做好了最坏的心理准备。可是，听天由命归听天由命，他可不想在被捕时自己是这么一副惨相。如果被捕是早晚的事，那也要像幸吉和金毛那样，在被捕前做一番你死我活的角逐。现在的这个样子无异于被从洞穴里提溜出来的苟延残喘的动物。矢村那嘲弄的表情时隐时现。自己绝不能当一只任人摆布的羔羊。

幽闭的环境造成的恐怖感愈发强烈。他觉得空间正一点一点地收缩，自己迟早会被卡得动弹不得。小时候钻到洞里玩时落下的噩梦般的回忆又复苏了。他好想大叫一声，只要能离开这地方，死或被捕都不在乎！

车子一刻不停地飞奔，冲向令人焦躁不安的夜幕。

拂晓前，杜丘终于到达了千岁。

车子停下，门“哐”的一声被拉开。马被牵了出去，隔板打开了。

“还能走吗？”年长的那个人问道，“快出来。”

听到这个声音，他有一种复活了的感觉。这终归不是陷阱。他被搀扶着下了拖车。

“谢谢，给你们添麻烦了。”

杜丘为自己的生疑感到羞愧。

“你快走吧。这会儿要是被发现了，我们也得进班房。”

语气中听不出一丝怜悯。

“能不能告诉我，这是什么地方？”

“千岁市内的工厂区。一直走就是市中心了。你可以打辆出租车去车站。话说在头里，你以后可别再给小姐添麻烦了……”

“好的，我明白。”

杜丘迈出了步子。见不到路人。按照指点，他穿过一条街，来到主干道上。

此前来过一次千岁，还分得出大致的方位。他朝着估摸出的车站方向走去。

站前有一家昼夜咖啡馆。看到薄霭中那暖烘烘的灯光，杜丘的双腿被吸引了过去。关于咖啡的记忆被唤醒了。最后一次喝不加糖的黑咖啡是什么时候，都已经有点想不起来了。

即将走进咖啡馆时，他停下了脚步。他想起来了，在去横路敬二家之前，进的正是这家咖啡馆。就是在这里，他听到了新闻里播报的通缉令。

——那姑娘还在吗？

还是别进去了，杜丘对自己说。现在这种时候，酸溜溜的感伤是很危险的。他脑子里闪过幸吉死前的惨状。幸吉嗅出了金毛的藏身之处，可还是送了命。杜丘刚要返身往回走，就看到从车站方向走过来两名警察。不得已，他推开了门。

店堂里播放着慵懒的爵士乐，音乐深处流淌着从黄昏时刻的流光溢彩逐渐归于平淡夜生活的余韵。

他在同一个临窗包厢里坐了下来。

"您要点什么？"女招待过来点单，突然，她"啊"的一声，低声叫了起来：

"您身体……还好吧？"

她说话的时候眼睛睁得大大的。

"谢谢。"杜丘用眼神回答，"给我来杯咖啡。"

"马上就来。"

女招待走了回去。警察从窗外经过，走远了。警察的双腿包裹在乳白色的晨雾里。

不大会儿工夫，女招待端上了咖啡。

"我可以坐下来吗？"

这个年方二十出头的姑娘盯着杜丘的脸问道。

"嗯，请吧。"

只好这么回答了。对这丫头毕竟不算陌生。

姑娘端坐在座位上，像是摆好的花瓶，纤纤玉指并拢着放在膝头。

"我已经收工了。我叫平井智鹤。"

杜丘听完智鹤的自我介绍后点了点头，将视线落在了咖啡杯上。这姑娘的好奇心看起来没那么强，这多少让他松了口气。可是，智鹤的目光却又咄咄逼人。这丫头似乎看穿了自己的底细，这可如何是好？

"旅行还顺利吧？"

"啊，还好……"

杜丘回答得含含混混。从旅行这个字眼儿上，他想到了在始于此地、又复返此地的这段时间里所遭遇到的、一去不复返的那些事情。一切都显得既短暂而又模糊。

客人稀稀拉拉的，没有人将目光投向这两个人。

"我一直在报上留意您的新闻。"

"你……"

"您别担心，我是您这一边儿的。"

"我这一边儿……这话怎么说？"

"我哥哥被关进了监狱，可他是被冤枉的。"

"这个……"

杜丘不知道如何作答才是。他能明白的就是，平井智鹤不是敌人。

"我和哥哥以前住在知床的一个小镇，镇子叫罗臼。有一天，哥哥的女朋友被人杀死了，警察把哥哥抓了起来。那女人是哥哥以前的女朋友，可当时她已经甩了哥哥，跟别人好上了……"

她的声音细细的。

"真是不幸。"

"现场有哥哥的指纹，就在那女人的房间里。哥哥承认去过——这大概就是什么状况证据吧，总之，所有的一切都对哥哥不利。可是，哥哥是不会杀人的。探监的时候，他就是哭着对我这么说的……"

杜丘默默地点点头。

"可还能有什么法子呢。我们面对的是国家权力机关，我们兄妹俩根本就不是人家的对手。我以前在农协工作……"

"是不是被赶出来了……"

"谁叫我是杀人犯的妹妹呢，人人都对我另眼相看。我走投无路，只好背井离乡了。这就是为什么，我对您的事情很关心。"

"谢谢。"

“您和我哥哥不一样，您有抗争的能力。可是，您要是被他们抓起来了，那就全完了。”

她的眼睛里有一道很强的光。

“可是，你为什么认为我是无罪的呢……”

“您有没有罪，这并不重要。”智鹤摇了摇头。“一天之内就被逼上了逃亡之路，单凭您的这种遭遇，这就足够了。等您明白过来，已经跑出去好远了吧——就像是有人塞给您一根不吉利的接力棒，您接过来后就拼命地跑啊跑。我一读报上的新闻，就有了这种感觉……”

“不吉利的接力棒……”

杜丘啜了一口已变得温吞吞的咖啡。

“不知道是什么人塞过来的……”智鹤微微侧着头，“也许，这就是地下主宰吧。一旦接过来那就算完了，您只能跑下去，到死为止，我就是这么觉得的。”

“也许吧……”

从智鹤的话语中，他感觉到了自己接下来的这根不吉利、散发着死亡味道的接力棒的分量。在新宿的街角不知被什么人蒙上的那件魔咒头套，至今还罩在杜丘的头上。智鹤则称其为地下主宰递过来的不吉利的接力棒。这个地下主宰，究竟是何许人？

“我在附近租了间公寓。您要是觉得可以，就住我那儿好了。”

“你的好意我心领了。可是，我不能再待下去了，这就告辞。对你哥哥的事我感到很遗憾。”

杜丘朝一脸落寞的智鹤点了点头，站起了身。眼下的杜丘无力成为这姑娘的倾诉对象。

他出了咖啡馆，往车站走去。

智鹤提到的地下主宰在脑海里挥之不去。智鹤用地下主宰来比喻招致无妄之灾的力量，认为正是它交给了哥哥一根不吉利的接力棒。曾经过着平静生活的一对兄妹自此天各一方，一个身陷囹圄，一个远走他乡，因此，这对无助的兄妹唯有将地下主宰想象成难以抗拒的命运。

智鹤所说的地下主宰就是命运。

命运往往潜伏在街角，冷不丁地扑到行人身上——杜丘觉得，这个被称为命运的东西，跟臭虫差不多。狗或人身上的臭虫平时就悄无声息地蛰伏在树丛的叶子下面，它会感应到近旁经过的动物的呼吸，然后蹿上去。一旦惹臭虫上了身，那麻烦就来了：它会往宿主的皮肤里叮，贪婪地吸血，然后像球一样的膨胀。这就是命运歹毒的本来面目。在命运面前，智鹤的哥哥哭着屈服了。

——可是，我是不会屈服的。

杜丘暗下决心，我要剥掉地下主宰穿在身上用以隐藏自己的可憎的黑色外套，让它的真实面目暴露在外；这个被剥去外套的地下主宰，它的皮肤一定爬满了蠕动的臭虫，它的面目一定丑陋不堪。

他坐上了首发车。车站里见不到警察。这本在意料之中。警戒圈的范围应该不超出以幌别川为圆心的一个圈，只要控制住通往圈外的公路干道、列车和岔道即可。除非判明警戒圈已被突破，否则，警方是不会把北海道的庞大铁路网整个纳入警戒范围的。再者说，这可是倾尽道警的全部警力也实现不了的事。

问题在于如何渡海回到本州。可供渡海的交通方式有三种：飞机、轮渡和联运船。首先，飞机可以排除。通轮渡的地方有好几个，包括钏路、苫小牧、小樽、室兰和函馆。从千岁到苫小牧用不了多少时间，室兰离得也不太远。不过，杜丘决定放弃轮渡。

由于班次少，监视起来就很容易。相比之下，青函联运船[1]应该是最靠谱的。班次多，乘客也多。而且，航行距离还比轮渡短。航程长的话，一旦途中被警察发现，那就插翅难逃了。

---

[1] 即往返于本州岛的青森和北海道的函馆之间的联运船。

他决定到函馆去。

随着列车的行进，矢村回东京这件事，他越想越觉得非同小可。

——这家伙为何回东京去了呢？

矢村来到北海道，这意味着东京地检的特侦组肯定也来了。在面子问题上，警方和检方可谓唇亡齿寒。而矢村受了些皮肉伤就打道回府了，真不知他葫芦里卖的什么药。他不是个肯服输的人，肯定是在斗计。他会使出什么招儿呢——估计矢村早就预料到，自己会在幸吉的指点下翻过日高山，所以他才撤掉包围圈，改为设卡盘查。不消说，通往本州的渡口也在布控之列，他是打算守株待兔了。

——还能逃出去吗？

杜丘认为能。函馆是连接本州和北海道的门户，客流如织，要想从中发现一名逃犯可没那么简单。既然来了，那就想办法渡过海去给他瞧瞧。

只要回到了本州，潜回东京就不算个问题了。

剩下的，就该是如何揭开毒死朝云和猴子的阿托品的容器之谜了。

——香烟的烟雾……

杜丘喃喃自语。

2

没见有多少警察，只有零零星星的几个，怎么看都不像戒备森严的样子。杜丘心想，真是天助我也。只要混在人群里上了船，就能踏踏实实地回到本州了。

时近晌午。吃过饭，稍事整理后，他慢慢地踱向栈桥。

裹在人流之中的杜丘停下了脚步。检票口附近站着两个人。其中一个摆弄着计数器，像是在核对乘船的人数。这个人有些面熟。

——特侦组的！

杜丘一眼就认出，此人是过去的同事。另一个似乎是北海道的刑警。

杜丘从人堆里走了出来。他装出若无其事的样子掉头往回走，在这一瞬间，他感觉特侦组的人朝这边瞟了一眼。像是两道寒光打在后背，他加快了脚步。第六感告诉他，那两个人已经动了，快跑！

扭过头看去，那两个人确实在移动，敏捷得像是食肉动物嗅到了猎物。

“杜丘！站住！”

尖厉的声音穿透了人群。杜丘打了个激灵，拔腿就跑。随着那两个人紧追不舍的脚步声，他的心一阵狂跳。他扔掉船票，跑到了站外。

路上的行人都用怪异的目光看着一路狂奔的杜丘，仿佛只要追他的人喊一声“别跑！截住他”，他们都会齐刷刷地面露凶光围上来似的。他出了一身的冷汗。

杜丘从大街折进一条小巷，不再跑了。汗消了，只觉得一股子透心凉。

听到警车飞驰而去的声音，还不止一辆。像是遥相呼应似的，远处好几辆警车警笛大作，气势汹汹地冲向指定的位置，以形成围堵之势。

杜丘想象着反复下达的紧急部署令的内容。装束、相貌、身高——其实有没有这些已无关紧要，此地乃逃亡路线上的要冲，蹲守此地的警察想必早已对着通缉令上的照片，将在逃检察官的相貌背得滚瓜烂熟。他们要在函馆所在的龟田半岛的根部撒开一张包围网，将人犯牢牢地困住。

一定要在被困在半岛之前逃出去。想到这儿，杜丘加快了脚步。到山里去。只要逃进深山，总还有办法的……然而，他越走越觉得步履沉重。自己再怎么快，也快不过警方的部署啊。能坐上出租车就好了，可出租车又实在太危险。

矢村的面孔仿佛就在眼前。总算明白了他为什么要解除封锁线。这就叫引蛇出洞、严阵以待。他让特侦组的人蹲守在通往本州的主要渡口，然后……

突然，街角出现了警察的身影。

杜丘看到远处的警察后，停下了步子。这条路一直通往五稜郭。

——难道说一切就此结束了？

一想到千辛万苦地逃到这里，却有可能功亏一篑，他的腿就像灌了铅一般重。

他靠在光秃秃的街边树上，叼上一支烟。

感觉自己就像一头被追到穷途末路的困兽。以前的北海道鹿群遍地，很多人都来猎鹿，渐渐地，把鹿群逼到了半岛上。鹿群被逼到半岛上后再也无路可逃，不得已跳进了海里。人们纷纷驾船出海，将逃到海上的鹿成百、成千地打死。现在，同样的事情就要发生在自己身上。一旦被困在半岛的根部，那就只能接受和鹿同样的命运了。

前方的警察似乎注意到了杜丘。杜丘扔下烟头，拐进了左手边的一条街。包围圈很快就要合拢，到那时候可就插翅难飞了。从大饭店到小餐馆，所有的地方都会贴上照片。与其等着警察来抓，不如先混到人堆儿里去。

他加快了步伐，可这条街的前方也出现了警察的影子。他在街巷里左拐右突，尽量躲开警察。他已经分不清方向，感觉像是自己把自己带入了迷宫。最后，他拐进了一条死胡同。警察从四面八方慢慢地围拢过来，脚步声清晰可闻。好几个警察出现在视野里，尽管他们全无冲上来的意思，但他仍然怀疑这是警察步步为营的计策。连路人那旁若无人的眼神都仿佛是警方计谋的一部分。

走着走着，他又来到了大街上。他想，还是先找个地方躲起来，等天黑再说吧，可又找不到藏身之处。

也许是嗅出了可疑的气味，拴在街边树上的一条狗狂吠起来。走出一个中年妇女，像是狗的主人，她用疑惑的眼神打量着杜丘。杜丘低下脸去。那女人对着杜丘盯了好一会儿。他往前走了一小段后回头一看，只见那女人像是想起了什么，慌慌张张地跑进了家门。杜丘差一点儿就撒腿跑起来。那女人肯定是想起了通缉令上的照片。可又不能跑啊。这么一跑，恐怕行人就会一窝蜂地追过来。

他钻进一条小胡同。实在不行的话也只能趴在房顶上躲着了，虽说悬了点儿。

"喂——"

他觉察到有辆车驶到身旁停了下来，但当时只是飞快地瞟了一眼。被司机这么一吆喝，杜丘觉得浑身发冷。他觉得这是辆便衣警车，可又不便细细打量。他装作没听见的样子，甩开大步朝前走去。

"杜丘君——"

他站住了，两腿微微发抖。

"是我啊。"

杜丘慢慢地扭过头来。

"你是……"

"没错，我是日高牧场的远波。上车吧。"

远波将车子往他身边靠了靠。

"可是……"

"后视镜里都瞅见警察了。你赶紧上来吧。"

杜丘略作迟疑后，拉开车门钻了进去。哪怕这车是个陷阱，那也只能坐上去试试了。假如刚才的那个中年妇女报了警，这地方很快就连只蚂蚁也甭想爬过去了。

“我听了收音机，道警把函馆围了个水泄不通，还呼吁从市民到出租车司机的所有人都提供配合。”

远波扭过头来，将那张肉嘟嘟、红扑扑的脸对着杜丘。

“你打算把我怎么样？”

杜丘将视线投向急速后退的窗外。曾经以为再也无法逃脱的那个街角已经被远远地甩到了后面。

“我打算帮你一把。”

“帮我？”

“是的。相信我好了。”远波的脸上忽然露出一丝苦笑，“我还知道，是我那丫头真由美把你给放走的。”

“是吗……”

“实话说吧，我早就知道，你到了函馆就会是这么个结果。”

“这……”

“我在公安委员会[1]里担任委员。”

“公安委员！”

杜丘注视着远波的侧面。远波的双层下巴绷得紧紧的，体现出大牧场主的威严。

“我得知你就是那个在逃的检察官以后，对秘书的告密采取了听之任之的态度。我当时顾虑的是知事竞选，还有自己公安委员的身份。为了这个，那丫头将我好一通责备。她说了，不允许任何人出卖自己的救命恩人，哪怕是自己的父亲。那丫头打定了主意，等你逃出北海道以后，她就到东

[1] 公安委员会为日本地方的自治事务机关，是管理日本各都道府县警察的上级行政组织团体，于各都道府县皆有设置；在中央则有国家公安委员会。

京去打工。我们好久没说过话了。”

“让小姐受连累了。”

“哪儿的话。”远波粗声粗气地说道，“我意识到自己错了。不光是那丫头的事，你救了矢村警部，还为幸吉报了一箭之仇，这可不是一个强奸、杀人的人能干得出来的事。等意识到这一点以后，我就下了决心。所以，我就到函馆来了，无论如何也要救你一把。道警的命令一下，我就开着车到处找你。能碰见你真是幸运。”

“可是……”杜丘觉得应该下车了，“帮助逃犯是要被问罪的，我不能让你们父女俩受牵连。让我下车吧，我靠自己的力量逃出去。”

“这可不成。”远波注视着前方，缓缓地摇着头，“可不能小看了道警。他们在这个半岛上可是布下了重兵。别急，眼下这种情况，就听我的安排好了。”

“你要怎么做？”

“我把你装进后备箱，送到机场。肯定会碰上查车的，可我的车是不会连后备箱都要打开来查的。不过，也不能说绝对不会。要不要试一试，由你自己决定。除此以外，就没有别的办法逃出去了。”

远波将车子开进一条小巷。这里是仓库区，人迹稀少。像是在估价一件商品似的，远波打量着杜丘。

这不会是陷阱。尽管不是陷阱，可杜丘仍然犹豫不决。万一后备箱被打开，逃亡之旅就会顷刻画上句号。他又想起了拖车中的封闭恐惧症。到时候，自己会被人像条虫子似的从后备箱里提溜出来。

“怎么样啊？”远波催问道，“我想，你逃出去以后，还有要办的事。”

“明白了。”杜丘拿定了主意。眼下已到了破釜沉舟的时候。只要还有一线希望，就要尽量争取。“不过，只要能突破警戒线就可以了。飞机太危险了。”

万一在飞机里被发现，那里跟密室可没什么两样。

“我可没说要把你送到本州。”远波笑了，“机场里停着我的私人飞机。

我用它先把你带回牧场。”

“你有私人飞机？”

杜丘这才想起来，此人拥有北海道第二大的牧场。

“有啊。用它把你送到本州没什么难的，可那样一来，我就参加不了知事的竞选了。倒不是说我多想当这个知事，可实际上，竞选已经到了关键阶段，不是我一个人说退就能退的。所以，我要把你带回牧场，然后，你可以把我的飞机偷走。”

“偷飞机？”

远波的话颇令人费解。

“是的。我的构思大体上是这样的，你依靠自己的力量逃出这里，然后又溜到我的牧场，在那里偷了飞机逃走了——不这么做，你是没法逃出北海道的。”

“可是……”杜丘吃惊地看着远波，“我可从没开过飞机啊。”

“问题就在这儿。”远波的口气突然变得严肃起来。“飞机的操作我会在牧场教给你。该教的我都会教，可毕竟是要在天上飞的，你必须对危险做好足够的心理准备，稍有闪失就会粉身碎骨。可是，不靠这架私人飞机，就很难逃出北海道。值不值得押上自己的性命，你自己看着办。让我感到佩服的，是你逃亡时的那股子韧劲儿，是你敢跟食人熊拼命的勇气。拿我闺女的话讲，你为了追踪犯罪的证据，什么都豁得出去。这就是我要说的。”

“不过，如果发生了飞机被盗的情况，自卫队的飞机会紧急起飞的吧？”

“如果是未获准的飞行，千岁基地会紧急出动战斗机的，也就一眨眼的工夫。不过，我会在你起飞的前一天，提前办好到仙台的飞行许可。我会做些安排，造成我是在过了两三个小时以后才知道飞机被盗的假象。”

远波笑了起来，声音沧桑而又响亮。

“谢谢。可这么一来，你的飞机就免不了要磕碰了。”

“这不算什么，我担心的是你的生死。”

“我就是死了，也不会怪到你身上。”

“那是当然了。我可不喜欢跟死鬼打交道。”

远波下了车，打开后备箱。

“那就赌一局吧。”

“嗯。”

杜丘点了点头，钻进了后备箱。

远波随手上了锁，回到驾驶室。

车子发动了，只见一个抱着小猫的女孩儿站在巷子里。那女孩儿眼见着一个男子被关进后备箱，不禁搂紧了怀中的小猫。

3

没多一会儿就遇到了查车。

车子刚停下，就听到好几个人围了上来。只听远波瓮声瓮气地问：“出了什么事儿？”面对警察态度生硬的盘问，远波报出了身份。与此同时，又有人靠近了车子，用手掌将后备箱拍得砰砰作响。

“钥匙——”来人吼了一嗓子。

杜丘把身子蜷缩起来，大气不敢出，仿佛呼吸停止了一般。车辆接二连三地被拦了下来，刹车声此起彼伏。

“OK，这辆车可以过了。”另一个人说道。车子随即开动了。

函馆机场紧挨着市区，从市中心走也用不了三十分钟。车子似乎在驶过一条河，哗哗的声音透过车身传过来。这种声音消失后没多久，车子就停住了。传来驾驶室的车门被打开的声音。

“大功告成。”

后备箱开了，露出远波的笑脸。杜丘赶紧爬了出来。

“还剩下机场这一关。可都到这儿了，不会有问题的。只要不是飞往本州的飞机，是不会有监视的。再说，我还特意把飞机停在了监视范围的死角。你跟我先把行李装上，然后你直接上去就可以了。”

“拜托了。”

杜丘移到了副驾驶席上。

女孩儿抱着小猫回了家。

“有个男人被关进汽车里了。”

女孩儿向妈妈描述了自己所看到的情形。

“这么吓人啊，要不怎么不让你跑远了呢。”

当母亲的叮嘱了一番，过了一会儿，又想起了电视上的新闻。等她把女儿叫来仔细询问了一通后，时间已经过去了将近两个小时。女儿还记得，那是辆绿色的车子。

道警经过调查后发现，通过警戒线的车辆中，只有公安委员远波的那一辆没有检查后备箱。机场里停着一辆绿色的租来的车子。远波的小型飞机所申请的航线是从函馆机场到日高牧场。

一道紧急命令发到了日高牧场所在地的警方。

飞机顺利地起飞了。

飞机在横穿过函馆所在的龟田半岛之后，飞到了海面上。右方隔着不远的便是本州，落日余晖之下，呈现出一片淡灰色。相距仅一箭之遥。

大概是因为太平洋上风平浪静，从两千五百英尺的高空往下看去，海面像铺上了榻榻米一样，光洁平静。往返于本州和北海道之间的轮渡，看上去就像一粒小豆子。

——原来才这么点距离……

他深有感触，觉得人实在太渺小了。刚刚还在为能否逃出函馆的某个街区而感到万念俱灰，现在想起来，简直恍如隔世。

“汽车会开吧？”

叼着烟卷、兴致勃勃地握着操纵杆的远波开口问道。

“嗯，会开。”

“这就好办了。赛斯纳[1]比汽车开起来还要容易得多，只要掌握了基

[1] 专指赛斯纳飞机公司生产的一种小型飞机。赛斯纳飞机公司（Cessna）成立于一九二七年，是世界上设计与制造轻、中型商务飞机、涡轮螺旋桨飞机，以及单发活塞式发动机飞机的主要厂商。公司总部位于堪萨斯州威奇托市。

本的驾驶技巧就没什么难的。我这就讲给你听。先从这个前风挡开始吧。”

与扇形前风挡的中心线大致持平的位置上，可以看到一条地平线。

“水平飞行时，只要保持地平线与中心线的重合就可以了。机头向下时，把操纵杆往身前拉，机头向上时就往前推。”

远波实际演示了一下。

“一般的飞机由于引擎扭矩的作用，机身往往会偏向一侧，非左即右，而这架赛斯纳一七七红雀，通常偏向右侧。方向的调整很简单，将操纵杆向右转，飞机就向右，操纵杆向左转，飞机就向左。也可以轻轻踩一下这个方向舵踏板。”

跟汽车一样，共有两个踏板，轻踩其中的一个，就能控制垂直尾翼上的方向舵的摆动。

听上去真的很简单。想转弯只要转动操纵杆就可以了。装在主翼上的副翼与操纵杆是联动的。

“不想握握操纵杆试试吗？”

在远波的鼓动下，杜丘换到了驾驶席，边听边练。飞机上下左右剧烈地摇摆起来。远波提醒他动作要放松。这跟汽车的急打方向盘和急刹车性质差不多，他很快便领会了。驾驶动作变得轻柔以后，飞机便像一只翩翩的蝴蝶，翱翔在碧蓝如洗的太平洋上空。

“摸着门儿了。”远波惬意地说道，“起飞和降落回头再说，飞行的要领就是这些，只要保持机身水平，照着一百五十里左右的速度飞就可以了。剩下的就是怎么识别方向。需要无线电信标的仪表飞行方式是不能用的，你就用眼睛看着飞好了。看那边，”远波指着本州的方向说，“就拿青森说吧，山区气流复杂，你可以沿着海岸线飞。把高度降到一千英尺左右，一边赏景一边飞，轻松得很。”

听着简单，可杜丘还是觉得心里特别没底儿。有远波陪着，还能凑合在空中飞一阵，可要是独自驾机的话……

“那里是襟裳岬，这边是日高山。牧场在那儿。”远波用手指着说，“把高度降下来，朝着牧场飞吧。”

“明白了。”

他将操纵杆向前一推，机头便朝下，飞速地扎向海面。在G（重力）的作用下，感觉身体像是贴在了靠背上。

“刚才是一千五百英尺，这个高度就差不多了。”

他拉动操纵杆，使机头恢复水平。曾经豆子般大小的轮渡清晰地跃入视野，波涛的起伏历历在目。

“起降才是关键。不过，起飞倒没什么难的。把风门开至最大，飞机就开始滑行，等速度提到六十五英里左右，机头便抬起，这时候，只要把操纵杆往后拉，就能飞起来了。然后，一直升到一千五百英尺的高度。剩下的，就是将机身恢复水平，风门拉到巡航速度。难的是着陆，你看我是怎么做的。”远波重新握起操纵杆，“其实，练习个三两回也就掌握了。关键是不要慌。在这一点上，我倒是不担心你。”

远波说得轻描淡写。

机头对着薄暮霭霭中的巨大牧场的一角贴了过去。在空中转了个弯儿，对准短短的跑道开始降落。远波关闭了风门。飞机的轰鸣声陡然变低，速度也降了下来，可冲向跑道时还是快得吓人。时速表的指针接近九十公里。就在杜丘绷紧了神经的一瞬间，飞机“咣”的一声着陆了，身体随之微微一震。

“关上风门，飞机就会下降。在外行人觉得快要撞到地面的时候，把操纵杆往回拉，飞机就会以水平状态着陆。拉操纵杆的时机不要太早就可以了。喏，就是这个样子。”

远波在跑道的尽头转动着机身。

“大致的要领应该都掌握了吧。你明天一早就开始练习的话，到了下午就能飞去本州了。”

“远波先生，”杜丘下了飞机后说道，“你把我放走了，不会后悔吗？”

“我要是会后悔，那还跑到函馆干吗？我这个人，关键时刻从不会掉链子。”

他那褐色的皱纹里落满了余晖，看得出，他一生辛劳，为创办这家大牧场而操碎了心。

“弄不好，你要受牵连了。”

“我又不是没想到过。”

看到前来接机的汽车的前灯，远波压低了嗓门：“知事竞选的事就由它去吧。想想也是，真由美是个没娘的孩子，她娘生下她后就去了，我就这么根独苗，还差点儿叫熊给吃了。我要是不助你一臂之力，那就说不过去了。”

“可是……”

“你害怕逃出去？”

“我不是这个意思。”

“那就没什么可是不可是的了。你只管逃出去，找出那个陷害你的家伙。这也是为了真由美啊！再者说，我要放跑的又不是一个纯粹的罪犯。”

他的声音粗重，透着一股威严之气。

接机的车子停下了。

在餐桌前刚坐下没多久，一个电话突然打了进来。

“扯淡！”接电话的远波啪地摔下话筒，说道，“刚接到通知，警察出动了。据说各个路口早就派了人把守，大队人马马上就到……”

“爸爸，怎么会这样？”

真由美噌地一下站了起来。

“我也不清楚。总之，帮杜丘君脱险的事被人家知道了。”

“这可怎么办啊？”

真由美花容失色，声音颤抖。

“不麻烦大家了。”杜丘站了起来，“我离开这里。”

“这不成。”远波拦住他说，“所有的路都有人把守。”

“我会想办法穿过去。”

“这是绝对办不到的。就算能侥幸逃出去，大冬天的，能在山里撑几天啊。爸爸，求您了，马上用您的飞机把他送到本州去！”

“这事我就不同意。”杜丘口气坚决，“我不能再连累大家。不管怎么样，我这就走。”

杜丘抬脚就走。

“你等等。”远波的口气不容争辩，“既然警察都知道了，顾忌到公安委员的身份，我不好自己开飞机送你出去。不过，如果你自己开，那就未尝不可了。”

“他自己开！这太离谱了！”真由美叫了起来，“起飞降落都还没练习过呢。而且，还是在夜里！”

“不是还有月亮吗……”远波说道，“别降在陆地上了，改在水上降落好了。虽然一样有危险，可只要胆大心细，对一个真正的男人来说，并非绝对办不到。我已经说过，起飞没有太大的难度。因为有月光，你可以用目视方式，沿着海岸线低空飞行。海面上会有亮光的。”

“你觉得能行吗？”

杜丘直视着远波。

“行不通的，简直就是飞到天上去送死！”

真由美面色煞白。

“没时间了。”远波平静地说，“何去何从，你自己拿个主意吧。我必须说，飞上天后，送命的风险有五成以上。可弄好了，你就能飞到本州。不飞，你就会沦为阶下囚。”

“自卫队如果起飞拦截，那该怎么办？”

“这个嘛，我现在就去申请飞往仙台的航线。当然，是你胁迫我申请的。”

“有你这句话就行了。”

杜丘下定了决心。是该当机立断的时候了。如果现在束手就擒，明天也就无可期待。假若明天终归不可期待，那就应该在今天好好地活。老实说，孤零零地飞到未知的、黑漆漆的天上，着实让人心里发怵，命殒夜空的可能性很大。可是，现在别无选择。

“那就借用你的飞机了。”

“不要啊，不要！你不要这样！”

真由美叫喊起来。

“又不是肯定会死。”远波说着，迈开了大步，“没时间了。我们边走边讲。”

语气干脆、果断。

4

“还行吗？”远波声音沙哑，“要做到胆大心细，千万不能慌张。你要是害怕，就从飞机上下来吧。”

“你不用担心。”杜丘故作笑容。要说不害怕那是假的。透过前风挡看去，夜空无边无际，只有一些星星贴在天边。月影中黑沉沉的日高山，在茫茫夜空下显得那么微不足道。“续航距离有多远？”

“按业余的飞法也能飞到东京。不过，申请的航线是到仙台的，再往远了飞就会被拦截。要沉住气。还有，水上降落时起落架伸在外面是很危险的，所以，起飞以后千万别忘了按下回收按钮。”

“我要是能活下来，一定赔你飞机。”

“我不担心这个。卖上三匹种马就能买上一架了。再说还有保险呢。”

远波笑了起来。紧张的情绪得以缓解。

“真由美十一月九号去东京。她替我去送几匹良种马。我给她订了鞠町的K饭店，能住到十五号。你去找她吧。到时候，她没准儿会缠着你给她讲夜空大冒险的故事呢。”

“我出发了。”

——为了明天的生存。

杜丘凝视着黑暗中的绵绵草原。

“不要！我求你了！”

真由美抑制不住地抽泣起来。

“别这样，这不吉利。”远波搂住真由美的肩头，“男人有的时候是需要面向死亡飞行的——尤其是现在的杜丘君。连夜空都征服不了的男人，是不会有明天的。好了，你走吧。”

插入钥匙，发动引擎。洒满月光的跑道笼罩在一片银灰色之中。

远波父女默默注视着他。杜丘隔着舱门挥起一只手跟父女俩作别，然后，将目光投向前方，打开了前照灯。光柱下，跑道的轮廓清晰地呈现出来。踩着刹车踏板的脚微微发抖。

“起飞——”

他念叨出声来，声音颤颤巍巍的。

风门开至最大，瞬时，黑暗中爆发出一阵轰鸣，听上去像是飞往冥界之鸟的哀号。在一片震耳欲聋的引擎轰鸣声中，赛斯纳一七七红雀的机身开始徐徐滑行。他顾不得再往窗外看。跑道往后退去的速度越来越快。那父女俩从头脑中消失了。速度陡然提升，巨鸟在吼叫，翻滚着的草浪一片片地消逝而去。飞机冲进了浓厚得可怕的黑暗里。握着操纵杆的手在颤抖，脸上的神经绷得紧紧的。

机头在升力的作用下一下子昂了起来，它像是有了灵气的动物，而不再是一架飞机。

拉动操纵杆，只觉机身一轻，飞机腾空而起。一瞬间，整个人像是要被吸过去一样，恐怖感袭遍全身。飞机一路爬升，对着星空斜刺过去。眼睛什么也看不到，只觉天昏地暗，一切咫尺难辨。就这样，怪鸟抖动着羽翼冲向天空。他感到令人窒息的不安，觉得可能再也回不到地面了。

他死死地盯住高度表。仪表显示飞机正在急速上升，看那架势，仿佛要将天幕冲破。眼睛能看到的只有指针，只见指针接近了一千五百英尺。杜丘推下了操纵杆。

还以为机身就要恢复水平了，可由于推得太过用力，机头一个猛子向下扎去。他急忙往回拉，这次又将机头抬得过了头儿，机身一下子失去了平衡，剧烈抖动起来。与此同时，机翼也开始左右狂摆。

——不好！

飞机摇摇晃晃，像一只被风吹晕了的蝴蝶。空中漆黑一团，找不到可供参照的水平目标。他用充血的双眼盯着水平仪，只见指针斜向一边，摆动不止。

地面上，那父女俩注视着这一切。

“抖得太厉害了。”远波说，“欠缺平稳……”

真由美无言地倚在父亲身上。

摇曳的灯柱仿佛是在哀鸣着求救。

“不行！他乱了方寸……”

远波想到，出发前，杜丘那张精干的脸是扭曲的。他有点后悔——怎么能让一个连练习的机会都没有的生手飞上天呢。这架赛斯纳一七七红雀，操作简便，成功的把握有五成。如果杜丘足够沉着，就能有八成的把握。当初还以为他能行……

“关上风门！”远波对着夜空呼喊。转入水平飞行后，引擎仍是开到了最大。如果持续时间过长，引擎就会过热，最终坏掉。只要关小风门，臂力放松，飞机就会自己恢复平稳。而现在，胳膊的力量使得飞机猛烈地左摇右摆，像是一只被恶魔摆布的黑鸟。

“万一掉下来，那全是爸爸的错儿……”

真由美声音嘶哑。

飞机摇摇晃晃，像一只失去方向感应的蝙蝠，在日高牧场的上空忽左忽右地兜着圈子。

“只好用无线电导航了。”

远波让真由美上了车，全速往家里开去。必须去联系雷达基地，请求无线电支援了。为此，飞机上的无线电已预先设定成了接收状态。

突然，轰鸣声减弱了。远波停住了车子。飞机的机身已经调正了。

“成了！”

他情不自禁地喊出了声。曾经摇摆得几乎失控的飞机开始朝着千岁方向做大幅度的盘旋。机身微倾，从声音和翼尾的灯光可以看出，已经恢复了水平状态。

须臾之间，飞机便冲到了头顶上方，随即呼啸着远去。方向正对着海岸线。

“他在朝襟裳岬飞！这小子是想从襟裳飞直线到下北半岛！可别弄错方向啊！”

远波对着轰鸣声消失的夜空大喊，心中涌起一股久违的热流。

他祈祷杜丘能够顺利地发现下北半岛。一旦误入夜间的太平洋，无法使用仪表飞行的杜丘就会迷失方向。那样一来，一切都将前功尽弃，他只能葬身海底了。即便发现了下北半岛，能不能沿着海岸线南下而避开恐山，也只能依靠上苍的保佑了。

真由美凝望着夜空，怅然若失。空中已听不到任何声响。

万籁俱寂。

“放心吧，这小子肯定能潜回东京的。他早晚会……”

父亲和女儿良久地仰视着空中。

5

不到夜里九点，警视厅接到了通报。矢村警部闻讯后赶到了厅里。伊藤检察长早已等在那儿了。

“听说他偷了架赛斯纳逃走了。这家伙会开飞机吗？”

“好像从没听说过。”

伊藤答道。

“这家伙真神了！”矢村愤愤地说，“夜里飞，他想自杀吗？”

“怪就怪在这儿。”伊藤面色苍白，说话声有气无力，“那家伙的确是从北海道到了下北半岛。三泽的雷达站曾经发现过他，可后来不知什么缘故，飞机从雷达上消失了……”

自从特侦组在函馆发现杜丘、道警布好包围圈以来，伊藤就一直守在地检，满心期待地以为这次一定没跑儿了。没承想，又让那小子逃出了包围圈，而且还开着飞机连夜朝东京飞来。一旦让他混入东京，伊藤的脸就没地方搁了。倘若是一介上班族，尚可指望工会关键时出面通融。可是，对于身居国家公务员要职的伊藤来说，责任必须由他自己来负。

“也许在什么地方坠毁了吧……”

他巴不得出现这么个结果。

“不——”矢村摇了摇头，“没那么便宜，他可是杜丘，我们不可掉以轻心。已经请自卫队协助搜索了吧？”

“听说三泽基地派出了战斗机，打算引导他着陆，可他不听，降到低空去了，所以就由仙台来接管了。到目前为止，没再发现过他……”

“东京！”矢村咬牙切齿地说道，“这家伙无视航线许可，正冲着这儿来呢。请你通知各地雷达站，实施戒严。”

“早就通知过了……”伊藤歪着脑袋。

“我猜不透的是，假若杜丘君当真是在往东京飞，他到底打算在哪儿降落。”

“他没带着降落伞吧？”

“据说私人飞机不配那玩意儿。机型听说是赛斯纳一七七红雀，续航距离似乎到得了东京。”

“他想在某个地方机场……”

矢村欲言又止。杜丘不可能干出这么小儿科的事。但凡日本境内，无论飞往何处，都会被雷达站捕捉到。只要他申请紧急着陆，在机场候着的一定是大批的警察。

“海上！那家伙打算降落在东京附近的海面上。他从雷达上消失，是因为他把飞机贴近了海面，雷达搜索不到。”

“不会吧，在海上迫降……”

伊藤心想，这简直是天方夜谭。

“现在还说不准。”

矢村抓起电话，要了自卫队的线路。

矢村想起了听到的传闻：袭击自己、咬死幸吉的棕熊被杜丘近距离射死。还听说他从棕熊的爪下救出真由美，泗河逃跑时差点送了命。矢村开始觉得，让这个人当检察官还真有点儿大材小用。他千方百计躲开了道警的全力围捕，最终竟鲁莽到在毫无经验的情况下独闯夜空。是什么驱使他走到这一步呢？恐怕不单单是为了洗清冤情吧。就算冤情可以洗清，杀人罪却是无可开脱的。这家伙为了男人的面子不顾一切了。

——不过，你敢来就饶不了你。

电话接通了。

“还真是海上！”

放下电话，矢村念叨了一句。

“怎么知道的？”

“从那家伙开的机型。赛斯纳一七七红雀属于高端机型，起落架可以收起来。如果起落架突在外面，就不能在海上降落。据说轮子一旦撞上水面，机身就会翻个个儿，能摔断人的脖子。可要是没有大浪，再加上操作冷静，用红雀就办得到。混账，一定是他。这主意肯定是那个叫远波的牧场主出的。杜丘是铁了心拿命在赌啊……”

“天哪，杜丘君竟会……”

“不，那家伙你是不了解。”

矢村不动声色地摇了摇头。

“那要怎么办呢？”

“厚木的海上自卫队会派出巡逻机。可我们不走运，听说今天晚上太平洋沿岸的海面很平稳，月亮也来凑热闹。那家伙搞了个出其不意，没准儿已经在水面上降落了。”

“这……”

“必须马上通知沿岸各县的警方。”

矢村抓起电话。只见两腮瘦削、眼窝深陷的他，目光如炬。

6

在左边看到了襟裳岬的灯塔，从黑暗中的太平洋上空飞向下北半岛时，杜丘恢复了从容。与其说是从容，莫不如说是一种听天由命、自暴自弃般的无畏更为准确。黑暗茫茫、无边无尽，而划破这黑暗的轰鸣声听上去格外的落寞。

黑暗中分不清本州到底在哪里，他很担心飞了半天却发现不了陆地，最终以葬身太平洋而收场。仪表有一大堆，可杜丘看得懂的只有航速表、高度表和水平仪这三个。可谓不折不扣的瞎飞。

下方的洋面上，远远地可以看到船舶的灯火，可没一会儿就超过了它们。他有了一种天涯我独行的寂寞感。

虽辨不清方向，但飞行还算顺利。航速表的指针停在一百五十英里的巡航时速上。机头前方，星光闪闪。机身已不再抖动。

“飞行中的赛斯纳一七七红雀，请回答。”

起飞后过了将近三十分钟，传来了使用一一五点八兆赫小型飞机专用频段的无线电语音。

“这里是三泽指挥塔。赛斯纳一七七红雀，请回答。”

杜丘没有吭声。无线电已经被远波预先设置好，可以接收各个指挥塔的信号。

“这里是三泽指挥塔。赛斯纳一七七红雀，我们将为你指示航线。请回答。”

杜丘没有理睬。进入三泽指挥塔的识别范围，他感觉踏实多了。

突然，一个黑影挡在了机头前方。

“赛斯纳一七七，向左闪躲。前方是恐山！”

无线电里传出一阵惊呼。杜丘一个急转，机身嘶吼着，几乎擦着山脊飞了过去。激出的一身冷汗，转瞬之间退去了。

他保持着这个航线径直飞到海面上。大海看上去像一块银灰色的金属板，海岸线清晰可见。他对着海岸线重新矫正了机身。

一种无法言表的快慰涌上心头。自己终于飞到了本州的海岸线，而没有在太平洋上迷失。只要眼睛不错过海岸线，照这个样子飞下去就可以了。他稍微下降了一些高度，看到海岸线上有好几处渔火。

三泽指挥塔频繁呼叫。它已经接到道警的通报，了解了来龙去脉。不消说，太平洋沿岸的各个雷达站都一齐锁定了这架赛斯纳一七七红雀。从三泽到仙台的松岛，再到水户的百里基地，雷达一个接着一个地捕捉着赛斯纳。

杜丘从这张雷达网的深处仿佛看到了矢村的那张脸。警视厅肯定也接到了通报。针对自己的夜间飞行，矢村将如何出招呢？他的表情一定苦不堪言。

申报的航线就到仙台，可杜丘并不打算在仙台着陆。警察早已在那里严阵以待，这么做无异于自投罗网。不过，在警方看来，降落地点一定是某处的机场，他们根本想不到自己在着陆技巧为零的情况下就飞上了天。那么，如果能够出其不意地在海上迫降，就一定可以逃出去。

——可是，海上迫降会成功吗？

自从进入本州上空以后，这一点始终让他无比纠结。远波说得一点不错，赛斯纳一七七红雀驾驶起来很简单，起飞基本上不费吹灰之力，简直是个人都能开。要是放在白天，飞行视野又好，甚至会让人感叹，这简直就是一次愉悦的飞行之旅。跟在山区里飞行不同，这里无须担心地势的起伏，也能免受气流颠簸之苦。唯一能带来麻烦的就是雾，可眼下，海上晴空万里。不过，还剩下最后一道难关，那就是水上降落。远波教过的步骤还记在心里。拿远波的话说，只要足够沉着就能成功。可是，以九十公里的时速冲向海面，真的能做到全身而退吗?

不管是全身而退还是粉身碎骨，也只有一试了。总不能永远在空中耗下去。一千五百公里的续航距离，撑到东京应该问题不大，可必须赶在燃油耗尽之前，果断地在水上迫降。

他打定了主意。如果降落地点的海面恶浪汹涌，或者操作上出现了失误，那就必死无疑。因为起飞前就做好了心理准备，他这会儿已是视死如归。

“我们是自卫队军机，赛斯纳一七七请回答。”

杜丘的眉毛猛地扬了起来。头顶上方，一架喷气战机发出刺耳的气流摩擦音，呼啸而过。

“请回答。现在指示降落地点，请立即回答。”

杜丘沉默着。自卫队的飞机肯定是从三泽基地飞过来的。看来是逃不掉了——如果被自卫队的飞机咬住不放，即便能够在水面上降落成功，到头来也会落入警察的天罗地网。

“不回答吗，杜丘！我们知道，你既无飞行执照也没有飞行经验，是在野蛮驾机。没有我们的指示，着陆会有危险。你装什么哑巴！”

接着，又爆出几句粗话。

杜丘仍是充耳不闻。

片刻过后，喷气战机卷土重来，气势汹汹。杜丘下意识地紧紧握住操纵杆。喷气机呼地飞过，引发的湍流将机身冲得东摇西晃。

湍流来得如此猛烈，让他刹那间觉得飞机就快要散架了。他费了好大劲儿才将机身调正，可要是照这样再来个两三回，就难保飞机不会在空中散架。

杜丘把灯光熄掉，心想，只有超低空飞行才能够甩掉对方。喷气战机是绝对不会跟到低空来的。他果断开始下降。银色的海面眼睁睁地朝着机头逼近。地平线窜到了上方，他立刻感到一阵晕眩。就在感觉快要撞到水面时，他拉起了操纵杆。机身恢复了水平。大海就在机身的下方，连浪头都看得到。高度计指向一百五十英尺。

“停止无谓的抵抗！”无线电里传出一阵咆哮，“我们会特技飞行，可以拿喷气机贴着海面飞。你要听从我们的指令！”

杜丘不应声，继续飞着。这会儿，他就是想回话也顾不得了。他不停地盯着前风挡上映出的地平线和高度表，心里感到恐怖，总觉得随时会被大海吸进去。

“赛斯纳红雀……”自卫队的飞机持续呼叫了数遍。紧接着，他听到对方嘟囔了一句：“他没开无线电吧？”

随即，轰鸣声远去了。

还搞不清他们是因为觉得无望而返航，还是会有别的战机来接替。由于频段不同，无法进行监听。

杜丘开足马力往前飞。银灰色海面上涌动的大片大片的浪涛飞速地往后退去。

黑黝黝的陆地上，出现了一座华灯似锦的城市。这里是宫古，还是釜石呢，抑或已经飞到了松岛？密集的渔火，犹如一串串的宝石。

随着飞机的轰鸣，这一切都被远远地甩到后面了。

7

从各地的雷达站、报社，以及警察厅接连不断地打来电话。甚至检察厅的高层——首相的亲信还致电说，远波善纪绝无可能参与逃跑的策划，望慎重处理云云。

这会儿，又接到了厚木的海上自卫队打来的电话。

“自卫队都是饭桶！”

矢村撂下电话，气呼呼地说道。

“他们还没什么发现吗？”

伊藤惴惴不安地问。

“他们说出动了巡逻机，可哪儿也找不到那架飞机。怎么就会找不见呢？那家伙躲开了雷达网，是沿着海岸线超低空飞过来的，亏得三泽的那帮弟兄还曾拦到过一次。真是荒唐。”

“这么说，他是降落在什么地方的海面上了？”

“一定是这样。”

“那会是哪里呢？”

“这我怎么知道。”矢村用右手铺开地图——左臂还不太听使唤，“从三泽到房总半岛，这么长的海岸线，随便找个地方就能降落。不过，那家伙的目标是东京，他肯定会尽量靠近东京。这么说来，降落地点就应该是九十九里滨[1]一带。”

---

[1] 九十九里滨位于千叶县房总半岛，北起刑部岬，南至太东崎，长约六十六千米，是日本第二长的海滩，也是日本最著名的游泳及冲浪胜地。

矢村盯着地图，仿佛从地图上看到这样一幅画面：夜间的海面泡沫翻腾，影子一闪，一架飞机划过水面；杜丘逃出机舱，爬到沙滩上；随后，他笔直地穿过沙滩，拖着长长的身影向城里走去，很快便消失在黑暗里。

矢村有些丧气，自叹棋输一着。他心想，一个飞行菜鸟胆敢在夜里飞上天，在自卫队飞机的眼皮子底下跟雷达网玩捉迷藏，最终还在东京附近来了个水上降落。如此说来，先不管他有多丧心病狂，对杜丘这个人还真得高看一眼才成啊。

“不知道媒体会怎么看。”

伊藤用一双充血的眼睛望着矢村。在北海道屡屡扑空，要是再让他开着飞机骗过雷达网混入东京的话，这就等于说，检察厅、警视厅，甚至包括自卫队在内，都被杜丘一个人玩弄于掌股之间。“蠢材”这顶帽子眼见着就要扣到自己头上了。弄不好，杜丘反而会被当成英雄。

“这个嘛……”矢村把地图反扣起来，“只要把他引到警视厅的辖区，他就别想再要什么花样了。”

“放他进东京？”

伊藤的声音有些发抖。

“只好这样了。已经通知了太平洋沿岸各地的县警，叫他们封锁大街小巷，不过，恐怕已经来不及了。那家伙不是县警能对付得了的。”

这是矢村的心里话，如果杜丘哪一天被抓住，那只能是在警视厅的辖区内。

“你也许是胸有成竹，可是，万一他混进东京，找出横路敬二把他杀了，那可怎么办呢？”

“那……”

矢村没有搭腔。

“你怎么想无所谓，总之我要采取措施，在杜丘混进东京之前抓住他。”

伊藤站起身。

8

无论是自卫队飞机还是指挥塔，都没有发来呼叫。

杜丘知道，飞机已经钻到了雷达网的死角。自卫队飞机肯定无望地返航了，而各个指挥塔又监测不到超低空飞行的飞机。

他保持这个高度继续飞行。

杜丘估计，如果再被雷达捕捉到的话，再派来的就该是巡逻机，而非喷气战斗机了。就算雷达监测不到，可一味地沿着海岸线飞，迟早还是有可能被发现的。万一被巡逻机逮个正着，那就只能束手就擒。可是，除了保持这个高度继续飞下去，也没有更好的办法。

既没有收到呼叫，也不见有巡逻机的迹象。能看到的，只是时隐时现的渔船上的灯火，还有一些像是村落的光亮。

他看了一下手表，从飞离牧场算起，时间过了三个小时多一点。杜丘想起来，续航时间是四个小时。飞行速度一直保持着一百五十英里的巡航时速，这会儿应该已经到了东京的周边。可仅从海岸的地形来看，又估摸不出具体的方位。

工夫不大，听到“嘎啦”一声引擎的空转音，紧接着又是一声。杜丘一时慌了神。引擎失灵了！可能是心理作用的缘故，感到有一股很重的力量在把飞机往下拽。他反应过来后瞥了一眼油表，只见指针指向了零——没油了！

身上冒出一股寒气。引擎很快就会停转，进入失速状态。容不得再瞻前顾后了，必须在水上迫降。他将机头对准海岸。浪涛拍岸，激起片片白沫。

空转音在持续。杜丘关小了风门。必须当机立断！他将机头转到与浪花飞溅的海岸相平行的方向，进入下降的角度。飞机临近失速，像扎猛子似的开始下降。

——关小风门后降至低空，进入滑翔状态，当海面充满整个视野时关闭风门，然后继续下降；等到快要撞上水面的一刹那，用力拉起操纵杆。

这就是远波传授的水上降落的要领，在飞机即将触及水面时将机头抬起，以水平姿势入水。远波还说到了其中的秘诀，入水时尽量压低机尾，而非保持绝对的水平姿势。

他还提到，在拉动操纵杆的瞬间，不允许出现目测上的失误；如果因为心里发毛而拉动时机过早，就会导致机毁人亡；时机应该拿捏在似撞非撞的一刹那，而这会儿离水面其实也还有好几米。

杜丘没有时间好好消化这些要领。高度本来就低，顷刻之间，海面就气势汹汹地迫近眼前。飞机以九十公里的时速飞快地往下冲。他紧握操纵杆，死死地盯着黑乎乎的海面。只见海面像个活物似的往上蹿，斜着身子越过地平线。

撞击物体的速度越快，水的密度便越大。如果射进的是一颗高速子弹，水会变得比铁板还硬，把弹头撞瘪。以九十公里的速度冲进去，一旦机头抬起的时机有丝毫的延误，机身恐怕就要粉身碎骨。

杜丘闭上眼睛，他已将生死置之度外。

飞机直直地冲向地狱。

第六章 潜入东京

1

大大小小的报社都在早报上登出了杜丘冬人逃离北海道的报道。

《在逃检察官暴露出当局的无能》。

《夜间飞行疯狂、潜入东京得逞》。

《自卫队防空网再度遭到质疑》。

《生死逃亡！》。

各式各样的大标题充斥着版面。内容上都大同小异，但从中可以得知，各家报社在获悉杜丘逃离北海道的消息后，都纷纷动员各自的分社搜寻那架赛斯纳一七七红雀。在这一点上，他们的消息比警方和自卫队还要灵通。同时见报的还包括了与太平洋沿岸各渔港的目击者的访谈。

最后一个目击者是一位北茨城的渔民。

这位目击者描述说，将近十一点的时候，有一架飞机飞得很低很低，几乎是贴着渔船飞了过去；后来，这架飞机沿着海岸线朝那珂凑方向飞走了。这是最后一次有人见到这架飞机，此后，便再也打听不出半点儿消息了。

报道还说，从夜里十一时起，茨城、枥木、千叶、埼玉各县的县警开始统一行动，设卡盘查。

早上，矢村向部下做出了指示。

“给我盯住东邦制药营业部部长酒井义广。”

于是，酒井处在了搜查一课探员的监视之下。

矢村认为，杜丘必定会出现在酒井的身边。

发现赛斯纳的海上着陆地点，是在临近中午时分。警视厅接到报告说，有渔船发现一架飞机坠落在茨城县大手町附近的夏海海岸，机身扎进四米深的海里，而尾翼浮在海面之上。

——水深四米？

听完报告，矢村嘴里嘟囔起来。他觉得，这与其说艺高人胆大，不如说是拼命三郎。夜间的海岸，稍有闪失就有可能撞上岸边的礁石，再说，即便是四米深的水里也未必就不会有突出的暗礁。可再怎么说，他还是漂亮地着陆了，这让矢村颇为咂舌。

——我还真没这本事……

他心想。

杜丘没有被警戒线截获。他在水上着陆后很快就上了岸，在沙滩上留下了脚印，还有一些痕迹显示出他曾更换过湿衣服，地上扔着防水用的塑料袋。

他已安然逃脱这一点已经确定，可是，他在上了紧邻的五十一号国道后，便踪迹难觅了。按照猜测，他要么先北上至水户市，取道石冈、土浦进入东京，要么在国道上搭车去鹿岛，经佐原、成田进入东京，可哪条线上的关卡都未曾拦到过他。

即使说他是在十一点之前从低空飞过北茨城、十一点半左右水上着陆，等他上了五十一号国道搭车赶到离国铁最近的水户时，也应该将近凌晨一点了。他不大可能一身湿漉漉的就到处走动，换上预备好的干衣服也要花上一些时间。可是，在那个时间段里，并没有运行的列车车次。因此，他不是在哪儿藏了起来，就是拦了辆车上路。总之，他并未落入搜捕网中。

无论是当天晚上，还是第二天一整天，都没有任何消息。

结果，在一无所获之中，五天过去了。

他也没有出现在酒井义广的身边。不过，跟踪酒井是未经获准的，因此，还做不到一整天的全程监视。

矢村在等待。

十一月四日。

横路敬二的尸体被发现了。

发现尸体的地点是在新宿区西大久保的一间公寓，就在他化名寺町俊明控告杜丘时所住公寓的附近。

新宿署负责杜丘一案的刑警小川觉得似乎有些面熟，心想这不就是那个寺町吗，一查指纹，果然吻合。

接到报告，矢村赶到现场。

“死因？”

矢村向先到的刑警细江询问。

“后脑勺遭到重击，好像是晕过去之后被人勒住了脖子。”

“下手够狠的——凶器呢？”

“像是石块之类的东西，可没发现，也许是凶手带走了。”

“然后呢？”

矢村面带愠色地问。

——莫非是杜丘所为？

“死亡推定时间是三号晚上的九点前后。”

横路是在十几天前搬进这间公寓的。他用了多田公夫这个假名，是房屋中介介绍过来的。行李只带了些被褥。这座公寓里住的多是些过夜猫子生活的男子，连管理员都说不出他们谁是谁、又是做什么的。对横路也不例外，甚至都不清楚他是不是出去上班。

横路跟左邻右舍也未有过任何交往。

有的房间一屋子住进了三个酒吧跑堂的，还有的房间不分昼夜地搓着麻将。人员出入频繁，根本弄不清在那个时间段有谁进去或离开过横路的房间。

“下功夫查。”

撂下这句话后，矢村便离开了。

回到警视厅总部，他叫来了昨天晚上负责监视酒井的探员。

“您是说三号晚上的九点前后？”

年轻探员翻看着笔记本，口气含糊。

“昨天晚上的事儿都记不住吗？”

矢村皱起眉头。

“对不起，酒井昨天一点钟离开银座的公司去拜访客户，中途到了三点多的时候就跟丢了，后来就一直没……”

“晚上也是？”

“是的。”

“就到这儿吧。增加人手，继续监视。”

矢村做了个手势，示意那个探员离开。

一整天的行踪靠两个人轮流监视，的确勉为其难。一旦跟丢了，其后的行踪就免不了成为空白。

他闷闷不乐地叼上一根烟，这时，一个电话打了进来。

“是矢村君吗？”

讲话的是伊藤检察长。

“我是。”

“杀死横路敬二的凶手是杜丘吗？”

伊藤的声音带着颤抖。

“目前还在调查。”

“矢村君……”伊藤郑重其事地说道，“我要行使搜查指挥权。鉴于杜丘涉嫌杀死了横路，我要求你专职负责逮捕杜丘。希望你尽快将人犯逮捕归案。”

“明白了。”矢村冷冷地说，“我看你是崩溃了吧。靠下个命令就能抓到人，那可省了大事儿了。”

“总之，”伊藤说道，“杜丘混进了东京，我所担心的事情不是已经发生了吗？你应该说过这话，只要在警视厅的辖区，他就再也别想耍花样。”

伊藤的声音变了调儿。

“OK。”

矢村摔了电话。

——杜丘冬人这个王八蛋！

他刚把手轻轻地按在被棕熊掀掉一块肉的左胳膊上时，刑警细江走了进来。细江将一份小报交给矢村。矢村默默地打开报纸。这是一份题为《药界》的行业报。

——东邦制药中止研发 A-Z？

“这个 A-Z 是个什么东西？”

矢村放下报纸，问道。

“听说是一种神经阻断剂。”细江坐到椅子上，“我向行业报的记者打听过了，东邦制药在抗精神病药物领域一向独占鳌头。这个 A-Z 已经完成了药理实验，正准备投产。据说是一种全新结构的药，可不知为什么，业界流传着一个消息，说是这个药的研发好像中止了——据说这种情况相当罕见，要知道，当时曾经投入了那么大的力气……”

“什么是神经阻断剂……”

“简单地说，似乎就是类似麻醉剂的那种东西，用来抑制神经兴奋。据说由于神经阻断剂的问世，以前无论什么疗法都不见效的重症精神病，都有了治疗的可能性。麻醉剂的应用范围很广，比方说，某些药物可以用来诱发精神上的病灶，把它作为幻觉来观察。由于抗精神病药物的发展，精神病医院不再是个阴森可怕的去处，听说在欧美，出院率提高了不少。”

“这和……”

“还不清楚和这次的案子有什么关系。不过，我觉得应该先跟您汇报一下……”

“明白了。你继续查下去。”

“知道了。”

细江拿着报纸走了出去。

——神经阻断剂？

矢村感到了案件背后错综复杂的线索。细江是个老练的探员，不夸张地说，他的嗅觉是一流的。他应该是从 A-Z 研发的中断中嗅到了什么。难道说，冰山一角就要浮现了吗？

然而，酒井义广使用了一种强力的阻断剂，将罪行与自己隔离开来。

2

那个男人看到杜丘后，轻轻地点了点头。

这里是长野市毗邻车站的餐饮街一角的一家酒馆。

晚上九点不到，正是上座的时候，顾客中以干体力活儿的居多。这男人与杜丘年龄相仿，看着不像个干粗活儿的，可脸庞却晒得黧黑。杜丘和他紧挨着坐在吧台的角落里，躲也躲不开，只好在喝酒时尽量闷着头。

男人将大拇指往后一翘一翘的，像是在炫耀自己的指头有多么灵活。

“来旅游的吗？”那男人绷了一会儿后，和杜丘搭起了腔。

“可以这么说吧。”杜丘答道。尽管竖着大衣的领子，可脸颊上依然感到了男人那灼热的视线。

“那个逃犯检察官真是来无影去无踪，连根汗毛都伤不着啊。”

那男人看完电视播放的杜丘去向不明的报道后，说道。

刚咽下去的酒好像哽在了什么地方，引得一阵热辣。他觉得这里危险，必须尽快找个空子离开。

“那个人真了不起。”男人将杯中酒一饮而尽，“俺要是能有那胆子……”

酒兴正酣的他，语气中不无艳羡之意。

“这话怎么说？”

刚讲出口，便后悔自己多嘴。

“我呀，是个离家出走的人。”

把“俺”换成了“我”，男人扑哧乐了一下。“我老婆是个温顺的女人……”

“这不挺好吗，为什么还要出走呢？”

男人话中有话，引起了杜丘的兴趣。

“她太温顺了，叫人承受不起啊。我那老婆——这种话不会让你腻歪吧？”

男人盯着酒杯。

“怎么会呢。”

酒足足喝干了五壶。

“我那老婆，满心以为我会在公司里步步高升，一辈子给家里带回薪水。可是呢，公司是家族企业，就算薪水不成问题，可要想出人头地，那是根本没指望的，顶多能当个课长。就是这个课长也不是好当的，你还得对上头俯首帖耳，稍有不从，当下就把你削职为民。就算当上课长，你也不会觉得活着有什么乐趣。”

男人又叫了一壶酒。

“老婆认准了，只要靠着老公，一辈子吃穿不愁。她对这一点从来都是深信不疑。当然，这比嫌弃老公不中用、整天絮絮叨叨的强多了——可是，我忍受不下去了。我可没说讨厌她哦，凭良心说，她真是个好女人，又体贴又贤惠……”

“能理解。”

杜丘用酒盅接过男人斟上的酒。

“老婆除了相夫教子以外就不知道别的了，我受不了这个，老是心烦意乱的。没多久，我就觉得去公司上班简直是一种痛苦。”

“所以你就离家出走了？”

“日子过得毫无乐趣可言，可老婆还把我当成主心骨，这太折磨人了……”

男人看着杜丘，脸上的表情似哭似笑。

“你太太一定很担心吧。”

“她呀，是个大美人儿，很快就会有新男人了。你看看这个。”

男人从口袋里掏出一个铁丝做成的人偶。金银两色铁丝编成的人偶做工精巧，酷似女人的模样，胸前螺旋状的乳房格外活灵活现。

“这是我做的老婆像。我现在的职业就是云游四方，做一些胸针、挂链什么的拿到街上去卖。还是上班族那会儿，有一天下班回家，在新宿看到一个老外在路边卖这些小玩意儿，我一下子就着了魔。那个老外叫钱德勒，我说服钱德勒收我做了他的徒弟。我是觉得，用金色或银色的细铁丝，想要什么都做得出来，就好比靠卖给别人蜡烛的火焰云游四海，太像个童话故事了——说起来，我做这个老婆像是为了赎罪。”

杜丘把人像拿在手里观看，仿佛从这个仅用铁丝仿造出来的人像的体内看到了不可思议的生命力。这个人能做出这样的东西，他的手指肯定修炼出了某种法术。算得上是个怪人——爱自己的妻子，却又离家远游，在旅途中用心良苦地做出一个老婆像。他说老婆很快会有新的男人，大概他已断了回家的念头。

“那个逃犯检察官是要一条道走到黑了，瞧他那股子劲儿，我倒是觉着他这辈子才算没白活啊。靠卖卖童话故事云游四方固然不错，可像他那样的，对自己的仇家穷追不舍，那才够得上真汉子呢。不过，换了我的话，早就被警察逮着了……”

“他也许仅仅是个逃犯而已。”

“不对——”那男人使劲地摇着醉醺醺的脑袋，“那家伙就是被冤枉的。明明无罪，却非逃不可，这种事儿就是有的。就像我这样。可是，我跟谁都无冤无仇，我不能去追谁，只是觉着有人一直在撵我。到底是什么人在撵我，我就不知道了……”

那男人故作姿态地说着，脑袋晃得像个拨浪鼓。

当列车经过甲府时，杜丘得知了横路敬二的死讯。

——横路被杀了！

晚秋的阳光在视网膜深处变得暗淡无光。

唯一的证人被杀了，怎么办——杜丘茫然地望着车窗。满眼都是葡萄园。紧绷的神经松懈了下来。就像沙子堆起来的城堡，早就知道迟早会塌，而一旦塌了，沙子城堡是不会留下任何残骸的。虚无感化为一阵风，将剩下的沙子吹得一干二净。

他将目光重新落回报纸上。

《杀人凶手疑为在逃检察官杜丘冬人》。

命案现场的描述中提到，搜查本部尽管未明确表态，但怀疑凶手就是杜丘冬人。报道还煽动说，横路加代是被勒死的，而横路敬二是男的，所以是被打昏后勒死的——杀人手法相似，而且，凶手为了找到横路，不惜千里迢迢追到北海道，在道警围追堵截之下，藏匿深山负隅顽抗，最后极尽丧心病狂之能事，夜间驾驶飞机潜回东京，这足以表明一心要对横路进行报复的凶手有多么的偏执。

——偏执吗?

不错，是有些偏执，可那是为了报仇雪恨、揭开真相。然而，一切已化为泡影。横路夫妇已被灭口，除非杀害朝云忠志的凶手坦白真相，否则不白之冤永远不会有洗清的那一天。

他感到身心俱疲。

很明显，凶手一直在等待杀死横路敬二的时机。杜丘发现，自己又一次上了凶手的套儿。人人都认为，驾驶赛斯纳一七七红雀在茨城水上着陆后行踪消匿的杜丘业已潜入东京。为了潜进东京，自己尽量躲着人走，还故意绕远路，因此根本没办法提出不在场证明，唯有吃哑巴亏的份儿。非要找不在场证明的话，昨天晚上那个靠卖童话浪迹天涯的男人倒是勉强算的上一个，可是，他连自己的正脸都没好好瞧过，绝不会想到他面前的就是那个在逃检察官。再说，他当时已经醉得不轻了。

杜丘知道，一旦被抓住，自己将有口难辩。箍在身上的铁链加强了束缚的力度，而且，越是挣脱就箍得越紧。

《全力以赴逮捕杜丘》。

报道披露了专案组成立的消息。

如果说横路敬二的被害是杜丘所为，这就等于将东京地检和警视厅都逼上了绝境。

——这将招致他们的全力反扑。

杜丘感到不寒而栗。这里不比北海道，是拥有极大权力的警视厅和东京地检的地盘。杜丘清楚得很，这些权力机关有着怎样的法术。

——这趟列车也许危机四伏。

他想到了这一点。警视厅早就恼羞成怒，无论自己是否涉嫌杀死了横路，他们都必定会倾力抓捕。可以想见，列车一接近东京边上，就会有警察上车盘查。那一定是在八王子。

杜丘离开了座位。必须当机立断才是。等到列车滑进大月站，他立刻下了车。自从对逃亡生活习以为常之后，杜丘的神经就有了动物般的敏锐，一旦觉察出危险，可以迅即做出反应。他已然形成了一种随机应变的本能。

他走出站台。

检票员歪着脑袋，一脸诧异地望着这个拿着到东京的车票、悠然而去的高个子男人。

他经过二十号国道往猿桥方向走，此时已是黄昏将至。

晚秋暮色已深，一片落日残红。红叶早已开始凋落，斑斑秃秃的山把道路夹在当中。

他计划从猿桥攀山越过山梨和东京的交界地。交界地是从景信、阵场经三头山与云取山、秩父山地相接的一片山岭。只要从那里进入多摩郡，到达五日市，多半就能安全地潜入东京。

只要不被警察抓住，再怎么绕远杜丘也不在乎。杜丘在太平洋沿岸的鹿滩着陆，走到五十一号国道上搭卡车到了水户。一般人会在水户住上一宿再去东京，而杜丘则另拦了一辆往福岛县白河去的卡车，连夜到了白河，再从白河继续北上到了郡山，然后进入新潟，前往长野市。他是从太平洋沿岸一路辗转到了日本海。

他看了报纸后，庆幸自己选对了路线。茨城、栃木、千叶和埼玉都被封锁了。如果直接前往东京，则必定落网无疑。

如果落入警方之手，那又何苦冒死飞上夜空呢？骗过雷达、躲过自卫队的飞机拼死拼活地飞过来，就显得毫无意义了。不仅如此，逃亡生活本身也将被葬送而无丝毫价值可言。比决绝更为重要的，是动物般的谨小慎微。对于危险，杜丘的嗅觉已经相当灵敏。

他沿着溪流登上通往山谷的小路。溪流两岸，竹鹧鸪“啾啾”的脆鸣不绝于耳，空气清新沁人。

——潜入东京后该如何打算？

他满脑子萦绕的都是这个问题。要是横路还活着，就有希望找到他、让他承认是诬告。这样，就能够追查出那个指使他的人，并由此发现隐藏在背后的动机。可是如今，人已经被灭口，尚能追查的只剩下朝云忠志的死因。

真的能真相大白吗？

要想真相大白，必须先揭开毒死朝云和猴子的阿托品的容器之谜。如果能解开这个谜，凶手是如何迫使朝云和猴子喝下毒药的，自然也就水落石出了。可眼下，唯一能依赖的线索，就是香烟的烟雾。猴子和棕熊，还有在新宿和酒井义广碰面的女子武川洋子所饲养的那只受过伤的斑鸫……

——香烟的烟雾。

杜丘叼上一根烟，喃喃自语。总不能把阿托品的溶液掺进香烟的烟雾里吧？想到这儿，他苦笑了 ·下。

——阿托品同时也是致幻剂……

这似乎是一道永不可解的谜题。

可是，解得开解不开另当别论，万万不可自甘退缩。自从横路夫妇被灭口以后，杜丘已不再考虑为自己正名、洗冤了。

这个问题再怎么考虑也是徒劳，不过是个可望而不可即的幻影。

断念之后，杜丘反而有了一种如释重负的感觉。即便冤情得以洗清，可一度失掉的过去并不像壁虎的尾巴，可以失而复得。而他也不想再回到过去。想起来才觉得，在当检察官的那段日子里，自己像是拖着一条长长的尾巴骨。虽然自己以此为豪，可在别人看来，尾巴骨既累赘，又丑陋。或许自己也曾以正义之名，将无辜者送进监牢。

被逼上逃亡之路后，他才体会到冤罪的可怕。检察官这份职业总要有人干，可杜丘对此并不留恋。而且，他也看透了所谓伸张正义的权力的本质。穷乡僻壤的懵懂后生对逐猎活人乐此不疲，而所谓的权力，无非是这类行为的叠加而已。

他心里清楚，事到如今，潜回东京的目的不再是洗冤，而是为了复仇——像真男人那样去复仇。这就是他从榛幸吉那里学到的。对手不过是只野兽，幸吉本可豁达一些，但他在山里整整守了五年，面对那头庞然大物般的棕熊，他将村田式步枪像长矛一样戳在它的身上与之搏斗，最终葬身熊腹。也许有人会说，这么做毫无价值。但是，幸吉可不管什么价值不价值的，他在乎的只有一件事，那就是战斗。

杜丘也是一样。战斗的结果也许就是被打翻在地。可他还是不想放弃。他朝着东京方向迈开步子，心里只有复仇这一个念头。

哪怕明天不再有，今天也要好好地活下去。

他往上走了将近两个小时。路沿着溪涧蜿蜒向前，已不见任何村落。他稍事休息。离交界地已经很近了。穿过交界地就到了奥多摩湖。他打算从那里沿着秋川支流抄小道走到数马，在数马住上一晚。

身后的灌木丛中传出响动。那是有动物靠近的声音。杜丘本能地跳下土坡。等跳下来后，又对自己如此敏捷的身手感到哭笑不得。这里又不是北海道，哪儿来的熊。

出现的是一只波音达猎犬[1]。这只还是幼犬的波音达摇晃着尾巴凑到

[1] 亦称指示犬，猎犬的一种。原产地英国，起源于十七世纪。当这种猎犬发现猎物时，会用身体特定的姿势向猎人指示猎物所在。

杜丘的身边。他抚弄了一下它的小脑袋，它便往地上一趴，做出筋疲力尽的样子。

“原来是一只迷了路的小狗……”

狗的项圈上挂着一个东京都的铭牌，看起来是在跟主人出来打猎时走散了。迷路大都发生在洋犬身上，日本犬一般是不会跟主人跑散的。大概是因为它们的嗅觉都很灵敏，再加上归巢的本领强大，它们会很快找到主人，就是找不到也能回到主人的汽车旁。而洋犬大都不会这么做。也许是因为生性懒散，它们会在路上碰到谁就跟谁。

这只幼犬似乎也不例外。

杜丘走在头里，拾路而上。他不忍心将小狗撵走，便任由它跟着。杜丘心想，路上有个伴儿总是好的，哪怕是只小狗。不知不觉地，两腿似乎更有劲儿了。只要带着它走，就不愁狗主人不会找来。血统正宗的猎犬都很昂贵，而且可爱，狗主人肯定在满世界寻找。

——打猎。

杜丘早就不再玩这种假借运动之名的杀戮游戏了。细想起来，人生或许跟狩猎没什么两样。男猎女，女猎男；猎取权力，逐猎死敌。在欲望面前，所有东西无非都是猎物而已。狩猎尚有规则可循，而人与人之间的逐猎并不讲规则，拼的是残忍和无情。为了不成为牺牲品，公司白领对上司溜须拍马，对同事则暗中使绊儿。

他想起那个卖童话故事的男人。那人说有个神秘的家伙一直在撵他。其实，这个神秘的家伙不就是人生吗?

波音达犬似乎在路旁嗅出了什么气味，一头扎进了草丛里。

要是自己也有这样的嗅觉该多好——他不禁感叹。应用巴普洛夫条件反射原理进行的硫酸实验的结果表明，狗的嗅觉能力是人的一亿倍。要是能有这样的嗅觉，围绕着朝云忠志之死的谜团早就迎刃而解了。

从这时起，他已穿过了东京都的边界线。他并未感慨万千。逃出东京是九月的下旬，今天是十一月五日，也就是说，已经过去了将近五十天。

此行不过是时隔五十天后，抄小道回到东京而已。

再走下去，便是敌人的大本营。

矢村警部的面孔突然浮现在眼前。

那只小狗追了上来，只见它吐着长长的舌头，似乎正为放跑了猎物而追悔莫及。

他从奥多摩湖的根部踏上古道。早就听说过，这条小道在过去是用来逃避关卡的，盗贼以及形形色色的不法之徒常常在这一带出没。看起来，古往今来的犯罪者在选路方面可谓“英雄所见略同”。

东京都不惜劈山开路，修建了一条从数马直通奥多摩的观光道。

杜丘停下了脚步。他看到了路旁的蜘蛛网。从一个枝头挂到另一个枝头的蜘蛛网呈现出漂亮的几何图案。盯着盯着，他想到了朝云忠志暴毙时结在他家院子里的蜘蛛网，相形之下，那些蜘蛛网是多么的滑稽古怪。

——这蜘蛛莫非受了公害？

勘查人员这么嘟囔过，还拍了照片，可真的是这么回事儿吗？那些蜘蛛网残缺不堪、图案不伦不类，似乎刚刚结了头儿便半途而废。

相比之下，这里的蜘蛛网织法精密、齐整，称得上巧夺天工。一只叫不出名字的黑油油的蜘蛛正在擒拿一只困在网中的小昆虫。

就在这时，眼前掠过一只酷似斑鸫的小鸟，呼扇着翅膀扑向蜘蛛。只一眨眼的工夫，蜘蛛便被那小鸟叼走了。

原来小鸟是吃蜘蛛的——看着多少有些残忍的食物链，杜丘在心中叹道。

他迈开步子。

只见从右侧斜坡上的林子里钻出一个男人，正往下面走来。这个人看上去像个猎人，可并没拿着枪。杜丘加快了步伐。必须尽量避免跟任何人搭话。

“我说……”

男人从身后打来招呼。

杜丘放缓了步子。小狗一副若无其事的样子，看来这个人并不是狗的主人。

“怎么了？”

“这只狗，是你的吗？”

男人四十岁上下，来到身旁后，用手指着小狗问道。

他的胳膊上戴着狩猎巡视员的臂章，大概是本地猎友会的会长之类的人物吧。杜丘不由得扭过头去，不去看那臂章。权威——那上面散发出这样的气息。

“不，不是我的。”

他惜字如金地回答。

“是只迷路犬吗？”男人眯缝起眼睛看着小狗，“样子怪漂亮的啊。”

“是它自己跟来的。要不先放你这儿，你帮忙找找狗的主人？”

看到男人的眼神充满了好奇，杜丘感到不安。

“这个好说。你这是往哪边去啊？”

杜丘的打扮不像个走山路的，男人似乎对此心生疑窦。

“哦，我的车子就停在前边。”

他模棱两可地答道。

“我的车也在前边，咱俩一道儿走吧。我今天巡视了一圈……”

“不了，我赶时间呢，先走一步。”

趁着男人往狗身上套链子的当儿，杜丘甩开了大步。

“我说，你等等。”

男人大声叫起来。

“还有什么事儿吗？”

“还没打听你的名字呢。”

男人快步追过来。

“区区小事，何必留名字呢。麻烦你把狗还回去就行了。”

“可是……”

男人追了上来。

又不能撒腿狂奔。杜丘直皱眉头，暗叹这下子可麻烦了。

“车子停哪儿了？”

“快到了，再往前一点儿。”

杜丘搞不清这个人究竟是喜欢搭讪，还是起了疑心，感觉进退维谷。穿着刚买来的深蓝西装和短风衣走山路，理所当然会叫别人生疑。如果再被发现所谓的车子也是子虚乌有，那就更糟了。杜丘发觉男人的目光盯在了自己因翻山越岭而落满泥土的鞋上，心里不免一阵焦躁。路只有这一条。

“咱们是不是在什么地方见过？”

男人这样问道。

“没有。”

杜丘否定得很干脆，他真想大吼一声，你爱咋样就咋样吧。

“我就住在前边的数马。”

男人又开了腔。

数马——杜丘知道，这下可惨到家了，必须尽快编个理由甩开他。要是让此人一路跟到数马，后果会如何不用想就能知道。疲劳和饥饿感顿时无影无踪。都是这只狗——要是没带着这只狗，就不会陷入这般危险的境地了。他痛感自己犯下了愚蠢的错误。

——得想点办法啊！

“喂，等一下！”

男人口气紧张，引得杜丘转过脸来。

小狗使劲地拽着链子，对着路边的灌木丛狂摇尾巴，呼呼喘着粗气。

“嗬，这可是个大家伙哦。没准儿是头猪呢。”

男人说道。

“那我先走一步。”

杜丘丢下男人和狗，甩开了步子。浑身直冒冷汗。趁着男人和狗还没追过来，得尽量拉开距离才是。

他疾步如飞地向前走去。

3

矢村警部接到消息，是在五号夜里十点过后。爆料者是住在数马的狩猎巡视员，他说，有个看着像在逃的检察官杜丘，甚至可以说是一模一样的男人沿着南秋川往下游走了。

巡视员回到家中，就在小酒喝得正酣的时候，想起了报上的照片。他报了警，可警方却不甚积极，认为这消息不太靠谱。在他们脑子里，那个人应该从东京都往外走，而不是往里去。不过，三个小时以后，警车还是带着照片从五日市赶了过来。巡视员肯定地说，那个人就是杜丘。

蠢货——矢村咒骂着警察的基层组织。要是汇报及时的话，也许早就抓到人了。

矢村闷闷不乐地看着地图。下到数马的路通到奥多摩湖，从那里一分为二，一条是通往山梨县盐山市的青梅街道[1]，另一条则通到大月市。另外，翻过大菩萨岭后，经天目山栖云寺，可上二十号国道。

“这家伙是从哪边过来的？”

他向连日来因搜寻杜丘的行踪而疲态尽显的侦查员问道。

“直接来东京风险太大，他是在盐山或大月下的火车，然后步行越过都界——我想应该这样认为吧？”

刑警细江答道。

“从哪里上的火车？”

矢村的脸色未见好转。

[1] 青梅街道是从东京都新宿区经由东京都青梅市至山梨县甲府市的干道。

“如果他是坐中央线的话……”细江用不可思议的目光看着矢村，“那家伙莫非从水户去了郡山，再从新潟绕长野兜过来的……”

“没错。”矢村哼了一声，“这家伙反其道而行，先到了东北。”

“那就是说……”

“那就会是这么一个结果。”矢村脸上的不快中多了一些忧郁，“这家伙如果是今天才进东京的话，杀死横路的就另有其人。”

“可是……”细江的一双小眼睛若有所思地盯着空中，“也可以认为，他杀了横路后，为了制造不在场证明才这么干的。”

“不。”矢村摇摇头说，“这家伙变得丧心病狂不假，可他这个人是看不上这些小花招儿的。不过，也有可能是那个巡视员自以为是，或者碰巧那个人长得跟杜丘很像。”

“那现在怎么办？”

“对旅馆、饭店集中突查，封锁街道。火车和飞机更不可放过。绝不让他跨出辖区一步，掘地三尺也要把他挖出来。”

矢村的眉宇间现出近乎骇人的霸气。

电话铃响了。

“什么！”从侦查员手中接过话筒的矢村将声音提高了八度。

“酒井义广跟青山祯介和北岛龙二碰面了？跟三个人？知道另一个是谁吗？你说什么，好像是城北医院的院长——那不是精神病医院吗？好吧，你明天再核实一下那个人是不是院长，如果真是院长，你就在城北医院蹲点，我会派人支援。”

“他们有动作了？”

细江问道。青山祯介是朝云忠志的同事，北岛龙二是厚生省药政课的课长。朝云死亡的前夜，包括酒井义广在内的这三个人在他家待到很晚。

“是的。”矢村缓缓地点着头，“精神病医院的院长既然出场了，也许会跟那个研发中断了的 A-Z 有什么联系……”

“是指人体实验之类的勾当？”

细江温和的眼神变得严峻起来。

“早就听说有的精神病医院经营混乱到了极点。你要把城北医院彻底查一查。”

“要是秘密侦查不见效的话，可不可以来个敲山震虎？”

“这恐怕办不到。”

矢村说道，目光分外冷峻。

4

武川洋子……

尽管外观并没有多么奢华，但建筑格局却显得非同一般。这是一栋二层结构的大宅子，包括庭院在内，占地面积足有两百坪，四周用大谷石围成一圈，使人联想到高官的宅邸。

这个地方离世田谷区经堂的天祖神社仅有咫尺之遥。

下午六点刚过，武川洋子走出了家门。

杜丘从阴影处慢慢地踱出。对于女性的服饰，杜丘并没有太大的兴趣，他偏爱的类型是简洁、实用，而非花里胡哨。在这一点上，武川洋子和他志趣相投，穿着在年轻姑娘中时兴的那种牛仔裤。

武川洋子来到大街上，打了辆出租车。杜丘也赶紧找了一辆跟上。车子驶到涩谷，在原宿停了下来。

她进了大厦里的一个酒吧。隔了一会儿，杜丘也跟了进去。酒吧充满了异国情调——说是这么说，其实谁也说不清这些在华灯初上以后才显露人气的酒吧夜场到底属于哪国的情调，或许，这种说不上哪国情调的情调才是纯正的东京味儿吧。

吧女有十来个。也许是位置的关系，这里外国客人成群。

武川洋子面向吧台，与一个年龄相仿的吧女坐在一起。从杜丘坐的包厢里，听不到她们的谈话声。

他要了一杯波本威士忌。

邻座几个外国人的交谈声传入耳中。他随意瞥了一眼，看他们煞有介事的表情还以为是一帮间谍分子在从事密谋策划，其实谈的不过是一些荤段子。

“您是哪里人啊？”

一个吧女向默默饮酒的杜丘发问。

“不是什么大地方的。”

“您是做什么的？”

这个二十六七岁、略显丰满的女人也被自己的问题吓了一跳，乐出了声儿。

“无业游民。”

“怪让人羡慕的。可您看着不像啊。”

杜丘默默地喝着酒。

“您瞅着像个警察。让人觉得冷冰冰的。”

女人的手掌按在了杜丘的大腿上。

——警察。

杜丘听说过，从没有客人会因为被猜成警察而动肝火的。对于警察这一称号，男人都会产生某种陶醉感。究其原因，大概是由于这一瞬间的陶醉唤醒了绝大多数男人久已失去的追逐本性。男人原本就有一种对目标无情追逐的浪漫情怀，他们在这一瞬间的陶醉中窥见了自我。

“警察……”杜丘在心里又默念了一次。让警察见鬼去吧。明明无能，却又故作阴险。

“那边的那个女人，叫什么名字？”

杜丘冲着那个正在跟武川洋子交谈的女人扬了扬下巴。

“那是三穗小姐啊。您认识她？”

“不。旁边的那位呢？”

“她呀，是三穗在银座时的姐们儿，听说现在是个有钱的寡妇。要不，给您说合说合？”

“免了吧。不过，我倒是想跟三穗小姐聊聊。不急，等她俩聊完好了。”

“随便您啦。原来，您是盯上三穗啦。”

“没有没有。”

杜丘敷衍了一句。

女人站起身去取波本威士忌，只见她跟三穗耳语了几句。三穗手里托着一杯波本威士忌，来到座位旁。

“您以前来过吗？”

三穗微微歪着头，盯着杜丘的脸。

“我是头一次。”

“能伺候您这样一位大帅哥，人家好开心哦。”

三穗露出一排皓齿。

她看上去和武川洋子同龄。表情有些不苟言笑，这反而使她显得个性十足。她的胸部胀鼓鼓的。

“其实，我是想求你一件事。”

“什么事啊？”

三穗的眼睛里忽地闪现出好奇和警觉。

“我想跟你打听一个你认识的人。你告诉我，我就付你十万块。先付五万，其余的事后给你。”

“您说的那个人是谁啊？”

听到十万这个数字，三穗压低了嗓音。她看得出，这个男人不像是在开玩笑。

“这个嘛，在这儿不能说。”

“您是私家侦探吗？”

“不是。”杜丘摇了摇头。这里灯光昏暗，不用担心会被别人认出来。“这里面有一些内情。到时候，也许会托你对那个人做一些调查。我会付给你额外的酬劳。你觉得如何？”

“可是，那个人，到底是谁啊？”

三穗感到有些胆怯。

“在这儿不能说。你把电话告诉我，详细情况电话里跟你讲。你给我回信时，也通过电话好了。过了今天晚上，咱们就不会再见面了。当然，你不会惹上麻烦的。”

“可是，这样的话，您怎么付给我钱呢？”

她半开玩笑地试探道。

“我相信你，十万块现在就一次付清。”

“那好吧。”看到男人如此爽快，三穗点头答应了，“我还是有点儿后怕，不过呢，您看着也不像是坏人。还不知道能不能干得来，要是办不成我就退您钱，可您得过来取……”

“你不必操这份儿心。”

杜丘小心地看了看周围，然后把钱递了过去。三穗灵巧地将钱塞进胸口，在一张纸片上写下电话号码推了过来。

“您真的信任我？”

“那是。为这点钱犯不上卷款跑路的。不过，希望你能守口如瓶。”

“我懂的。”三穗对着杜丘看了一会儿，“其实用不着打电话，等下了班我可以去找您啊。要不，您也可以到我房间来……”

“这怎么好意思。”

“您别想歪了。我是说，您看上去好像挺孤单的，而且我觉得，您不是坏人。”

“谢谢。还是电话联系吧。”

杜丘站起了身。

三穗将他送出门口，看着这个连自己的名字都没说的男人拖着长长的身影消失在风中。男人颔首道别时的样子让她有些难以忘怀。他那精悍的神情之中透露出一种说不出的悲凉。他是个不会笑的男人。

男人打来电话，是在第二天的清晨。三穗曾满心期待着他会在半夜里打过来。

“我想托你调查的，是武川洋子。”

“武川洋子？”

三穗曾浮想翩翩，不知道男人会用低沉的嗓音说出谁的名字，这会儿，她感觉像是挨了涮。她一直以为，他要调查的是一些公司里的头头脑脑的品行。

“是的。不过，原因不能告诉你。我要知道的，是武川嫁到现在的这个家以来的情况。”

男人的声音沉稳、平静。

“这个的话，那就不用调查了。”三穗说道，心想，原来是武川的再婚对象在做暗访啊。

“在银座的酒吧打工时，客人里有个叫武川吉晴的，这个人五十多岁，当时在运输省海运局上班，他对洋子迷得不得了。这个人很古怪，好像从没结过婚。他没什么家累，除了一座大房子，还在别的地方有块土地，所以，洋子就想嫁给他了。换了谁谁不想啊……”

“武川吉晴是什么时候死的？”

“应该是今年的八月初吧。他们结婚有两年了，这样一来，洋子就成了亿万富翁了。”

“八月初……”

男人的声音戛然而止。

“是啊。”

“知道是哪家医院吗？”

男人的声音有些急迫。

“叫城北医院，是一家精神病医院。”

“精神病医院？”

“具体的我也说不上来，好像是在死前三个来月住进医院的。怎么说呢，也许是他心理变态的缘故，听说他的醋劲儿可大了。不过他住院倒也不是因为这个。”

“是吗？”男人说道，口气像是悟出了什么，“对了，银座酒吧的客人里，有没有一个叫酒井义广的人？”

“东邦制药的酒井部长？”

“看来是有。”

“嗯——”三穗突然有种不安的感觉。如果只是调查私生活，这未免……“酒井部长是洋子的客人，这里面有什么……”

“没什么。”男人说道，“你有没有听说过，武川洋子养了一只受伤的斑鸫？”

“什么，斑鸫？”

冷不丁被问到这么一个莫名其妙的问题，三穗被弄得一头雾水。

“你不知道？”

男人的声音阴沉起来。

“嗯，没听说过。”

“这样吧，你能不能跟武川洋子见上一面，然后不动声色地问一问？”

“是问斑鸫的事儿吗？”

她满以为男人搞了个恶作剧，是在戏弄她而已，可是，男人回答“是的”时却是斩钉截铁、不容置疑的语气。

“开始养斑鸫是什么时候、现在养的怎么样了、喂的都是哪些东西，另外，那只斑鸫喜欢闻香烟的烟雾，这些话你要引她自然而然地讲出来。你自己不要主动提到烟雾。还有，关于烟雾的细节，希望你打听得越详细越好。”

“斑鸫喜欢闻香烟的烟雾，这是真的吗？”

“是真的。除了斑鸫，我还想详细了解武川吉晴住进精神病医院时的病情症状。再细枝末节的地方也不要漏过。我还要知道他的死亡原因，或者死亡通知书上填写的病名。”

“可是，这个我干得来吗？”

“你能行的。”男人口气坚决地说道，“你去找她串门儿，喝上几杯啤酒，聊天儿时就能顺带着打听出来了。我想，你去的话，她应该既不会隐瞒，也不会怀疑。”

“让我想想……这些情况牵扯到什么案子吗？”

“无可奉告。但是，绝不会给你惹上任何麻烦。对了，除此之外，也请你打听一下武川洋子和酒井义广现在是否还在交往，如果分手了，又是什么时候分的手。”

“这……”

三穗感到一阵恐慌，觉得自己要把洋子出卖了。

“你什么时候可以去见武川洋子？”

“明、明天就行。”

三穗回答得有些慌乱。洋子是以前同自己共事的姐妹，而如今，人家握有万贯家财、衣食无忧，时常到自己干活的酒吧来喝酒。不知不觉之中，心中积郁的忌妒之情被男人的话语激发了。如果是洋子蓄谋杀死武川吉晴的话……

“那好，我明天晚上再给你电话。如果你打听出来的东西足够令我满意，我会再拿五万块酬谢你。”

男人说了声“再见”，便挂断了电话。

男人的声音让三穗回味了好一会儿，她在心里琢磨，这是个什么人呢？这人的身上有一种不同于黑道人物或私家侦探的特殊气质。他彬彬有礼，然而，他的感情却似乎是阴郁晦暗的。

第七章 大包围网

1

酒吧打烊。三穗回到新宿的公寓后，男人打来了电话。

“是我。”

男人说道。

“我正等您呢。”她略带急迫地说。她望眼欲穿地盼着男人的电话，已经有些急不可耐了，“您能不能先陪人家吃顿饭再说呢？您现在来也行啊。要不，我可什么都不告诉您了。”

她已有些微醉，索性趁着酒劲儿说出了心里话。她想抓住这次机会开始一场浪漫。这男人的身上有一种让人心动的东西。

“今天晚上不行。”电话那头，男人似乎有些哭笑不得，“明天晚上可以见个面。可是，你要告诉……”

“明白了。”她感到些许的失望。很少有男人会拒绝女人的主动相邀。正是因为这一点，他才让人感到成熟老练、柔中见刚。她把宝押在了第二天晚上。

“她是捡了一只被气枪打伤的斑鸫，那是在七月中旬，可听说到了八月底，斑鸫就死了。至于香烟的烟雾嘛，好像是这样的，只要烟雾飘到笼子里，斑鸫就呼扇着受伤的翅膀，一个劲儿地啄。”

“还真是这样……”

不知为什么，男人的声音有些阴郁。

“我说说它死时的样子吧……”

三穗躺在床上，想象着将洋子说的话用细线条字体写下来。

斑鸫断了翅膀，不怎么吃鸟食。用鱼饵喂的话，倒还吃下一点。就在死前五六天，它开始用小嘴啄食香烟的烟雾。它啄食的样子，真像嗜烟如命似的。

它死前的那个晚上，洋子将养斑鸫的鸟笼放到了窗台上。那天晚上的月亮很暗，月光被雾气滤成了淡蓝色，透过院子里的树影倾洒而出，一直照到斑鸫的身上。突然，蜷缩在笼子里的斑鸫无缘无故地扇动起翅膀来。

它的动作那么激烈，洋子还以为来了猫或者蛇。可往窗外一看，什么也没有发现。洋子目不转睛地盯着一直无精打采、越来越虚弱的斑鸫突然爆发出来的狂态。说它是狂态真是贴切极了。

洋子忽然想到，斑鸫是在不停地啄食淡蓝色的月光，这跟它啄食香烟的烟雾时的情景一模一样。

——莫非它把月光错看成了烟雾？

洋子在心里这么嘀咕。洋子怕把斑鸫累坏了，便将鸟笼子搬进了屋里。斑鸫展开折断的翅膀，一动不动地趴在笼子里。

第二天早晨，斑鸫静静地死去了。

“等一下。你是说，斑鸫把淡蓝色的月光误认为香烟的烟雾？”

男人默念似的问道。

“洋子就是这么说的。您想啊，饱餐月光后死去，多么浪漫的死法啊。”

“月光……”

隐隐听到男人在喃喃自语。

“对了，关于武川吉晴的死因，听说是肝功能障碍，叫肝什么什么。”

“他住院前的症状呢？”

“这就……”

三穗欲言又止。

“她叫你保密？”

“是的……”

“我多付你酬金。”

“我不在乎钱。我是为了您才拼命打听的。为了一个连名字都不知道的人——我真是疯了。”

“非常感谢。”

“得了吧，反正明天晚上就能见面了。您知道吗，武川这个人，好像是个顶大的醋坛子。哪怕是个女的打电话来，也会惹得他吹胡子瞪眼。他说了，出面打电话的是女的，可等到通上话，一准儿就会换成男的。想想也是，他一个老光棍儿，能娶上小他三十岁的水灵的洋子，靠的还不是钱，他不疑神疑鬼那才叫奇怪呢。就算是晚饭前出去买个菜什么的，只要稍微晚回来一小会儿，他就以为洋子去了情人旅馆……难道他是以为，五分钟或十分钟就够偷一次欢了？”

三穗笑着说道。

拿洋子的话说，每逢这时，武川吉晴便将洋子扒个精光，检查有没有什么痕迹，可如果一无所获，他又好像极度懊丧。

武川之所以能让洋子对他畸形的忌妒心逆来顺受，是因为他对洋子说，等我死了，财产就是你的。他甚至还说过，我真想把你囚禁起来。

“其实洋子也渴望年轻男人，她说有的时候想得不得了。可是呢，她被看得这么严，外出都不自由，所以就只能一直压抑着自己。武川这个人相当变态，听说自从和洋子结婚后就没怎么出过家门。当然了，他也轻易不让洋子出门。后来啊，武川的举止好像变得越来越古怪了。”

洋子让她千万保密、不可外传的，正是这件事。可是，三穗从一开始就没打算替她保密。三穗想，我是受雇于人的间谍啊。不，什么钱不钱的，我要尽量多打听出一些消息，借着这个机缘跟那个男人谈情说爱。三穗已经谈吹了好几个，她不想再失败了。如果洋子因此而遭难，她才不会在乎。

“怎么古怪法？”

男人语气冷静。

“他本来就是个怪人，醋劲儿肯定越来越厉害呗。听说有一天，他拿出一根缝衣针，使劲往自己腕子上扎……”

“用缝衣针往腕子上扎？”

“是啊，您说吓人不！”

三穗想起来就直皱眉头。

等洋子看到时，武川已经把皮肤刺得伤痕累累，鲜血淋淋。她惊骇地大叫“你这是干什么”，武川抬起狂乱的眼睛说“蚂蚁钻到皮肤下面去了”。

——你胡说什么！你疯了！

可武川不听，在皮肤上一通乱扎，像是在追撵跑来跑去的虫子。没一会儿，武川叫道：“进到嘴里来了！”只见他张大嘴巴，用针刺向牙床。很快，他满口都是血。

“给我找！把蚂蚁找出来！”武川时而惨叫，时而用针刺向自己。

“结果，忌妒变成的黑虫子真的活了，钻进了皮肤里。”三穗说，“老牛吃了嫩草，所以这虫子就从休眠中醒过来了。”

三穗想，忌妒真可怕啊。它伤害对方之后，就会变成黑色的小虫子钻进自己体内。听着都教人心惊胆战。

男人沉默不语。

“我说，您在听吗？”

“啊，我听着呢。”

男人的声音有些沙哑。

“洋子的事我都说完了。”

“酒井义广有什么消息？”

“对了，还有他呢。她说了，结婚以后就跟酒井部长没再来往过。武川看得这么严，她哪儿顾得上啊。武川住院以后就不清楚了。他俩本来就有关系，您明白了吧？听说还是酒井给联系的医院呢。好像洋子给他打电话商量来着。”

“都清楚了。”男人似乎长出了一口气，声音低沉，“你帮了大忙。”

“我帮上忙了？”

“你帮了很多啊。谢谢你。”

“等等，光嘴上说可不行。你答应的事，要守信哦。”

三穗感觉到男人就要挂断电话了，慌忙说道。

“我知道。明天晚上，我会把剩下的酬金送到你店里。”

“别啊，明天晚上店里歇业。您可以到我这儿。”

男人略加思索，然后询问了地址，答应晚上九点左右登门。三穗告诉他，公寓在西新宿的七丁目，完后挂上了电话。

她下了床，环视了一下房间。这是还在银座上班时买的两室两厅的公寓。她打算做个扫除，再插上枝花，尽量把房间布置得富有女人气息，然后迎接她的意中人。想到这些，她的心里便像揣了只小兔子。

在风中消失而去的那个长长的身影，重新浮现在脑子里。

第二天早晨，三穗起得比往常要早。

她做了个大扫除，一直忙活到下午。房间完全变了个样。剩下的就是买花和准备下厨了。她想做一桌大餐。她觉得跟那个男人一定会相处得很开心。他不同于那些鄙俗不堪、满身铜臭、一脸淫邪的凡夫俗子。以前一直羡慕洋子，也许该轮到自己了。

——他会留下来过夜吗?

她订了花，然后走向超市。

超市的旁边便是派出所。就在经过派出所门前时，三穗停下了脚步。眼睛牢牢地盯着通缉令上的嫌疑人照片。

强奸、抢劫、杀人嫌疑犯——原东京地方检察院检察官，杜丘冬人，三十一岁。

她感到一阵天旋地转。

——在逃检察官……

报纸大标题上的铅字动了起来，一个叠一个、一个套一个，在脑子里团团乱转。她腿脚打着战，回了家。

——原来是那个在逃检察官啊!

她喃喃自语。没错，别看他一副精干的男子汉外表，整个人看上去却总有些心事重重——难怪请他来他那么不情不愿呢。酒吧光线昏暗，他大可放心，可要是换个地方，那张脸就会被认出来。报纸上说他偷了架飞机从北海道混进了东京，这报纸才看了没几天啊，标题那么大，还配了照片，我怎么就没醒过味儿来呢……

三穗的脸色变得煞白。他不像坏人——她强迫自己这么想。要是不这么想，自己未免太惨了。她不由自主地感到浑身乏力。强奸、抢劫、杀人——突然，三穗清醒过来。从杜丘那儿拿了十万日元，自己也算得上他的同伙了。

——如果杜丘被抓住……

她仿佛看到刑警正在朝自己走来。

2

“看来杜丘的好运气快到头了。”

刑警细江对矢村说道。

“啊，但愿吧……”

矢村没精打采地望着窗外，答道。此时，警车正在驶往新宿署。

“您是不是对什么地方不放心？”

细江偷偷瞟了一眼矢村那木然的表情，只见他眉头紧锁，似有些消沉。接到一个叫三穗的女人的密报后，包围圈已经按部就班地布置完毕，指挥部就设在新宿署。只要杜丘去找三穗，他就必将落网，插翅难逃。他实在看不懂，眼瞅着就要大功告成，可矢村却阴沉着脸。

“我没什么不放心。”矢村否认得很干脆，“我其实不太想抓那家伙。”

“怎么突然说起这话来了？”

矢村的话让细江诧异万分。

“由于三穗的密报，武川洋子和酒井义广的关系算是搞清楚了。武川吉晴死在城北医院，可以想象，这和 A-Z 有一定的关系。可是，我们知道的，也就到此为止了。武川吉晴的死因没查出有什么疑点。就算有，如今也无从查起了。除了武川，前后出了三条人命，我们还是一筹莫展。线索都断了啊。我们手上无牌可出。”

“话是这么说，可要是抓住了杜丘……”

“我开始觉得这对我们没什么好处了。那家伙是在玩儿命，可他知道的东西并不比我们多多少。他是接近了那帮坏蛋的罪证，可究竟是什么他自己还蒙在鼓里。所以才有人暗算他，想把他赶得远远的。直到现在，他也还是云里雾里的。但凡掌握了什么真材实料，他早就直捣要害了。”

“您这话的意思是……”

“还是先放虎归山比较好。肯定有人会按捺不住，自己跳出来的。”

“不过，这会儿怕是没法收手了。”

机动队已经在新宿部署停当。

“是啊。那家伙已经无路可逃了。”

警车驶进了薄暮中的新宿。

3

一个女人若无其事地用眼睛扫着杜丘，已经有一会儿了。她看上去有二十六七岁的样子。少妇？如果是少妇的话，她的举止未免轻佻了些。她看着像个正在等人的风尘女子似的。

这里是新宿I商场的楼顶平台。天空里罕见地没有雾，冬日的阳光尽情地倾洒下来。杜丘靠在躺椅上，半边脸迎着阳光。这是星期六的下午，一派热热闹闹的景象，小孩子成群地在游乐区里嬉闹玩耍，老人或年轻的妈妈则守在一旁。

杜丘扭过脸去，避开了女人的视线。扭过脸后，不由得感到了一种悲哀。女人的眼神里有什么含义，杜丘不得而知。管它是什么，若是放在从前，他是不会介意被女人盯着看的。虽然在大街上或广场上吸引女人的事没干过，可他自负地认为，以自己的相貌是不缺女人缘的。他在女人那里有着不低的回头率。就算还不到大情种的地步，可这足以让他觉得生活很有奔头儿。

现在则是一百八十度大转弯。受到温煦的初冬阳光的感染，女人兴许是突发春心也说不定。她绝不可能从人堆中一眼就认出在逃检察官来，就应该想象成她这会儿正是春心盎然；可现在，只能反着理解了。他从那女人炽烈的眼神里看到了牢狱，甚至感觉那里面隐藏着近似杀气的东西。

走在街上时也是如此。如果有人回头瞧他或盯着他看，他只会从这些视线中感觉出杀戮的气息。

他害怕照镜子，觉得镜子里映现出的自己太像一头濒临绝境的饿狼。

在冬日清澄的阳光中，杜丘看到了只能活在今天而没有明天、被深深地打上逃犯烙印的自己。

——已经是十一月九号了。

看到手里拿着的报纸上的日期，杜丘猛然抬起双眼。

这是和远波真由美约定的日子。

驾驶赛斯纳逃出牧场的前一刻，远波对他说，真由美将会在十一月九号去东京送几匹良种马，要在鞠町的K饭店住到十五号，若能平安潜入东京，就去见她。

扬起的视线的远端，正是新宿西口的高楼大厦。大楼那像是削出来的侧面映着绯红的晚霞，煞是漂亮。

——先打个电话试试吧。

真由美是代替她父亲到东京来送良种马的。她一定在等电话。

他竖起大衣的领子从躺椅上站起身。那女人已经不见了。

公用电话就在热带鱼卖场的旁边。

“您是榛先生吗？远波小姐是今天早上到的，现在外出了，七点钟以后回来。她留了言，说正在等您的联系。是的——房间是六层的六一三室。”

前台如是回答。

杜丘告诉前台他现在就在新宿，请转告小姐他会在八点钟左右和她联系，随即便挂断了电话。

他又回到原先的地方。

他报上榛这个姓后，想起了被金毛棕熊吃掉的幸吉。幸吉的惨死、与金毛的搏斗、生平头一次开飞机就驾驶赛斯纳在夜空飞行，这所有的一切都只剩下了遥远的回忆。金毛咆哮着扑上来、吐出幸吉还在活动的内脏后一命呜呼、冲向漆黑的夜空时那令人毛骨悚然的不安，这一切都本应演变为在熟睡中不时出现的噩梦才对。

而这些都从未侵袭过自己的梦境。也许，逃亡者就连在梦里也是没有过去的——杜丘在心里感叹。所梦到的，无一例外都是第二天兴许就会降临的恐惧。他经常梦到被路人用手指着，女招待、售票员这些平时毫不起眼的人突然对他放声斥责，以几乎要将黑夜击碎的阵势，将梦境搅得一塌糊涂。

夜晚——对于逃亡者来说，夜晚就是充满了对明天的焦虑和可怕梦魇的地狱。他马上要面对的，又是一个这样的夜晚。

他打算去三穗那里赴约。吃饭倒在其次，可必须见到她，付清剩下的五万块钱。杜丘觉得这十五万日元花得非常值。因为听者是三穗，武川洋子才不会避讳。如果换了杜丘，不，哪怕是面对矢村的过堂，洋子也必定讳莫如深。

——蚁走感……

从昨天晚上开始，这个词就在他嘴里念叨过好几次了。

杜丘知道，皮肤上仿佛有蚂蚁游走般的刺痒痒的感觉是属于自律神经失调的症状，在精神分裂症的初期，也会出现类似的症状。病情一旦加重，就不光是蚁走感了，还时常出现小动物的幻觉，不是蛇在墙上爬，就是床铺上趴着青蛙或壁虎。

武川吉晴是个性格古怪的人。一直到五十岁还在打光棍，冷不丁儿娶了足足比自己小三十岁的娇妻，醋劲儿大到令人吃惊的程度，可见他那古怪的性格早就让他落下了病根。他感觉像有蚂蚁钻到皮肤下面，为了消灭这些蚂蚁，他用针将身上，甚至牙床都刺得鲜血淋淋，这不正是病情恶化的证据吗？

——不对，这么想是错的。

从三穗的话中，杜丘得出了武川吉晴并非精神分裂症的论据。这个论据像冷冰冰的顽石，坚不可摧。

武川吉晴并没有患上精神分裂症。武川吉晴拿针刺自己的身体，是药物的作用。

——是可卡因！

就杜丘所知道的而言，这是典型的可卡因中毒的后期症状。

在毒品中，可卡因与海洛因、吗啡齐名，然而在中毒症状导致出现小动物的幻觉这一点上，可卡因的恐怖程度更为登峰造极。床上、饭桌上、墙壁上，所有的地方都开始有蛇、蝎子、蜘蛛或是青蛙之类的小动物在爬。光是在屋子里爬倒也罢了，可最终，就像发生在武川身上的那样，蚂蚁、蚯蚓、臭虫什么的，都开始往皮肤里面钻。可卡因幻觉属于作用在皮肤和黏膜上的幻觉。于是，虫子钻到了皮肤下面，在体内窜来窜去。这还不算，牙床和喉咙的深处还会感到塞满了线头或玻璃碴子。为了消灭这些虫子、揪出线头或玻璃碴子，中毒者会用针在自己身上到处乱刺，甚至扎破牙床。可是，虫子总是巧妙地闪避，线头也黏在喉咙里，怎么也弄不掉。

武川吉晴就是可卡因中毒——当然，尽管程度不同，也不能说精神障碍患者就一定不会出现这些症状。这个病的特征就是幻听、幻视。幻听、幻视的形式不一而足，可是，杜丘断定武川吉晴是可卡因中毒，还有着另外的原因。

那就是，斑鸫的暴死。

斑鸫啄食香烟的烟雾，还拼命地啄被雾气滤成淡蓝色的月光。洋子说它把香烟和月光搞混了。真是这样的吗？就算它确实搞混了，可斑鸫最初又是怎么对香烟的烟雾上瘾的呢？香烟的烟雾又不是什么有营养的东西。

斑鸫并非在啄食香烟的烟雾。想来想去，结论只有一个。

——可卡因。

小鸟会不会可卡因中毒，杜丘并不清楚。对于毒品，他的知识仅限于在负责毒品案时学过的东西，并没有药理专家那般渊博。可是，既然小鸟没有道理拿香烟的烟雾当饭吃，那么，与武川吉晴通过口服或注射吸入的相同的可卡因，一定是有谁设法将其掺进了斑鸫的食物里。斑鸫由于可卡因中毒而产生了幻觉，错将香烟的烟雾当成了别的东西。对月光亦是如此。

——给猴子也下了可卡因吗……

杜丘的想象到此为止。再往下便陷入一团漆黑，看不到想象之花结出的果实。他感觉到了果实的存在，可黑暗过于浓重，掩盖住了它。

一切皆源于洋子。武川吉晴对洋子一见钟情。武川虽是个退位的官吏，可坐拥万贯家财。洋子的如意算盘是，嫁给武川这样的老头不过是图个家产，肉体上的满足则可以通过酒井义广或其他的男人。

然而，武川是个醋坛子。

洋子巴不得武川早点死掉。不光是洋子，换成别的任何女人都会这么企盼。洋子向酒井义广倒了苦水。酒井则提议，对武川用可卡因。有他这个制药公司的董事，可卡因的来源应该不是问题，于是，在武川毫不知情的情况下，可卡因进到了他的体内。在所有的毒品中，可卡因中毒的效果尤其厉害。一开始，人会变得气宇轩昂，甚至表现出艺术上的才能；不用说，性欲也增强了。对于洋子来说，丈夫的可卡因中毒并没有造成任何麻烦。

可是很快，可卡因对长期服用者身心的侵害便开始显现了。房间扭曲走样，窗帘通体发亮；地毯开始移动，尘埃冒着金光满屋子飘舞，金色或银色的蜜蜂嗡嗡着飞来飞去——把一个曾经志得意满的人变成废人，是用不了多长时间的。

犯不上杀死武川，杀人是要掉脑袋的，等他变成废人后再扔进精神病医院即可。到了精神病医院，可卡因中毒一事自然会露馅儿，不过，酒井早已对此进行了铺垫。通过药这个纽带，制药公司和精神病医院关系密切。而且，事实上正是在酒井的安排下，城北医院收治了武川。

洋子得到了武川的财产。

酒井则是洋子和她的财产兼而得之。

这便是整个事情的源头。那么，它与朝云的被害有着怎样的联系呢?

——精神病医院……

要想寻找它们之间的联系，唯有将着眼点放在医院。朝云忠志是厚生省医务局医政课的职员。医政课拥有针对医生行业的监督权。

武川吉晴住进城北医院后死掉了。若肝功能障碍属实，这里面就没有什么问题。不过，假设朝云忠志发觉其中有诈，并了解到了真相——朝云对于医生行业的险恶恨之入骨，足可以推测，他入职厚生省，也是打算找机会从内部进行曝光。

朝云发现了秘密。

可以推断，这秘密还不仅仅是酒井和洋子出于某种原因而不得不在精神病医院对武川下毒手这么简单。包括武川的死因在内，朝云所掌握的秘密必须足以置人于死地。否则，单是一个武川的死，就算涉嫌他杀，也绝不可能传到朝云的耳朵里。

朝云决定采取公开处理的方式。

酒井义广与医政课职员青山祯介、药政课课长北岛龙二，这三个人对朝云开始了游说。可是，朝云坚决不听。酒井被逼到了不得不杀人灭口的境地。因为朝云一旦将他掌握的内幕公之于众，杀害武川的罪行就会败露。

——药政课课长！

杜丘的眉毛一跳。

就在朝云死亡的前夜，药政课课长也上门了。为什么，平时井水不犯河水的药政课……

——药？

杜丘感到，谜团的轮廓越来越清晰了。

目前的问题在于，就算酒井出于形势所迫而不得不杀掉朝云，可对于他为什么要连猴子一起杀掉，杜丘总是百思不得其解。

难道不株连猴子，就无法做到杀死朝云又不留痕迹？

这么推理是恰当的。很难想象猴子是偶然喝下阿托品的。猴子不可能有办法喝下没有容器的阿托品。解剖时根本没发现胶囊之类的东西。

酒井一定从洋子那儿听到，斑鸫对于香烟烟雾反应怪诞，甚至对月光都产生了幻觉。由此，酒井产生了行凶的念头。他尝试了在猴子身上进行同样的实验，而猴子表现出了一模一样的反应。

毒死朝云的阿托品的容器之谜一定就隐藏在这种反应里。因此，猴子被株连，而且，在朝云家和武川家，猴子和斑鸫同时对香烟的烟雾着了迷。

不，猴子和斑鸫都将香烟的烟雾……

——棕熊……

想到这儿，杜丘轻轻地摇了摇头。

棕熊又为什么要吸香烟的烟雾呢?

商场的关门时间就要到了。

4

三穗接起了电话。

“我这就过去，方便吗？”

“那……好吧，我正等您呢。”

杜丘挂断电话，感觉三穗的声音里似乎有一些令人不安的成分。她最开始的那声“那——好吧”，似乎是冲着旁边的什么人说的。

杜丘原地站了一会儿，最后得出结论，这不过是逃亡者草木皆兵的心理所造成的胡思乱想。他迈出步子。三穗这个女人是不会有二心的。否则，她就不会透露那么重要的消息了。人家是看上自己了，所以才请自己做客。

他自己很清楚，他渴望女人。如果对方投怀送抱，自己未必能扛得住。不仅是肉欲的满足，他情不自禁地将女性的肌肤看作心力交瘁的逃亡生活中的慰藉。

三穗的公寓就在新宿高架大桥附近的一个跨越青梅街道的街区里。还不到星期六晚上的八点，交通拥堵仍在持续。人潮和车流被不计其数的霓虹灯染得花花绿绿，光怪陆离的夜景令人眼花缭乱。

杜丘快步走着。女人、酒精和音乐都与他无缘。他不解风情般地穿过这夜晚的花园。

公寓共有八层，但整体建筑并不大，属于那种见高不见宽的楼房。

他快步穿过公寓楼前。庞然大物般的娱乐街将触角延伸到了这附近，酒馆、酒吧鳞次栉比。这地方看上去像一个巨大的胃袋。到第二天早上，呕吐物随处可见，垃圾堆积如山，从垃圾桶里渗出的污液在路面上留下滩滩污渍。整条街像得了消化不良似的。

他经过楼前，过门而不入。过了十来分钟，又折了回来，忽地，杜丘驻足不前。街上冒出了一个卖关东煮的摊子，可刚才还没有呢。吃关东煮的三个男子中，有一个很面熟。

——矢村设下埋伏了！

那个刚过中年的男子，正是矢村的部下——刑警细江。除了细江，其余两个也似乎都是搜查一课的干将。这么一想，那个扎着头巾的关东煮摊主也像是某个以前打过照面的刑警。

有个男的在跟一个女人站着聊天，等他转过侧脸时，杜丘看得很清楚，他就是地检特侦组的人。

杜丘慢慢掉转了脚跟，心脏怦怦直跳。三穗出卖了自己。如果这是矢村设下的埋伏，那他早已运筹帷幄，只要一声令下，不光是这里，整个街区转瞬之间就会陷入重围。

“杜丘！站住！”

细江在背后厉声大喝。关东煮的摊子好像一下子被掀翻了。

杜丘撒腿就跑。跑肯定有危险，可不跑又不行。敏捷的、令人想到食肉兽的脚步声从身后袭来。逃出去的路只有一条，那就是从车流的夹缝中横穿青梅街道。只要跑上人行道，就能立刻混进人群里去。

他冒着危险跑上了马路。绝不能在这里束手就擒，就是有再大的困难也要逃下去。车灯的光柱劈头盖脸地打在身上。

背后“杜丘”“杜丘”的叫声与汽车刺耳的刹车声混在了一起，有辆车带着刹车声擦过杜丘的大衣角，咚的一声撞到马路牙子上。杜丘顾不得回头看，只是一个劲儿地左突右进。怒骂声、急打方向盘和急刹车的声音响成一片，此起彼伏。

他总算穿过了马路。

拐过小田急百货的街角后，他不再跑了，而是混进熙熙攘攘的人流。

巡逻车的咆哮声传进耳朵，还不止一两辆。青梅街道、甲州街道[1]，条条大街都响彻着飞速而至的警笛声。紧接着，追踪猎物的白色摩托拉动了凄厉的警报器，从附近的新宿署一辆接一辆地鱼贯而出。

杜丘走向车站，可还离得老远就掉头往回走。每个检票口都守着好几个警察。他又回到大街上。

“这下好了，那小子成了笼中的老鼠。”

在设于新宿署的指挥室里，负责治安的东警部说道。

“但愿如此啊。千万别出什么岔子。”

伊藤检察长的脸因为紧张而抽动着。

矢村则一声不吭。

“机动队、交通机动队，还有巡警队都秘密部署好了——各单位已同时开始路查，绝对不会让他跑了的。剩下的就是怎么收网了。”

“他不会偷架直升机跑掉吧？”

伊藤一本正经地问道。

“这不是没影儿的事儿嘛……”

东警部笑了，那笑声里自信满满。

“你这是怎么了，矢村君？”

伊藤不无担心地望向从一开始就沉默寡言的矢村。

矢村没有答话。他瞥了一眼伊藤警部，将目光投向窗子。霓虹灯和新宿的夜景将窗玻璃映得通亮。警车的警笛声与不断变换的色彩交织在一起，不绝于耳。

杜丘夹裹在人群中，向歌舞伎町走去。警察的身影随处可见，戒严已经开始。不过，警察并没有逐一搜查人群中的每一个人。这么做是不可能

[1] 甲州街道以日本桥为起点，经新宿、八王子、甲府通到长野的下诹访。

的。若是强行搜查，难免会引起骚动。被称为庶民天堂的新宿充斥着年轻后生和好事者。若是有谁喊上一句“警察是法西斯”，弄不好就会引起一场无法收拾的轩然大波。不景气、失业、酗酒、争风吃醋和打架斗殴，再加上极易传染的对警察的抵触情绪，使这条街总是涌动着骚动的暗流。

警察在努力避免不必要的摩擦。

随着人群混进歌舞伎町的杜丘原打算穿行到西大久保方向去。可他很快就明白，这是不可能的。大大小小的巷子里都停了警车，机动队队员手里拿着对讲机严阵以待。杜丘又回到人群里。

包围网密不透风。以新宿站为中心，从西口一带到歌舞伎町，所有的出口都被封得死死的，连一只蚂蚁都溜不出去。警察只要封住出口，就犯不着和众人发生冲突。人群最终会三三两两地散去。等到只剩下那个不敢在警察面前露脸的人之后，再一举拿下即可。

——没希望了吗?

来到和青梅街道相交的大街上后，杜丘驻足不前。再没有地方可去了。拼死拼活逃至今天的过往经历在眼前闪现。他深知，每每助他化险为夷的好运气，如今已不再眷顾自己。身体仿佛失去了重量，唯独双腿沉重不堪。新宿是逃亡的起点，看起来它也将成为终点。自由之环终于要断裂了。他感觉自己经历了一次徒劳的循环。

杜丘靠近了公用电话。他觉得必须告诉远波真由美，自己无法践约了。这么做也许多余，可眼下除了坐以待毙之外，反正也无事可做。这里是令乡下警察难以望其项背、誉冠世界的警视厅和东京地检的庇佑之地。至于希望，连万分之一都看不到。

真由美接起了电话。

“你在哪儿？”

刚一接通，真由美便声音亢奋地问起来。

杜丘将情形三言两语地讲述了一下。

“——很遗憾，我不能去见你了。先跟你道个歉。”

"不行，你要守约。"

平静的声音中带有反驳的口吻。

"可是，照这个样子，我不可能再逃出去的，只能放弃了。"

有两个警察朝这里走了过来。

"三十分钟以后……"真由美急促地说道，"看到马路对过另一头的拐角了吗，你就站在那儿。我来救你出去。"

"算了吧。"杜丘瞟着警察飞快地说，"你无能为力。这里可不是北海道。"

"我偏要这么做。我已经安排好了。"

"安排好了？"

"嗯。回来的路上，路过新宿时发现戒严了。想起你的留言，我就猜到被困在里面的可能就是你——总之，三十分钟以后，你一定要在刚才说的位置上。在那之前，你要想办法，千万不能让他们抓住。"

"这不行！喂！喂！"

可是，真由美已然挂断了电话。

杜丘从电话旁抽身离开。

他闪进一座餐馆和游戏厅云集的大楼，躲过了警察。这样，还可以在包围网中再撑上三十分钟到一个小时。星期六晚上的八点钟刚过，还正是客流的最高峰。

不过，三十分钟以后，真由美究竟打算搞出什么样的名堂呢？

除非搞来一架直升机，否则再怎么打算都将无济于事。凡是出口的地方，都处于严密的监视之下。既然连机动队都出动了，参与围捕的可能多达几百人。

他已不作他想，只打算等上三十分钟，待真由美赶来后劝她放弃。在日高牧场，也是真由美帮助他逃到了榛幸吉的小屋。倘若现在再轻举妄动，她就难逃协助逃犯的罪名了。

五分钟、十分钟，时间一点一点地流逝。

他走出大楼，在商业街上林立的店铺间穿来穿去，躲避警察的耳目，又回到了原来的地方。

二十分钟就要过去了。由于盘查很严，大街上双方向的车道里都堵满了汽车。杜丘穿过车辆的夹缝，走到对面约定的位置。

不时有司机从堵在路上的车子里下来，冲着警察发牢骚。还有的车子拼命按着喇叭。不少人都从警察如临大敌般的举动中察觉到了要出大事儿的苗头，聚在一起等着看热闹。还有的年轻人在到处打听出了什么事儿。就这样，便道上变得拥挤不堪，一片嘈杂。

这片嘈杂声的背后，远处传来阵阵的呐喊声。这声音隔得相当远，似乎发源于这条街和明治大街的交叉口一带。听上去像是发生了什么非同小可的事情，引发了地动般的呐喊，并顺着站满了便道的人群波及过来。还没等明白过来是怎么回事，所有的人都开始叫嚷起来。

“要暴动啦！”

杜丘旁边的一些男人吼道。气氛的确有些异样。呐喊声以迅雷不及掩耳的速度淹没了嘈杂声，席卷而来。有人伸长了脖子，想看个究竟；更有人冲向堵在马路上的卡车，不管三七二十一爬到了人家的挂斗上。

“革命啦！”

一个长发男子高声叫喊。

——莫非真发生了暴动?

杜丘没有动。爆发没爆发革命不好说，突发性的暴动倒是有可能——这股犹如平地而起的旋风不断膨胀，风驰电掣般地越逼越近。呐喊声中夹杂了女人尖厉的哀号和男人的怒骂，这一切汇集成一个巨大的旋涡汹涌而至。

杜丘仍没有动，可身体却像弹簧一样弓着。风云突变，不管是不是暴动，这都是个千载难逢的机会，必须把握住这个机会脱身。为此，他想先弄明白这个汹涌而至的旋涡究竟意味着什么，等弄清之后，再相机行事。

——怎么是马！不可思议！

可是，这并不是错觉。

“是马啊！马冲过来啦！”

“快跑啊！马惊啦！”

不时地有人发出惊呼，聚集在便道上的人群开始一窝蜂地拥到马路上。混乱中传来马蹄声，从声音听上去，远不止一两匹。杜丘感到一阵战栗。马蹄声已经告诉他，真由美放出良种马，将封锁线冲破了一个口子。

——怎么能这么干！太鲁莽了！

说什么都晚了，马群沿着便道冲了过来。

铁蹄声铿锵有力，一队良种马在人群哀号着闪出来的空当中疾驰而来。在街灯、霓虹灯和人群叫喊声的刺激下，良种马情绪亢奋。瞪大的黑色眼睛炯炯发亮，马耳低垂，鼻孔大张，鬃毛在背上跃动着，显得威风凛凛。

一个男子伏在头马的背上，巧妙地引导着马群。

——是真由美派来的！

那男子策马跑过杜丘身边时，伸出了手臂。哪怕是胡闹也要上，事到如今绝不可畏首畏尾。杜丘抓住那只手臂，用力地蹬着地面。

“你可要抓牢啊。马上就要冲击封锁线了！”

乔扮男装的，正是真由美。

“是马！”无线电里传出叫喊声，“不知道是什么人，放出了几十匹赛马。现在西口一带被搅得一片混乱！”

“什么！马怎么了……”

伊藤霍地站了起来，脸部扭曲。

各单位的无线电呼叫蜂拥而至，汇报的内容无一例外的都是关于马群所引起的混乱。

情况变得一片混乱。

经过将近一个小时的消息梳理，总算弄清了真实的情况。

经核实，马是从北海道的日高牧场运来的，从两台大型拖车上放出来十四。两名司机在被捕后交代说，他们迷了路，一直开到了新宿，这时，来了两个陌生男人。他们分别用刀子抵住两名司机，强迫把马放了出来。他们给一匹马套上拖车里常备的马鞍子，其中一人骑上去，带着放出来的马群跑了。另外一个打完下手后就不见了。

十四马冲过角筈大街，穿过高架桥到了西口，从那里分散开来。有四匹跑到了青梅街道，其中一匹马上骑着两个男人。警察组成方阵试图拦截，可每每险遭铁蹄践踏，轻而易举地就被冲溃了。

突破了封锁线的马转入小巷子里，巧妙地在狭窄的路面上穿行，摆脱了追踪。

有目击者证实，就在高架桥的附近，有个像是杜丘的男子被拉上了马。

最终，有六匹马被警察逼到了新宿署后身的公园里，可是，包括两个男人所骑的那一匹在内，还有四匹没有找到。

“啊——”伊藤发出一声惨痛的呻吟，“又是那个日高牧场！”

他用拳头抵住额头，扑在了桌面上。

无线电里传来呼叫，这是刑警细江在请求矢村的指示。矢村站起身来。

“你要去哪儿啊，矢村君——到底该怎么办？”

伊藤怯生生地发问。

“我也不知道啊。”

矢村随口一说，走了出去。

细江早已将车子停在了门口。

“司机在哪儿？”

“在公园里，正往车上装马呢。”

“就去那儿。”

这里距公园仅咫尺之遥。

马已全部装上了车。

矢村将其中一名司机叫到了身边。

“这些马由谁过来交接啊？你们老板，还是老板的闺女？”

“是小姐。”

这是个未满三十岁、面相憨厚的男子，他的语气生硬，大有一出事便会挺身而出、扛下所有罪名的豪气。

“住哪家饭店？”

“鞠町……”

“说具体点儿。”

“应该是 K 饭店。不过，小姐她什么都不知道。”

“明白了。不过，远波真由美来这儿的事，你可不要讲出去。嘴不严实就逮捕你，懂了吗？”

“懂了。可是，那警官您……”

“我吗？就当我没问过。”

矢村转身便走。

“去 K 饭店。在鞠町。不过，你可以悠着点开。”

他将身体深深地陷进座椅里。

“杜丘这一手，干得可够漂亮的。”细江说道，“不过，此人不可救药了。亏他还当过检察官……”

“嗯。”

矢村叼上烟，点了点头。

将近十一点时，他们到了 K 饭店。矢村一个人走了进去。

“我是警察，把经理叫来。”

“那个，我就是……”

这个皮肤白皙的年轻人皱着眉头说道。

“有个叫远波真由美的女人应该就住在这儿。十点钟左右，你有没有看到她从外面回来？可能还跟着一个男的。”

“这种事儿，我们一般……”

年轻人眉头不展地摇了摇头。

“房间号？”

“是六一三号房间。”

年轻人查完记录后回答。

矢村走向楼梯。

“电梯在这边。”

侍应生微屈着腰，手指向电梯。

“我讨厌那玩意儿。”

矢村沿着楼梯走了上去。

他找到六一三号房间，敲响了门。里面静悄悄的。这次，他开始粗暴地捶门。房内传出了动静。

“哪一位？就来。”

正是真由美的声音。

“警察。开门。”

“警察——请稍等一下。”

隔了一会儿，门打开了。

远波真由美迎门而立。只见她雪白的肌肤透过蓝色的薄睡衣若隐若现，胸脯高挺，隔着内裤透出引人想入非非的淡黑色。

“这不是——矢村警部吗？”真由美眼光一闪，“被棕熊弄的伤已经痊愈啦？”

“你还是穿上睡袍吧。”矢村的视线避开真由美的身体，“那家伙肯定在这儿，叫他出来吧。”

“我不明白。”

真由美纹丝未动。

“我说的是杜丘冬人。”

矢村将房间四下里打量了个遍。在这个双人房间里，眼力所及之处并未见到有男人的迹象。矢村的眼睛盯上了浴室。

“杜丘先生没来过这儿啊。”

真由美的声音带着些许的颤抖。

“不是叫你把睡袍穿上吗？”

“不。”真由美使劲地摇了摇头，“穿不穿是我的自由吧？”

真由美斩钉截铁地说完，当场脱去睡衣，随手一扔，紧接着又解开了文胸。

“你不要胡来啊。”

一对儿漂亮的乳房显露在矢村眼前。

“我偏要。”

真由美将内裤也脱掉了。原本就苍白的面孔这会儿血色尽失，变得更加煞白。她向矢村展示完赤条条的身体后，缓缓地走向浴室。只见她腰肢曼妙，美玉般光洁细腻的翘臀一上一下地耸动着。

“我有话说……”矢村叫住了她，“请你把睡袍穿上。”

矢村坐到了床上，眼角瞥见真由美用睡袍罩住了赤裸的身体。

“说吧。”

真由美深陷进沙发里。

“我有捎给杜丘的口信儿。”矢村叼着烟说道，“你一见到他就转告他。”

“好的。”

“我们知道杜丘的行踪，是因为有个叫三穗的女人报了信。今天下午，我对城北医院做了一番调查。前一阵子，我们发现酒井义广和那两个人跟城北医院的院长堂塔康竹见过面，所以就安排了秘密侦查。”

矢村用浴室里也能听到的音量说道。

“我们了解到，在武川吉晴死亡前后，另有三名住院患者也死掉了。死亡通知书上写的原因，似乎个个都无懈可击。这个是复印件。我就交给你了，请你转交给杜丘。”

他将复印件递给了真由美。

“后来，东邦制药叫停了正在研发的神经阻断剂 A-Z。能想象出这里面一定是出了什么差池，可没有证据。尸体都化成了灰了嘛。城北精神病医院的死亡率很高，医院方面说，有的时候甚至一个月就会死十来个。从病历上看，武川吉晴的病没发现有什么疑点……”

“请等等。”真由美说，“矢村先生，你打算放过他了？”

“不。”矢村摇摇头，“我不会放过他的。不过，说实话，我已经懒得去抓那家伙了。他不过是无名鼠辈。而且……”

“而且什么？”

“你的身子让我饱了眼福，我得还礼才是。”

矢村仍然板着面孔。

“你真下流。”

“我可不下流。你的屁股那么迷人，我怎么还好意思把他揪出来。不过，地检特侦组的人正是急红眼的时候，你们还是小心为好。”

矢村慢慢地站起身。

他下楼到了前台。

“怎么样了？”

细江凑过来问道。

“没找到人。”

矢村似乎有些愤愤地说道。

5

“这保险吗？”

远波真由美开着租来的车子，神色不安地望向杜丘。

“谁知道呢。不过，也没有别的办法了。”

杜丘将脸埋在大衣的领子里，注视着前方。

车子正在朝着武藏野市的方向驶去。

真由美望了一眼他的侧面，心里想，这个人对他自己也过于苛刻了。他打算以接受诊断之名住进城北精神病医院，还说唯其如此，方能摸清连老谋深算的矢村警部也没能查出来的情况。真由美找到婚后生活在东京的大学时代的好友津山广美，提出借其名字一用。也就是说，是津山广美将新婚的丈夫送进了精神病医院。

关于精神病医院有着种种的传言。虽然说的是一部分医院，而城北医院很可能正如传闻中所言，一旦住进去，要想出院可就难了；再有，假如院方还记着杜丘通缉令上的照片，那也有可能立刻通知警察。

真正可怕的则是，杜丘一旦被认出来，他会被拉进酒井义广和医院所结成的黑网里。就算不至于被杀掉，他也十有八九会像武川吉晴那样，被人下药，弄成植物人。

“一旦觉出有危险，我就请矢村先生营救你。”

“还是算了吧。要是被抓起来，就什么都完了。”

“可是，他是站在你这边儿的啊。”

“他可没这么好说话。他之所以还没把我抓起来，就是为了利用我。你瞧，后面有尾巴跟着呢……”

“有尾巴？”

“我早就注意到了，不会有错的。那是矢村的手下。”

两辆墨绿色的小汽车从刚才起就一直跟在后面。

“看我甩了它。”

“那敢情好。要是让他们跟到医院来，我们的计划可就泡汤了。”

真由美淡定地开着车子，计上心来：在十字路口制造一些小小的混乱，然后巧借混乱甩掉尾巴。就在走走停停之中，墨绿色小汽车渐渐地淡出了视野。

“矢村警部一定要气死了……”

“管他呢。对了，到了第五天，你就申请出院手续，要是院方不同意，我会自己想办法出来。”

“会那么简单吗？”

“会有空子钻的。净给你添麻烦，真是过意不去。要是医院说不放人，你就回北海道去吧。不用担心我的，对我来说，逃亡早就是家常便饭了。”

杜丘噗地一笑。

真由美看到，一种纯净中透着落寞的笑容流淌过他的脸颊。

昨夜——就在矢村离开饭店的房间后，杜丘躺到了床上。她期待着一番男女之欢，可杜丘却早早地发出了轻微的鼾声。那张熟睡中的面孔就像现在这样，浮现出一种纯净中的落寞。这样的神态恐怕只有颠沛于无止境的追踪和逃亡之中的男人才会有。

“这么追啊、逃的，你打算到哪一站才是头啊？”

“那也要先有个头啊——我在想，能不能把你当作我的灯塔。”

杜丘说道，脑子里浮现出从夜空中俯瞰到的黑暗中的牧场。汽车前灯的光柱射穿了黑暗，那种落寞的感觉令人心生凄楚。

“好啊。我点上灯等着你。”

“谢谢。”

城北医院就在眼前。

“你没变主意吧？”

真由美问。

“肯定不会。”

杜丘和真由美并排走进大门。

统一漆成蓝色的门厅和候诊室颇具现代风格，干净、肃穆，可在真由美眼里，这地方像是某种植物变出来的，令人恐惧。她生怕房子只要发生轻微的晃动，这地方就会幻化成狰狞的魔界。

因为提前在电话里做过预约，没费什么口舌，杜丘就被带到了隔壁。

真由美觉得浑身上下像是长了芒刺似的，回到了车里。她感觉自己酷似一棵含羞草，轻轻一碰，立刻就蔫头耷脑。

“你说你有幻听现象是吧？”

院长堂塔康竹问道。此人年近五十，胖乎乎的。额头上刻着纹路很深的皱纹，显得有些神经质。

“是的。明明旁边没有人，可我却经常听见有人在嘀嘀咕咕，好像在对我说三道四——可具体的又听不出来。”

“这就是了。精神分裂。”院长看上去心满意足似的点点头，“那就先住院一段时间吧。”

院长做了个手势，杜丘便被护士带走了。整个诊断过程也就是一眨眼的工夫。

他按要求更换了衣服，穿过又暗又潮只铺着木板的走廊，被扔进一长溜的监护室中的一间里。锈迹斑斑的铁格子门“砰”的一声在身后重重地关上了。

统共四块榻榻米大小的房间里，住了三名患者。一个年逾五十，头发都掉光了；一个看上去像个手艺人，四十岁上下；剩下的一个是个还不满二十岁的少年。铺着木板的房间一角挖了个水泥洞，算是便坑，从里面散发出阵阵恶臭。

杜丘靠在墙板上。

以前就曾耳闻有的精神病医院根本就是敷衍了事，而这家城北医院似乎有过之而无不及。他从不认为凭借诊断就能辨别出谎言。与其他医学门类相比较而言，精神病的诊断标准相当模糊。这种模糊性在法庭上经常成为激辩的焦点。倘若鉴定结果说犯人得了精神失常或精神分裂，死罪也能变成无罪。在任何时候，检察官与精神病鉴定医生都是针锋相对的。杜丘也是如此，他并不相信精神病鉴定医生。虽说也会有例外，但总体上，这些人都惯于自吹自擂。

堂塔康竹似乎就是这种货色。

他早就有了心理准备，所以并不感到惊讶。武川吉晴就死在这家医院，在他前后，还相继死了三个人。因为这个，朝云忠志被杀，身为检察官的自己也落得被诬告的下场。来之前就知道，这里是个魔窟。

晚饭送来了。冷的麦饭外加没有热乎气儿的大酱汤，一条干鱼、两块萝卜干。铝制的容器似乎从来就不洗，黑乎乎、黏兮兮的。

他没有一点胃口。

那个少年眼巴巴地瞅着他。杜丘点了点头。于是，少年乐呵呵地把筷子伸向杜丘的那一份。

手艺人模样的人先吃完了，只见他褪下裤子，蹲到房间的一角。一种更为浓重的恶臭扑鼻而来。

“真是个直肠子。”

秃头皱着眉头说。

少年默默地吃着。

一个护士走进来，给杜丘采完血后就离开了。这是个脸上青肿的中年女人，不知何故怄气似的盯着杜丘，却又一言不发。少年则耐人寻味地张开双臂，对护士做迎接状。

“这家医院，好像常常死人哪。”

光秃秃的电灯泡点亮以后，杜丘不经意似的问道。

“这话要让护士听见了，你会被打个半死的。”名叫崎中的秃头压着嗓门说，“死的人多了去了。”

“不会吧？”

“你待上一阵子就知道了。天天让人吃药，搞得人一天到晚呆头呆脑的，身子都不想挪窝。要是在身上拧一把，怕是都能攥出药汤儿来……”

“不喝不就得了。”

此言一出，那个叫土井的手艺人发出一声怪笑。“那哪儿成啊。吃药的时候有护士盯着，完了事儿，还要掰开嘴看呢。”

“啊……”

这下有大麻烦了，杜丘心想。

“这事儿千万烂肚子里，家里来人探视的时候，一个字儿都别提，要不你就大祸临头啦。”

崎中说道。

他恨不得马上就打听武川吉晴的事，可是，在弄清楚三个人的脾气之前，这么做太冒险。交谈中得知，崎中和土井是因为酒精中毒而住的院，已经将近一年了。酒精中毒至多住院三个月足矣，一年实在是太过分了。他试探着问了问情由。

这两人屡屡申请出院，可始终未能获准。“不得已，我俩就合计着逃出去。”崎中说到这儿，缩了缩脖子。两个人终被院方察觉，关进了监护室，已将近两个月了。他们向院长求饶，可人家根本不予理睬。现在是生不如死——这就是大致的情形。

家属提出了出院的要求，但被告知由于患者肝脏发生病变，暂且不能出院。崎中说：“其实呢，还不是因为吃药吃的，肝才一点点坏掉的。”

“不把院长哄舒坦了，你就没好日子过。”土井说，“你看那小子，就是来了个护士也跟接圣旨似的。”

说完，冲着少年扬了扬下巴。

半夜，传来少年痛苦的喘息声。杜丘默默地注视着天花板。他知道，土井钻进了少年的薄被子里。眼角余光中，少年的脸显得那么苍白。听得出少年挣扎了一小会儿，但最终似乎屈服了。土井将少年剥得精光，骑到了他的背上。也许痛苦难耐，少年的嘴里发出微弱的呻吟。

两个人持续了很长时间，最终归于平静。

第二天一早，护士进来给杜丘拍大头像，正面和侧面都各拍了一张。拍大头像的目的是什么呢——杜丘紧张起来，但忍住没问。他脑子里闪过一个可怕的念头，这个大头像弄不好会让自己露馅儿。

一旦在逃检察官的身份被识破，消息就会从院长传到酒井的耳朵里，引发一场密谋。他们十之八九是不会把自己交给警方的，而是有可能利用药物把自己变成一个植物人，或者通过脑白质切除手术使自己丧失性情。既然能给一个现任的检察官扣上抢劫、强奸和杀人的罪名，如果得知这个检察官潜入了医院，他们就更不会心慈手软了。

尽管他以为自己已有足够的精神准备，可还是感到脊背发凉。跟真由美说过，自己对逃亡早就习以为常，可那是在身份没被识破的情况下。而万一被识破，自己就会被灌药，那样一来，身体便会动弹不得……

“那个照片啊，是为了防备病人逃跑用的。”

土井说。

杜丘明白过来，被拍了照就意味着长期住院已是板上钉钉的事。院方如此草率真是令人发指。真由美申请的是住院检查，而院方连诊断都没做，就已经拍完了以备病人逃跑时用到的大头像。

杜丘也早就清楚，有些精神病院在经营过程中可谓胆大妄为。比如说，男护工竟将患者活活打死；甚至还发生过这样的事情：院方为了节省人手，便从患者当中挑选出身强力壮的作为协管，可这些人中当了小头目的比奥斯维辛集中营的看守还要残暴，结果反被患者送上了黄泉路。精神病院黑幕重重，而警方的打击行动却挂一漏万，仅仅触及了冰山的一角。他想象得出，这样的黑幕还远未到彻底揭开的时候。可一旦身临其境，仍是不由得感到毛骨悚然。

据说这里面有体制方面的原因。由于诊疗费过低，院方就必须尽可能地留下强制住院或享受低保的患者，在药品上面把钱赚出来。这在一般的医院也是如此。医院从健康保险得到的赔付是封顶的，因此，给病人开药成了唯一的生财之道。于是，给病人开的药都足够喂一匹马的了。近来，越来越多的病人对药物心生抵触，哪怕扔了也不吃。可是，并没有病人拒绝开药。这是因为，病人如果对药物表现出反感，那就要惹医生不高兴了。药只要开出来就无所谓了，不管是扔还是吃，医生和制药公司都会赚到钱。确实，体制本身难辞其咎。

然而，这和精神病院还不能相提并论。把病人监禁起来使之产生药物依赖，这同时也构成了对人权的极度践踏。为了收进更多的病人，四块榻榻米大小的板房能塞进三个人，地上刨个坑就算是厕所。如此经营医院的人，岂止是人权意识淡薄，简直就是没有人性。

杜丘觉得，他似乎洞悉了酒井义广和堂塔康竹所策划的犯罪的根源。正是这家监狱与之相比都快成了文明之地的阴森可怕的精神病院，滋生了令朝云忠志死于非命的霉菌。

6

“武川吉晴？”崎中歪着脑袋说，“是住监护室的那个老爷子吧？”

“他啊，听说这老爷子以前还是个当官的呢。”

“对当官的也是如此？”

“那是，只要进来就算完了——”土井大气不敢出地说，“那老爷子我伺候过不止一两回呢，听护士说啊，他是个重病号。”

“你伺候过他？”

“在这家医院，住大病房的人就是使唤丫头，连给重病号端屎端尿的活儿都得干。当然了，不管是谁，早晚都得有让人伺候的一天不是。对了，你认识那老爷子？”

土井突然瞧过来，眼神充满了好奇。

“不是，我们住得很近。我听说，他就是在这家医院死的……”

在出院心切的驱使下，这几个人再怎么给院方传话也都是可能的。杜丘强作镇静。

“那个啊，肯定跟药物实验有关。”

崎中低声说道。这个崎中曾在一家小公司做过会计，他跟架子工出身的土井迥然不同。

“药物实验？”

“有个叫大剂量疗法的玩意儿。因为是大剂量给药，如果拿一般的药物，量就太大了，病人根本喝不下去。所以呢，他们就让病人喝一种实验药，浓度是普通药的十来倍。不管是谁，喝了这种药人就算瘫了，连地都下不了。我觉得，那老爷子就是被这么折腾的……”

“不对。”土井满脸得意地打断了他。“你没听说过吗，那是新药实验。”

“真有这么回事？”

杜丘做出害怕的表情。

“三天就死了四个人呢。而且，还全是被关在监护室的老人。那些没死的都发了高烧，还浑身起疹子。一个多月都不见好啊。”

“你亲眼瞧见了？”

“可不。”土井扬起下巴，眼睛向上翻着，“这些人吃了药后大小便失禁，还都是我给伺候的呢。浑身的大泡小泡，看着都瘆得慌啊。”

“够了，你们别再说了！”

少年面色煞白地嚷了一句。

“这小子，就是心眼儿小了点儿啊。”土井不无冷嘲热讽似的说道，“他以前啥毛病也没有，就是有一次，他后妈想勾引他，他不干，结果挨了个大嘴巴。这小子就气急了，抄起菜刀乱砍。邻居赶来的时候，瞧见他跟疯了似的，两眼发直。其实呢，他是给吓蒙了。送到这儿来以后，大夫看了一眼就说是精神病，直接关了进来。这小子挖空心思想出去，恨不得能给护士舔脚丫子。”

“一到晚上就抱住这小家伙屁股的又是谁呀？”

崎中不怀好意地说道。

“你说什么？还不是因为你光会在那儿瞎吹，咱们才没跑成的？”

“都少说两句吧。”

杜丘从中劝和。

这里存在着连一个警察和检察官都一无所知的世界。

大病房的病友过来送餐。

他拣最中间的未接触过餐具的部分扒拉了几口，然后又靠在壁板上。

在土井排便时散发的阵阵恶臭中，杜丘感到小有收获，冒险潜入这家医院还算是不虚此行。

自己想象的是对的——武川洋子受不了丈夫的醋劲儿，便找酒井义广倾诉。酒井偷偷地让武川对可卡因上了瘾。只要过上几个星期，就能引发可卡因中毒。

武川开始觉得有无数的小虫子在自己的皮肤下面爬来爬去，喉咙里堵满了线头和玻璃碴子。他把自己弄得遍体鳞伤，于是，就被抬进了精神病院。

恰好在这个时候，东邦制药开始实验矢村提到的神经阻断剂 A-Z。关在监护室里的老人们被送上了实验台，武川也包括在内。其实这些人只是老人，像武川这样的精神病患者并不多。据说近来有不少家属出于嫌弃而将年老体弱、大脑多少有些迟钝的长辈扔给精神病院。有些老人也确实是老无所依。在现代社会，精神病院这样的设施里住满了本应在家人的陪伴下颐养天年的老人。这样的老人就是死了，也没人会有任何疑义。

无论是对于新药还是实验药，再也没有比这里更合适的实验床了。

然而，拿来实验的药品惹出了祸端。三天之内死了四个人，还有不少人发了高烧。这件事被厚生省医务局医政课的朝云知道了。朝云扬言要揭发。从厚生省药政课的课长介入其中这一点也能看出，这些事都是确凿可信的。厚生省既是医生的娘家人，也是制药企业的娘家人。于是，这些人联手游说朝云回心转意。

朝云被除掉了。

如果此人不除，新药的人体实验就会被曝光，引发四条人命一事就会大白于天下。这还不算完，甚至连利用可卡因将武川变成废人的勾当也有可能败露。新药 A-Z 的人体实验致人死亡或许通过赔钱可以摆平，然而，触犯毒品取缔法是笃定要被判刑的。如果持有毒品的目的是杀人而非买卖，那就是死罪难逃。

朝云忠志被杀害了。

矢村警部和杜丘查看了现场。

矢村认定是自杀。

杜丘则主张他杀。

他跟踪酒井，遭到陷害……

——为什么呢……

杜丘在心中默念。在主张他杀、刚开始进行跟踪的阶段，杜丘还是一无所知。唯一知道的，就是阿托品的容器不见了。制定出缜密杀人计划的凶手对此自然心知肚明。在调查伊始阶段就下决心搞垮一名检察官，这其中必有某种非这么做不可的理由。

杜丘试着进行假设。如果说，在那个时间点上，杜丘的调查触及了这家城北精神病院，那酒井和堂塔就有理由担心事态会变得无法收拾。可是，自己的调查当真触及了这里吗？这还是个问号。退一步说，就算是真的，自己也几乎不可能通过正式的审问来获得刚才从崎中和土井那里打听出来的情况。

凶手犯不上这么迫不及待地陷害一个检察官。即便陷害得逞，假若警方反而因此而倾向于他杀，那岂不成了打草惊蛇。这无异于自掘坟墓。

杜丘觉得，结论只有一个。

虽然杜丘自己尚未意识到，可是，他已然在无意之中打破了凶手所精心策划的杀人计划之中的一个环节。凶手害怕的是由此造成的创口会化脓，害怕坚信他杀、单枪匹马地进行跟踪的杜丘会在什么时候就发现这个创口……

这个创口一旦被发现，罪行真相就会被轻松破解。正因如此，凶手才有必要不顾一切地布下陷阱。哪怕只是造成一时的视线转移，对凶手来说也是有利的。参与人体实验的患者的发烧、发疹症状终会治愈，而尸体在火化后也就没有了调查的可能。再者，倘若假以时日，杜丘无意中所触及的可以揭示案情的创口，也许就会自行闭合。

——这个创口会是哪里呢？香烟的烟雾吗……

能回忆起来的案发现场的情形已经在脑子里仔仔细细地过了好几十遍，能称得上是关键词的，只有朝云的妻子所透露的、猴子喜欢吸食的香烟烟雾。斑鸫也喜欢这东西。而且，武川吉晴是在神志错乱之后被杀掉的。

如果说斑鸫和猴子是因为可卡因而非阿托品产生了幻觉，那么，围绕着武川、斑鸫、猴子以及命案的关键词就是可卡因了。

——可是，这样一来，关于棕熊又该如何解释？

棕熊是怎么接触到可卡因的呢，这一点实在令人费解。

杜丘不经意间碰触到的案情的创口——那究竟是什么呢？材料足够充分，枝繁叶茂的案情尽现眼前，然而，这种可怕的枝繁叶茂反而掩盖了最关键的主干。

与屎尿为邻，过了四天猪一般的日子。

每当夜深，土井便会抱住少年的屁股。这四天里，只有一天歇了手。杜丘和崎中都保持着沉默。一开始，杜丘还以为少年是在痛苦地呻吟，可实际上并非如此。他后来明白，少年也乐在其中。

到了白天，这少年便伸出双臂，向护士献媚。

幸运的是，院方并没有给杜丘开出大量的抗精神病药物。到了第五天，“妻子”就要来询问诊断的结果，她会强烈地提出让丈夫出院的请求。而院方似乎早就有了如意算盘：向妻子描述病情后宣布正式入院收治，然后开始大剂量给药。

大剂量给药——其本身并不是件坏事。它是指让精神分裂或重度忧郁症的患者服用大剂量的抗精神病药物。据说，神经阻断剂和抗焦虑药物发明后，拜其所赐，精神病院给人的印象被彻底颠覆。由于病情通过大剂量给药得以缓解，行为狂暴的“武疯子”消失了。病房也因而变得开放，与普通的医院几乎别无二致，阴森可怕的气氛一扫而光。这一切都归功于抗精神病药物的进步。

杜丘是这么听说的。此言或许不虚。然而，这说的只是规规矩矩给病人治病的精神病院。至于那些连诊断都不做就让病人住院、使病人对抗精神病药物产生依赖、以此堵住他们的嘴而唯利是图的医院，则要另当别论了。在这样的医院里，药物被滥用，成了约束服的替代品。

看上去，同室的这三个人也没少被灌药。虽说多少会有些抗药性，可这三个人照样是一躺下就能睡过去，跟木头没什么两样。给杜丘的药算是少的，可他还是昏昏欲睡。

到了第五天的下午，男护工一脸怒气地走进来，叫了杜丘的名字。

他以为让他出院，可后来发现，情势急转直下了。他被勒令进到一个比现在这个还要小一圈的房间里。

“你进去。”那人喝道。刚一进去，铁门便重重地关上了。

这似乎是间单人房，没有同屋的人。厕所就是地上的一个坑，里面散发出一股腐臭。

男护工恶狠狠地瞪了他一眼，一声不吭地走了。

杜丘靠在壁板上，思索着这一切。真由美是不会不来申请出院的。也许她已经来过，可和当初设想的一样，没能跟院方谈拢。

不过，还不光是这样，否则，自己就不会被转移到这个单人房了。

——难道身份暴露了？

这种可能性很大。男护工的眼神里似乎带着凶光。

想逃的话还是趁早为好——他在心里这么想着。他们既然驳回了“妻子”的要求，恐怕今天晚上就要对自己下药了。要是被药物搞残废，落个大小便失禁，那就再也无法逃出去了。

他试着活动了一下身体。这些天就没正经吃过东西，再加上药物的作用，感觉浑身乏力。乏力归乏力，一两个男护工还是可以对付的，把他们打翻在地、一路冲出去也并非一定办不到。杜丘把牙齿咬得咯咯作响。他打算逃跑时不惜大开杀戒，做好了拼死一搏的准备。这个地方并不是什么精神病院，而是敌方的巢穴。一旦被抓回来，自己注定要被弄残，变成一个植物人。

说一千道一万，也要等到夜里才行。白天就贸然行动，太容易让人发觉了。

——堂塔会如何出牌呢？

如果得知在逃的检察官潜入了医院，他那张脸一定会错愕万分。

杜丘将愤怒的力量积聚在内心，不动声色地静观其变。

“出来！给你看病。”

入夜后，随着一声男护工的粗暴呵斥，两个男人将杜丘拖了出来，举止明显不怀好意。

杜丘被带进院长室。

“坐下。”院长冷冰冰地看着杜丘，“你到底是什么人？说，你的真名叫什么？”

“我叫津山皎二……”

“胡扯。你这个津山为什么要打听武川吉晴的事情呢？”

杜丘恍然大悟，他想起来了，上午崎中和土井曾经被叫出去受诊。原来此举是为了刺探情况。

“我有个熟人，他和武川先生有些交情……”

“我们已经跟津山皎二通过电话了。”院长的额头神经质地抽动了一下，凹陷的眼窝里显露出野兽般的残忍，“你要是不说，我就让它叫你开口了。”

堂塔用下巴指了指桌子上的电击治疗仪。

“丑话说在前面，这玩意儿就相当于在你脑门上通一百一十伏的交流电。正常情况下，通电之前是要先打麻药的。可要是不打麻药就直接通上电，你觉得会怎么样呢？不用我说了吧，你会失去知觉，引起全身的强直性痉挛。弄不好，你还会失忆一个多礼拜。这玩意儿的厉害程度不亚于遭到雷击。被它电过一次以后，下次只要再看到这玩意儿，你就会求着做我的奴隶，对我摇尾乞怜。”

堂塔阴险地抽动着面颊。

“说得好。”

杜丘缓缓地点点头。他以前听说过，无论多么坚强的人，在未被麻醉的情况下接受一连数次的电击疗法之后，都会变得痴呆、顺从。如果自己遭到这样的对待，那就再也别想逃出去了。他点着头，一边寻找着机会。身后站着两个男护工，他们在堂塔眼神的授意下，按住了杜丘的双臂。

一瞬间，杜丘感到悔之晚矣。

“你这样的人，根本不配跟我这么说话。你要是忘了自己叫什么，那就让它帮你回忆回忆吧。”

堂塔把电极拿在手里，伸到杜丘的眼前。

“请等一等……”

杜丘本想喊上这么一句，但终究没有喊出来。就在电极啪的触到脸上的一瞬间，杜丘的身体向上弹了一下。大脑瞬间变得一片空白。

“这一次是在脸上，放在你脑门的话，电流就会直通大脑，让你全身痉挛，小便失禁，然后昏死过去。怎么样，要不要试一试啊？”

杜丘一言不发，瞪着堂塔那一双暴虐的、凹陷的眼睛。

“趴下。趴下来给我当牛作马。不然的话，你这辈子休想从这里出去。”

杜丘摇了摇头。

“既然这样，那就用实力叫你臣服好了。”

一刹那，堂塔的目光变得混浊，好似糊了一层油膜，就在这时，电极被按到了杜丘的额头上。

杜丘感觉仿佛被卷入了雷鸣电闪之中，大脑犹如垂死般的狂乱，随后便不省人事了。

“没规矩的东西！”

堂塔抬脚踹向发出一声惨叫后昏了过去的杜丘。

一第八章一 蜘蛛网

1

真由美推迟了回程的日期，等待着杜丘冬人和她联系。

十一月十四日，她的出院请求被院长拒绝了，在焦躁不安中熬过了十五、十六和十七号这三天。杜丘没有一丁点儿消息。两个人曾约好，如果杜丘能逃出来，就给津山家打电话。可是，这个电话始终不见打来。

他是在静待时机呢，还是因为身份暴露而被下药致残了呢？一想到这些，真由美便如坐针毡。

必须救他出来，哪怕早一分一秒。

——万一那帮家伙给他做了脑前叶切除手术，那可怎么办呢？

顾名思义，所谓脑前叶切除手术，就是将脑前叶的蛋白质切除。也就是说，在人的前额上开个洞，将脑前叶神经切除。脑前叶属于高级神经巢，如果被切除，人的性格就会大变，成为一个废人。脑前叶切除手术曾经在精神病院风行一时，任谁接受了这种手术，之后都会变得对院方唯命是从。喜怒哀乐等种种情绪稍纵即逝，无梦亦无忧，处于半植物状态。对精神病院来讲，这是再合适不过的了。

然而时至今日，脑前叶切除手术已遭弃用。因为这种手术极不人道，而且，手术的死亡率也很高。可是，这种手术尚未完全绝迹。报纸上时常可以见到对一些患者的访谈报道，抨击某些医院公然进行这种梦魇一般的手术。

谁也不能保证杜丘不会落到如此下场。一旦他的身份暴露，对于堂塔而言，杜丘就是一个再危险不过的敌人。他一定会毫不犹豫地铲除杜丘的情感意识。就算将来事情闹大了，他只要托词说杜丘经常表现出暴力倾向，所以才给他做了脑前叶切除手术，这样，虽免不了会遭到一些指责，但总可以全身而退。对方是个抢劫强奸杀人犯，因此，舆论自然会站在堂塔这一边。

为了替幸吉报仇而与可怕的金毛棕熊对峙，第一次摸飞机就驾驶赛斯纳冲入日高山脉上方的夜空，一想到杜丘的这种果敢性格有可能丧失，真由美就觉得无法承受。

她下了决心，明天再等上一整天，如果还是没有消息，那就再去一次城北医院，跟院方据理力争，强烈要求出院。事已至此，不能再指望杜丘凭一己之力逃出虎口了。如果院方仍是拒绝，到时候只能求矢村出手相助了。

万幸的是，杜丘的记忆力还没有衰退。

他被扔进单人房里，门上了锁。

“到明晚之前，你就好好寻思吧。你要是还想不起来，那就多电你几回。”

男护工奚落了一番，走了。

——明天晚上。

杜丘嗫嚅道，声音微弱。他听说过，频繁的电击疗法的后果和脑前叶切除手术一样，人会变得痴痴呆呆。

黑暗使他渐渐感到焦虑，必须尽快逃离。药。从昏厥中被弄醒后，药被举到了杜丘的面前。“你敢不喝……”堂塔把电极握在手里，目光凶残无比。他被迫服下大量的抗精神病药物。现在，这些药像毒素一样渗透了全身。身体即将被困倦和绝望的深渊所吞噬。

杜丘瘫倒时还在后悔自己低估了城北精神病院。

第二天快到中午才醒过来。睁开眼一看，盛饭的碗比用来喂猫狗的还要脏。见不到菜，只有漂着细萝卜丝的大酱汤。杜丘端起饭碗。头昏脑涨，身体活动艰难，根本没有胃口，可他强迫自己吃下去。必须尽可能地保存体力，不容有一点一滴的衰退。

他在饭上浇上大酱汤，吃了下去。感觉像吃了秽物。

中午，他又被喂了药。两个男护工拿着木棒子气势汹汹地站在一旁，一副稍有不从便会大打出手的架势。

由于药物的作用，杜丘又睡了过去。对方查得极严，把嘴掰开不算，还要查看舌根底下，根本没有办法蒙混过关。他清楚，这么睡着睡着，自己就会逐渐产生药物依赖。肝脏像是浸泡在毒液里一样，似乎停止了工作。这使他感到极度虚弱，再也没有任何心气儿去琢磨如何对付那两个男护工了。

他一直睡到后半夜，接着又被带进院长室。身子不停地打晃。

“怎么样，想好了吗？”

堂塔浮现出冷笑。

杜丘没有吭气。

“真是个犟脾气。”堂塔拿起电极，“你要是这么喜欢这玩意儿，那就来上个几十回。”

他声音亢奋，那态度像是对待不驯服的动物。

“等一下。”杜丘说着，舌头不大听使唤。“我说。”

报出自己的名字无异于接受死亡的宣判，不敢想象会遭受怎样的折磨。可是要被电击疗法折腾成活死人，那就更没指望了。

“看来你终于要开窍了。”

“啊，”杜丘无力地点点头说，“我是杜丘冬人。”

“杜丘……冬人！”

堂塔深陷的眼睛猛地一睁。惊愕的表情消退后，嘴还在不自觉地张着。

“这话当真！”

“没错。”

“可是……这个……”

堂塔在嘴里念念有词。

“至于我为什么要不请自来，你应该心中有数。”

杜丘心平气和地说。

“那还用说——不，你的意思我一点也不明白。”

堂塔矢口否认，脸色很难看。

“你是把我交给警察呢，还是就这么让我出院？”

“那还用说……”堂塔重复着同样的话，“你是逃犯，还杀过人。警察正在全力抓捕你——但是……”

堂塔的眼睛里闪现出天生的残忍和狡诈。

“可你听好，你有精神分裂症，你现在是我的病人。”

“我同意……”

“轮不到你同意什么！该把你怎么办由我说了算。来人，把他带走！”

堂塔努力在脸上摆出凛然的样子。可是，这种凛然的神情却无法掩盖发自内心的惶恐。

杜丘被带回房间里。

他又被灌了一次药。

护工们突然变得戒心重重。为了防止他逃走，他们显然加强了戒备。

第二天倒是风平浪静。不过，药似乎换成了另外一种。杜丘被中午灌的药搞得双腿乏力、浑身绵软，心想照这样下去非得失禁不可。想着想着，整个人就瘫倒了下去。自己一定是被人下毒了！

当天晚上，他没有被堂塔传去。

头脑如同梦游一般的杜丘思忖道，这个家伙一定在跟酒井商量对策，一两天以后就会有结果。是通过脑前叶切除改变性格，还是灌药外加电击疗法把自己弄残？抑或杀人灭口？无论如何，他们是不会把自己交给警察的，因为这么做就等于是自己给自己下套儿。

药是一定不能再吃的了。只要不吃药，就还有希望。

——可是，怎么办才好呢？

杜丘昏昏沉沉地思考着。

由于药物的作用，整个房间似乎都在摇晃。

2

杜丘音信全无。

十一月十九日早晨。

远波真由美动身前往城北医院。她不能再犹豫了。

“您真是一位难缠的太太。”

堂塔看着真由美，皱起了眉头。

“话不能这么说。”真由美面色苍白，“我要求让我丈夫出院。您没有权力阻止。”

“我不是跟您说了嘛，您的丈夫患有精神分裂症，目前的状况很危险。”

“我不想跟您争论什么精神分裂症，可是从学术上讲，精神分裂症的诊断可不是那么轻而易举的事。过去的病史、生活环境等，诊断时这些都要考虑到。可您从来就没有问过我这个做妻子的，仅仅因为我丈夫偶尔产生过幻觉，就说他是精神分裂。”

她觉得，现在这种时候必须据理力争。

“我也同样不想跟您争论，在精神分裂症方面，您是个外行。您不用再说了，请回吧。”

堂塔冷冷地说道。

“一句话就能把我丈夫囚禁起来，对妻子的要求充耳不闻，您有这个权力吗？”

“危险患者是可以强制住院的。”

“您这么肯定他是危险患者？”

真由美的声音颤抖起来。老奸巨猾而又厚颜无耻的堂塔可不是她能对付得了的。

“您要是这么质疑我的诊断，可以把东京都的鉴定医生找来。再怎么说我也是个小有名气的精神病医生，我对自己的诊断是有信心的。”

堂塔有恃无恐地说道。真由美从他的这种有恃无恐中感觉到，医院和官方穿的是一条裤子。

“强制住院是需要得到行政长官批准的。”

“我正准备向东京都打报告呢。”

他不为所动。

“这太荒唐了！”真由美大叫起来，“再怎么说，我做妻子的有选择医院的权利啊。”

“妻子……”堂塔的目光落在真由美的胸部，然后慢慢地上下打量，“真正的津山皎二先生就在自己家里，他接了电话。问了才知道，患者说他并没有妻子。”

“这……”

一股寒气袭过全身。难道说杜丘冬人暴露了？

“请您回去吧。跟病人非亲非故的，您才没有任何权利呢。好好想想吧，万一那个人是罪犯呢？那您可就是企图冒用他人之名藏匿罪犯了。”

“我……”

“您好像是懂我的意思了吧。”

堂塔故作媚态地笑了一下，随即又板起了面孔。

真由美走出了医院。

——杜丘落入敌手了。

她满脑子只有这一件事，像被人驱赶似的逃离了医院。

一看到公用电话她便冲了过去，拨通了警视厅，请求转接搜查一课的矢村警部。

“矢村警部回老家了。”

“回老家了——他的老家在什么地方？”

真由美心里一阵发慌。

“九州。他接到了母亲病危的电报，昨天后半夜刚走的。”

“能把他叫回来吗？”

真由美脱口而出。

“叫回来！您跟矢村倒是什么关系啊——啊不，我是说您有什么事儿。要是这事儿比他母亲病危还十万火急，您看我能效劳吗？”

对方的声音听上去很年轻，似乎心里有火又不便发作。

“这事儿非得矢村警部不可！”真由美带着哭腔说，“请您无论如何先打个电话试试。”

“那您也得告诉什么事情啊……”

“我……”

真由美挂断了电话。

她心想，倘若这是能摆到台面上讲的事，自己早就去东京地检了，或者干脆就去当地的警局报案。可是不行啊，这么做不仅搭救不了杜丘，反而会让他身陷囹圄。假若杜丘掌握了揭露犯罪的证据，即使被警方逮捕倒也无所谓，可眼下……不用想就知道，杜丘所谓的什么“香烟的烟雾”之类的关键词，人家听了也只会嗤之以鼻。

——可矢村警部却偏偏在这个节骨眼儿上……

真由美拦了辆出租车。

现在能做的，只有回饭店给父亲打电话了。父亲在中央政界有很强的人脉关系，应该有办法将杜丘从精神病院弄出来。她心中升起一线此前未曾奢求过的希望。

她一回到饭店，便拨通了电话。

父亲不在家，人去了札幌。

她吩咐接电话的人立刻找到父亲，请他回电，然后挂断了电话。

——这期间可千万别出什么岔子……

堂塔康竹既然识破了杜丘，就绝不肯老老实实地放人。他会巧妙地利用精神病院这一享有法律特权的组织，轻而易举地将杜丘变成一个废人。他抓住真由美不敢报警这一软肋，大可随心所欲地玩花样。

电话始终不见打进来。

将近三个小时过去了，就在临近傍晚的时候，电话铃声响了。

“爸爸！”

可传出来的是一阵电话的转接音。

“是我，矢村。”听筒里传来矢村那干哑的声音，“什么事儿啊？”

“杜丘先生出事了！”

“那家伙怎么了？”

矢村的语气很平静。

真由美将情形简明扼要地诉说了一番。

“你跟谁提过这事儿吗？”

“没有，跟任何人都没说过。”

“知道了。”声音虽然不大，但却力道十足，像一支离弦的箭，“我这就往回赶。你马上离开这家饭店，搬到涩谷的 T 饭店去。你现在的地方有危险。入住时你要用榛这个姓。”

“好的，我马上搬。对了，您母亲怎么样了？”

“死了。”

说完，矢村旋即挂断了电话。

3

十一月十九日的下午，东京地检的特侦组召开了紧急会议。

派驻警视厅的特侦组成员掌握了矢村的一些可疑迹象。有个自称远波的女人打来电话，说有急事，听上去还像是十万火急的样子，可没等说完又把电话挂了。搜查一课的探员姑且把电话打到了矢村的老家。矢村只回答了一句“知道了”，没再做任何指示。

特侦组推测，打来电话的人就是远波真由美，于是向北海道方面询问。得到答复是，她人去了东京。接着到她所住的饭店进行走访，得知她刚刚退了房。不过，特侦组成员还是在这家饭店发现了一个重要情况。就在杜丘冲出包围圈的当天夜里，矢村似乎来过，还跟远波真由美见过面。

“是远波真由美放马救走了杜丘，还把他带到自己所住的饭店——矢村在围捕行动失败后找过远波真由美。这小子就是在那儿跟杜丘见的面。”

伊藤检察长咬住了嘴唇。

“可是，这是为什么呢？矢村为什么要放跑杜丘？”

“鬼知道。”伊藤愁眉苦脸地摇着头，“不论这么做是出于何种考虑，矢村的行为就是对我们的背叛。绝不能容忍。”

要说当初不让戴手铐还是伊藤的主意，伊藤有错在先，因此一直硬气不起来。可在掌握了矢村有如此明显的背叛行为之后，他就再也不能置若罔闻了。

“我会申请对他进行处分。不过，要先拿到证据才行。远波真由美突然退房，可见她跟矢村已经通过电话。估计矢村是搭今晚的航班回来。你们在机场监视，然后跟踪他。”

他的声音很是激动。

“您认为他要见杜丘？”

“可能吧。”

“那样的话……”

“不要有顾虑。当场逮捕矢村。”

伊藤的目光冷酷而又凶狠。

特侦组全体成员一时表情凝重。

矢村到达羽田时已是后半夜了。

矢村从机场给远波真由美打了电话，告诉她在饭店里等，然后上了出租车。

他径直前往城北医院。

矢村认为，这是个天赐良机。他知道杜丘已开始对城北医院进行暗查。虽然被甩掉了，但负责跟踪的探员还是认出了驶往武藏野市的杜丘的车。

采用正面强攻的办法是无法攻克城北精神病院的。要是医院有什么嫌疑的话自当别论，可仅凭虚无缥缈的猜疑，矢村也无计可施。这话同样可以用在酒井义广身上。除非能找出解开阿托品容器之谜的线索，否则他也是铁板一块。尽管探员们还在进行秘密侦查，可从哪个方面都找不出酒井的破绽。一切的一切都指向朝云忠志的被害，那里才是根源所在。只要挖出树根，枝叶自然会枯萎、凋落。横路夫妇、武川吉晴——他们都是一些枝叶。

最终，矢村死了心。他也不得不死心。朝云被杀案的根源不是矢村能挖掘得到的。除了让杜丘潜入医院之外，再没有更好的办法了。遭人陷害的杜丘像野兽一样豁出命去咬住对手不放。舍得豁出命的人能把警察办不到事儿干得很漂亮。矢村对身手不凡的杜丘充满了期待，认为他潜入城北精神病院总能马到成功。可没想到，他落入了虎口……

——自己的机会来了。

搭救他的唯一方法就是将他逮捕。如果能把他从医院里捞出来，那就更不能放他走了。只能把他关起来，让他一五一十地和盘托出，然后再展开正面的强攻。

——这家伙也够倒霉的。

矢村没有发觉，有几辆车正在轮流跟踪着他。

到达城北医院时，已将近半夜。这么晚了玄关处仍是灯火通明，里面的气氛似乎很不太平。

“我是警视厅的，要见堂塔院长。”

出来接待的护工闻之脸色一变。

被引进会客室后等了不大会儿，堂塔就进来了。他眉头紧锁，更加衬出眼神的惊惧不定。

“这深更半夜的，您到底有何贵干呀？”

堂塔在虚张声势。

“你把津山皎二交出来吧。”

“哎呀，我这儿可没这个人呐。”

堂塔的眼睛望向天花板。

“你是想装糊涂喽。”矢村停顿了片刻，“你情愿看着你的医院被翻个底朝天？”

“您随便搜，没有就是没有。”

“你还是放聪明点儿吧。那样就不是单纯找人的事儿了。逃税、违反医师法、精神卫生法、侵犯人权、伤害、暴力——等我把病号挨个儿问个遍，要整垮你还不是小菜一碟。你还是别跟警察耍心眼儿的好。”

矢村站起身。

“请等等。”堂塔的气焰被浇灭了，“是我听错了。”

“你听错了……”

矢村坐了下来。

“我实话实说。是这样的，就在今天夜里九点多钟，津山皎二逃走了。”

“逃走了——你以为我会相信吗？”

“这个，就是证据。”

堂塔摘下了假牙。假牙有两颗是断的。

“这是什么意思？”

矢村想要呕吐似的皱起眉头。

“那家伙挟持了我，把电击器的电极按在我脸上，当时就把这牙给震断了。”

他愤愤地说完，把假牙装了回去。

“你这个玩鹰的倒被鹰啄了眼。”

暴露了身份的杜丘想要从森严的戒备中逃脱可不是件容易的事，更何况还是在精神病院。他应该早就产生了药物依赖。他竟然能——对于杜丘的强悍，矢村感到一种焦虑，不光是因为结果实在出乎意料。在他的想象中，杜丘被救出时理应是东倒西歪、举步维艰。

“是，我太大意了……”

堂塔垂头丧气地点着头。

杜丘有药物依赖，这一点应该不会有错。为了消磨他的反抗心理，给他灌的镇静剂足有四百毫升。他早就该脚底下踩棉花了，没有瘫在床上已经是奇迹了。

堂塔是在八点钟过后叫人把杜丘带到院长室的。杜丘走路的样子踉踉跄跄。护工将他按到椅子上坐下。他软绵绵地蜷缩在椅子里——接下来的一瞬间，却突然一跃而起，动作快得犹如埋伏多时的奇兵。堂塔被扼住了脖子。

“别动！”

杜丘的一只手攥着电极。一个护工刚要扑过来，就被电极指着脑袋逼退到屋角里。

“你不要乱来。”

“我不会乱来的。”杜丘说，“只是礼尚往来而已。”

“放开我！”

堂塔被死死勒住脖子，发出一声惨叫。这时，电极擦过了他的额头。牙齿咯吱作响。他翻着白眼球，瞳孔深处映出火花迸射的景象，似乎还听到了哪里的骨头断裂的声音。

“想让你们院长活命的话，就放老实点。”杜丘将电极按碎，从桌子上抄起一把剪子，顶住堂塔的后背。“给我准备好衣服和一辆车。谁敢报警，我就捅死堂塔。”

“别，别报警！”

堂塔大叫一声。杜丘将剪子尖扎向他的后背，眼见着血流了出来。堂塔冷不丁儿挨了这一刺，惊出了一身冷汗。

堂塔被连拉带拽地塞进了车里。

杜丘一言不发地发动了车子。驱车行进了一段后，选了个僻静的去处停了下来。“后会有期！”杜丘只甩出这一句便下了车。只见他竖起大衣的领子，消失在夜幕里。

堂塔在心里发狠：“我拿车撞死你。”可是车钥匙早就被杜丘拿走了。

“您看看这个。”

堂塔转过身子，将后背上渗着血渍的膏药亮给矢村看。

赚足了黑心钱的他生得一身赘肉，皮肤下面淤积的脂肪肥厚得活像一层黄腻腻的肉冻。

矢村扭过脸去，站起了身。

这个臭小子——他在心中发泄着对杜丘又一次成功逃脱的气恼。

4

到了荻洼后，杜丘开始感到一阵头晕目眩。虽然只是一瞬间，身体却感觉变成了空壳一般。然而，等到从眩晕中缓过劲来，身子又沉得像要把自己压垮似的。

他下了电车。末班车的时间就快要到了。极度的寒意像一阵风似的袭遍全身，他因而知道自己发了高烧。双腿软得迈不动步子。

这里离酒吧街很近。

杜丘将身体靠在一座房子的后山墙上，恨不得一头栽倒在地。得找家旅馆才行啊。他迷迷糊糊地向周围扫视，可附近根本找不见一家旅馆或是饭店。

右侧，一个女人在等信号灯。

左侧，一名警察骑着自行车正在往这边赶。

杜丘挪动了步子。要是遭到盘问可就前功尽弃了。他脚上加了把劲儿，慢慢地和警察擦身而过。

等警察骑远后，身子已经虚得再也动弹不得。他拐进胡同，筋疲力尽地倚在墙壁上。

他被睡魔夺去了神志。

“喂，你怎么了？”

听到一个女人的声音。睁开眼一看，似乎就是刚才在等信号灯的那个女人。她三十岁出头，脸盘细长，正在盯着他看。

杜丘缓缓地摇了摇头。

女人看到，眼前的这个男人嘴角在不住地抽搐。昏黄的路灯下，他的脸看上去苍白、冰冷，憔悴不堪。目光的机敏以及鼻梁骨两侧投下的浓重阴影使女人在刹那间产生了恻隐之心。

“警察一直在追你呢吧？”

女人问道。

“不……”

“你不说我也知道哦。从刚才那会儿，我就一直在观察你呢。”

“行了，你走吧。”

杜丘费劲地说道。

“好像发烧了啊。”女人忽然用手碰了一下他的额头，“不得了，烧得好厉害呀。你有地方可去吗？”

“我在找旅馆，或者饭店……”

“钱你有吗？”

“没带在身上。不过……”

杜丘微微摇了摇头。他想多解释一下，无奈力不从心。

“我猜就是。”

女人又对着男人的脸端详了一阵子。只见他的脸上蒙上了一层黑雾，似乎对着聚光灯也无法驱散，可同时又教人觉得，假若这黑雾得以驱散，他那张脸又该是怎样的清爽。

“跟我来。”

她抄起他的胳膊，架在了自己肩上。

“去哪儿？”

“别问了，听我的好了。”

女人用肩膀架着这个高个子男人来到街上。

一辆出租车停了下来，她拉开车门。

出租车飞驰而去，霓虹灯的光流朝向车的前风挡倾泻而下。杜丘感觉这光流像是一道又宽又厚的彩虹迎面刺过来。他想躲避，可一阵晕眩之下，又歪倒在了女人的怀里。头刚好落在女人的胸部，可他已顾不得心有杂念了。

5

“你这是闹哪一出啊？”

矢村拉过椅子，一屁股坐了下来。伊藤的表情一反常态，明显带有挑衅的意思。把人传到检察厅，本身就说明了事态非同小可。

“你背叛了我们，放跑了杜丘。”

伊藤的眼睛布满血丝，目光阴沉。

“哪儿跟哪儿啊。”

矢村叼起香烟，望着天花板。

“别装糊涂了。我是有凭有据的。在新宿实施围捕的那天晚上，你在远波真由美的房间里见到了杜丘，可是，你却把他放走了。他混进精神病院的事你也是清楚的。作为一名警官，你的这种行为将会被处以五年以下徒刑，这你不会不知道吧。”

“饭店里没有杜丘，而且我在精神病院里找的人叫津山皎二——我这么回答，你能怎么样呢？”

在矢村眼里，伊藤就是被逼到死胡同的老鼠。不，特侦组的所有人都是穷途之鼠。

“你真是不见棺材不落泪啊。那个津山皎二的妻子就是远波真由美的朋友，津山皎二压根儿就没住院。”

“你要这么说我得问问了，你有证据证明，用津山皎二的名字住进医院的那个人就是杜丘吗？堂塔是不会这么认账的。”

“我会在法庭上让他开口的。”

“那好吧，咱们也在法庭上见吧。”矢村站起身，“你拿到逮捕令再来找我好了。”

“我的话还没说完呢。”伊藤口气威严地说，“告诉我远波真由美在什么地方；还有，这个案子你以后不要再碰了。我的条件就是这两条。”

“哪一条都不能答应你。”矢村站在原地回答，“我早就说过，朝云被杀案由我负责。我一直都是吃查案这碗饭的，你觉得你能吓唬得了我吗？”

“我没在吓唬你。我在拿检察厅的威信跟你讲话。你要是抗拒的话，我就整垮你。这是最后的警告。”

“检察厅的威信？”矢村对伊藤怒目而视，“对我来说，这玩意儿压根儿不存在。我只认我自己的信念。”

说完，矢村拂袖而去。

6

醒来时已近晌午，杜丘还睡在被子里。房间有六块榻榻米大小，带有厨房。没有别人。枕边放着药和冰袋。身上穿着睡衣。

他对着天花板望了一小会儿后，想起了那个女人。

听到了门开的声音。

“你可醒了。”

女人坐在枕边，说自己叫京子。

“好像给你添了不少麻烦啊。”

杜丘盯着天花板说道。这个自称京子的女人在神情上透着一股粗放劲儿，而不仅仅是皮肤的粗糙。

“还说呢，是够麻烦的。”京子朗朗地说道，“请来大夫给你打了一针，然后用热水给你擦了擦身子，还给你换了衣服——你身上可臭死了……”

杜丘感到一阵上火，差点说“你真是多管闲事”。

“你我素不相识，这种事儿不该你干的。”

“你别担心，我不会伤着你的自尊心的。这对我来说是家常便饭。”

“家常便饭？”

“我的工作就是服侍男人的身体呀。他们对我换着花样儿地来，羞耻心早就——不过，摸了男人的身子又没干那个，我这还是头一次呢。臭是臭了点儿，可心里头暖烘烘的。”

“别再提什么臭不臭的好不好？”

趁我睡着的时候，这个女人——杜丘有一种近乎羞辱的感觉。臭是当然的了。将近十天没有洗过澡了。不光是没过洗澡，还一直与厕所为邻。

厕所——一阵恶心的感觉直往上涌。他慌忙捂住了嘴。

“要吐吗？”

京子关切地看着他。

“不，我没事儿。”

他把眼睛闭得紧紧的，以驱除那些引人作呕的景象。然而，越是闭上眼睛，那种景象就越是鲜明。

天天被灌镇静剂的话，逃跑就会变成奢谈。堂塔算计的正是这一点。先造成药物依赖，使其全身瘫软、大小便失禁，在这期间和酒井义广谋划对策，这便是他打的如意算盘。他们的所谓对策，八成就是去除杜丘的高等情感神经，将其改造成一个半植物人。他住院时有见证人在场，因此，杀掉他是万万不可的。或者，他们会故意露出些破绽，先把人放跑，然后再像对横路夫妇那样杀人灭口。对酒井和堂塔来说，这是个再危险不过的敌人，必须除之而后快。可是，杀人总是多多少少有风险的，最保险的还是手术。只要谎称病情恶化，就可以无所顾忌地实施脑前叶切除了。

逃跑到了刻不容缓的时候。与其被切除高等神经、在半植物状态中苟活，杜丘更愿意选择死亡。

——必须在药上做文章。

既然药不能不喝，因此，杜丘考虑的是先喝后吐。可是，呕吐是需要习惯了才成。比如酒喝多了的时候，有的人就能轻而易举地大吐特吐，可杜丘却不擅此道。他用手指捅嗓子眼儿，身子都快弯成了两截，忙活了半天，吃下的东西却还是卡在喉咙里，并非想吐就能吐出来。即便能吐出来，也只是一星半点的而已。喂药的频率是一日三次。如果不能一滴不落地及时吐出去，就会有危险。一旦药物开始发挥药性，神经和肌肉就会松弛，不要说呕吐，就连呕吐的想法都会丧失。

下一次再被堂塔传去的时候，必须下决心果断脱身才是。既然对自己的“行刑令”已下，对方的监视就会更加严密。

杜丘往厕所瞟了一眼。所谓的便池不过是在水泥地上开出一个四方形的洞，底部永远积存着一些倒灌上来的污水。他用锡纸杯盛了一点里面的污水。恶臭刺鼻。等护工喂完药、把嘴里检查一番后一走，他便立刻闭着眼睛将那杯污水一饮而尽。

他恶心得一阵狂吐，似乎连胃都要吐出来了。胃里面一下子变得空空如也。

早、中、晚，杜丘都要喝那污水。一想到如果逃不出去，自己会被搞成半死不活的植物人而遭受堂塔的奴役，他便有了喝那污水的勇气。

“对不起，”杜丘向京子道歉，“我不是想埋怨你，只是我浑身上下脏兮兮的，难为情啊。”

“道歉干什么呢。你我又不是一个地位的人。”

“地位？”

他不解其意。

“我是个风尘女子，而你以前可是东京地检的检察官，杜丘冬人先生……”

“你，都知道了？”

杜丘看着京子。没见到她的表情有什么异样。

“在澡堂子和派出所里，见过你的大头像。”

“原来是这么回事儿。”杜丘钻出被窝，还有些头晕眼花，“把我的衣服给我吧。”

“送去洗了啊。”

“送去洗了！什么时候送去的？”

“前天啊。”

“前天——这么说……”

“是啊，你睡了整整两天啦。医生说了，你身体虚弱，又染上了肺炎，眼下需要静养。所以我就送去洗了。”

“可是，你为什么要……”

“你是问我为什么要窝藏逃犯吗？那好，我的答案很简单。有的周刊上也登了，说你是被冤枉的。要是真的这样，你兴许哪天就能官复原职了。而我呢，保不齐哪天就会因为卖淫被抓起来，到时候就请杜丘检察官……”

“够了！”

杜丘的声音低沉而又严厉。

“其实……”

京子的身体像是被什么东西刺穿了似的僵住了，欲言又止。

“其实什么？”

“我想伺候一个男人，又不用和他上床。不对不对，不是这个意思。上床也无所谓。只要你想，我随时跟你上床。在你病好了，离开我这儿之前，我可以天天跟你。不过，我是不会要钱的，分文不取。这样我就有了一个男人，他不用掏半个子儿，天天抱着我，在我的悉心照料下康复，然后远走高飞——瞧我，净是异想天开！哪有这么浪漫的事儿呢。觉得我挺悲剧的吧？是啊，谁叫我就是悲剧的命呢。我在街上跟男人搭讪，勾搭他们上床——可我这么做都是为了糊口啊。也许，我是想有一个男朋友吧，想有一个像你这样的大男人做男朋友，而不是什么小白脸儿。”

京子一口气说了这么多。

“不过，这话也是瞎编的。”京子咯咯地笑道，“说真的，也许是做这行给闹的，我老是做怪梦……”

“怪梦？”

“在梦里面，我变成了一个连我自己都不认识的人，无家可归、投靠无门，一个人六神无主的，孤单得要死。我以前是有老公的，就算偶尔做了这种梦，可醒过来一看，哦，原来我有老公啊，心里也就踏实了。可现在，我连一个身边人都没有，孤零零的……”

京子的目光落在自己的膝头。

“我想我不能老这么下去，要不早晚得做那种没着没落的噩梦。后来，当我发现你就是那个成了逃犯的检察官，我就琢磨，你会不会也梦见过自己的未来不见了呢？这样的话，咱们就是同病相怜了，而且是地位悬殊的同病相怜——我一想到你这个高高在上的社会精英也沦落到未来渺茫的地步，说实话，心里感到平衡多了呢。人呐，看来谁也不可能永远泡在蜜罐子里呀。我以前心态不平衡，有了你似乎就好多了。对不起……”

京子的话戛然而止。

——未来？

冬日孱弱的阳光从窗子外面射进来，映在京子的面颊上。

近来，很多女人让人一望便知是靠卖春吃饭的。外表淑女、芳龄二十出头的女孩子带着按摩上岗证被客人叫到饭店的客房。她们对按摩绝对一窍不通，拿手的不过是床上功夫。她们的神情格外灿烂，甚至让人觉得很眼红。

从眼前这个三十来岁的女人身上是看不到这种灿烂的。也许正如她自己所说的那样，她绝不会有令人心驰神往的未来。未来消失不见，随着时间延续的只是痛苦的过去。所谓的未来不过是以往的日子留下的阴影。

然而，每个人都是殊途同归。只要待在位于国家公务员之列的检察官的宝座上，便不会像京子那样做无家可归的怪梦。因为他那时还相信，自己所设计好的，或者预期可得的未来是实在、充盈的。谁也想不到，这样的未来会突然之间像被魔术师用指尖变没了那样消遁无形。

也许，每个人都是逃亡者。不能说只有犯了罪而遭到警察追捕的人才是逃亡者。没有了明天、失去了昨天，这就意味着就此踏上了逃亡之旅。而且，对于逃亡者而言，他只能活在今天。这个所谓的今天是被隔绝的，不通往任何一个方向，就像在黑暗中打开聚光灯，能照亮的只有那一小块地方……

然而，过去在裁决像京子这样的人时，自己只是铁面无私地一味照搬法条。一想到这儿，杜丘便感觉脊背阵阵发凉。

他在心里为自己对人情世故的过于木讷而羞愧不已。

7

为了潜入城北医院，杜丘把还剩下不到二十万日元的盘缠通过远波真由美之手寄存在了津山广美那里，并约好等他逃出来后，就联系津山取钱。

第二天早上，杜丘托女人给津山打了个电话。

“她说了，把现金用挂号信寄到我这里。”

京子回来后说道。

“给你添麻烦了。等钱一到，我马上就走。不然的话，要是让人发现你窝藏逃犯，你会背上协助犯人逃跑的罪名的。”

“你非要走我也拦不住啊。”京子点点头。也许是因为人长得纤瘦，加之睫毛又细又长，她的面相显得有些单薄。“要说这法律也真让人搞不懂了，我照顾行动不便的病号，倒成了罪过……”

“嗯。法律这玩意儿，总有些地方让人捉摸不透啊。”

“你是个检察官，天生害怕犯法。可我是不在乎的。法律本来就跟我的生活不沾边儿。”

“哪儿啊，”杜丘苦笑着说，“逃亡的这些日子，我犯的法够多了，欺诈、非法持枪、偷猎、抢飞机、违反航空法——再加上刑法第九十七条的潜逃罪。细数起来，真不知道有多少条了。这还没算上以后要犯的法呢。”

“你还要继续犯法吗？”

京子不放心地盯着杜丘。

“除非我找到真正的罪犯。”

“这么说，”京子仰起头笑了，“就算你以后能洗掉不白之冤，你犯的这些事儿也够判你刑的了。”

“我不会让他们判我刑的。”

“那你要当一辈子逃犯？”

“我是这么打算的。”

“我还以为将来会有那么一天，官复原职的杜丘检察官在地检的小屋里教训我说：‘你要规规矩矩地过日子’。”

“与其这样，那还不如做你的相好呢。”

这是他的真情实感。

“真的吗？”京子的声音忽然变得有些温润，“你可不是个会跟谁做相好的人呐。不过，就一个晚上，行吗？”

“这话怎么说？”

“等天儿黑了我就要出门了。可一想到还有你在家里等着我，就算客人再腻歪，我也能受得了。不就为了这个才需要相好的吗？相好就是有这点儿作用啊。姐妹们个个都有相好的，哪怕需要忍气吞声呢。可我就从来也没有过……”

“话说到这份儿上……”

杜丘点了点头。

“太好了。”

京子放心了似的说了一句，随即便脱去了衣服，露出白皙的胴体。杜丘眼见着她脱得只剩下一件小背心，钻进了被窝。

“相好是要抱着自己的女人温存的哦。”

“这个嘛……”

“你把我抱紧点儿就行了。”

京子的腿缠了上来。

这样相拥了一会儿后，杜丘轻轻地搂住了京子的后背。京子闭上眼睛，把脸紧紧地贴在杜丘的胸口。女人的气息令他沉醉。

冬日无力的阳光透过窗帘的缝隙照射进来，一只打了蔫的苍蝇在爬行。

这时，门被轻轻敲响了。“肯定是订报纸的。”京子的双臂刚才一直并拢在胸前，这会儿她羞答答地揽住了杜丘的腰。

门似乎被打开了。

杜丘屏住了呼吸。

又瘦又高的矢村警部满脸不悦地俯视着二人。

“正意犹未尽呢吧。”

矢村压着嗓门说道。

“不是。”

“那就起来吧。”

他不目转睛地说道。

“你这人怎么这样！闯到别人家里来了！”

只穿着小背心的京子跟他顶了起来。

“你别吵嚷。我是警察。”

“警、警察！”

京子的目光从一脸不耐烦的矢村身上转向杜丘。杜丘铁青着脸点点头：“这位是警视厅的。”

“他、他是来抓你的！”

京子瘫坐在被子上。

“是的。”杜丘拿起挂在墙上的衣服，开始换上，“警部——可不可以帮我一个忙？”

“说。”

“请你不要找这个女人的麻烦。”

“行吧。”

矢村甩出一句，掉头便走。

“让你受累了。”换完衣服后，杜丘拉起京子的手，“别再糟蹋自己身子了，好吗？我能说的，只有这个了。”

京子不住地点头，看到杜丘那失去血色的嘴唇在微微地颤动。

走到门口的矢村扭过头来。

“那个女的——这件事你就当没发生过，忘得一干二净好了。”

京子点了点头。

矢村和杜丘并排着走过楼道。

“你的模样可丑多了。”

矢村边走边揶揄。

“再丑也丑不过你。”杜丘苦笑了一下，“话说回来，相貌嘛，总有一天会变丑。我说，你不把我铐起来吗？”

“省了吧。”

“你不怕我逮着空子跑了？”

“你跑个试试。”矢村低声说道，“我带枪可不是装样子的。”

“有枪又怎么样，你那个枪法……”

“你是说熊吗？”矢村摩挲着左臂，“那不能怪我。”

既看不到警车，也不见有警察。一辆便衣警车停在路边。坐在驾驶座上的是刑警细江。细江将车子驶近，他没有打招呼，也没有对杜丘多看一眼。

“你要带我去哪儿啊？”

一个过路的女人好奇地看了一眼杜丘，她走过几步后，又停下来回头看。

“别啰唆，跟着走就是了。你难道想尝尝手铐的滋味？”

“没有，就这样挺好。”

杜丘坐进便衣警车。回头一瞥，只见公寓二层的一扇窗子里，穿着小背心的京子正躲在窗帘后面张望。

刚才的那个女人已经走远了。

“这是你的钱。”细江开动车子后，矢村递过来一个封好的信封，“津山广美托我给你的。”

“原来是这么回事儿。”杜丘总算知道矢村是如何找上门的了，“远波真由美小姐怎么样了？”

“地检的特侦组找她都找疯了，不过，她这会儿应该在往北海道飞呢。她本想和我一起把钱给你送过来，我死活让她回去了。我可不想让她撞见刚才的西洋景。”

“我……”

“行了行了。”

矢村说道。

车子开到了位于目白台的一处高级公寓。公寓很气派，建筑物呈コ字形，带有警卫室，中庭甚至还有一个游泳池。

“你住在这儿？”

细江把车开了回去。二人走进电梯。

“那是。”

“容我问一句，我是被逮捕了吗？”

“是的。表现好的话兴许能放了你，不过希望不大。”

矢村轻描淡写地答道。

从位于十一层的房间露台上俯瞰，新宿和中野都尽收眼底。

“你就坐那儿吧。”

桌子上乱七八糟，有三瓶喝了一半的威士忌，几个杯子、小碟和一些小零碎。黑皮沙发上凌乱地扔着报纸和杂志。

“尊夫人——你还没成家呢吧？”

“别说这些没用的。”

矢村拿来冰块，只顾往自己的杯子里倒了一些，兑出一杯肯塔基波本。

“你打算让我干看着？”

“想喝就敞开了喝。我可不想逼着你喝。”

“你还是老样子，粗鲁得很。”

杜丘也用冰块调了一杯肯塔基波本。久违了的波本威士忌的香味在嘴里慢慢扩散，令人很是惬意。

一个貌似逃犯杜丘的男子和他的一个目光凶狠的同伙上了一辆汽车——特侦组获悉这一情报是在上午的十点之前。举报人在目击后的二十分钟打来了电话。此人是家庭主妇，没有记住车牌号和车型。

——肯定是矢村！

伊藤立刻就想到了这一点。目光凶狠，那正是矢村的标志。再说除了矢村，还有谁能够这么轻而易举地找到杜丘呢。他试着往搜查一课挂了电话。矢村不在。保险起见，他又问了问有没有接到杜丘被抓获的消息，被告知没有。

特侦组成员拿着矢村的头像走访了举报人，确认正是矢村。

听完汇报，伊藤为之一振，眼神发亮。他下了决心准备与矢村一决高下。明摆着，矢村和杜丘进行了接触。矢村没有理由按兵不动，由此可见，他也打算对朝云忠志被杀的案子溯本求源。可是，事情的利害关系使得伊藤和矢村必须分道扬镳。无论如何都要尽快逮捕杜丘——此举关乎检察厅的颜面，而这才是伊藤的使命。矢村的举动极有可能让伊藤的地位岌岌可危。

——我要申请处分令，把那小子整趴下！

伊藤抄起电话，打给警视厅的高层。

8

“说实话，横路夫妇是不是你杀的？”

矢村将杯子凑近嘴边，目光炯然地盯着杜丘。

“你别说笑了。你要真觉得是我干的，一个不穿衣服的真由美就能让你鸣金收兵？”

“真是个美臀。”矢村一本正经地说，“你就全说了吧，痛快点儿。”

“那好吧。”杜丘将杯中酒一饮而尽。“关键就在于杀死朝云忠志的动机。武川吉晴的事，你都听三穗讲过了吧？”

“他因为精神失常住院，后来死于肝功能障碍，对吧？”

“你等等，关于住院前的症状，三穗没有提过吗？”

“我没打听过。怎么了？”

“原来是这样……”难怪矢村会让酒井优哉游哉呢。杜丘清楚，向警方告发的三穗有着怎样的顾虑。“武川吉晴并没有精神失常，而是可卡因中毒。”

“什么，可卡因！”矢村的表情骤然严峻起来，“你有可卡因中毒的证据吗？”

“证据还没有，可那样的症状就是可卡因中毒的后期症状，肯定的。”

杜丘将三穗所描述的武川的症状转述给了矢村。

“这娘们儿！”

矢村气得扬起了眉毛，满脸凶相。

“你就别拿三穗出气了。多亏了她，我们总算看到了一点点真相。”

“这还用说。”

“那就好。对了，武川洋子喂养的斑鸫产生幻觉，朝云的猴子也产生了幻觉。斑鸫和猴子竟然有同样的幻觉，这就是咄咄怪事了。我认为，它们应该是出于某种原因被人在食物里掺进了可卡因，所以才会产生幻觉……”

“你是说香烟的烟雾？”

矢村将视线投向远方。

“是的，就是香烟的烟雾。我的推理是这样的：武川洋子对丈夫的忌妒难以忍受，也没机会跟年轻男子幽会。于是，她就找酒井帮忙。酒井就想出了用可卡因将武川吉晴弄成残废后送进医院，再将洋子和财产据为己有的计策。据说武川自从和洋子结婚以后，性情就变得越来越古怪，基本上没出过家门。他根本发觉不了自己出现可卡因中毒的症状。况且，还没等到可卡因中毒，他的神经就已经毁得差不多了。另外，城北医院让那些死了也没人过问的老年患者服用东邦制药的新药，就是你说的那个 A-Z。这就是人体实验。武川吉晴也是实验对象之一。结果就是，包括武川在内死了四个人，其余的患者持续高烧，大面积发疹……”

“等等，那个什么 A-Z 人体实验，确有其事吗？”

“没错。在你的暗示下，我潜入医院进行了查证。百分之九十九点九不会有错。你大概也知道，对于制药公司来说，要盈利就必须不断推出新药。每一种药都是有产品寿命一说的，听说也就是两三年。推出新药是重中之重。可是，新药的审批需要经过从动物实验到临床报告一系列的烦琐程序。酒井八成是利用城北医院的患者做的药物实验。”

“怪不得 A-Z 的研发被叫停了……”

“十有八九是这么回事。如今的精神病院都时兴药物的大剂量疗法，听说由于药物的进步，一些以前无计可施的患者也有了治疗的可能。由于药物的需求量很大，抗精神病药物的开发就成了大热门。可是，神经阻断剂之类的抗精神病药物还有个别名，叫‘化学紧箍衣’。大量用药能使无论多么狂躁的病人都会失禁，一天到晚都迷迷糊糊的，这样一来，医院就省心多了。我可以断定，堂塔经营医院的手段一定是丧尽天良的。他不过是把大剂量疗法当作紧箍衣的替代物，通过大量用药捞钱罢了。这个人的脑子里压根儿就没有什么治疗的概念。只有这样的人才会跟酒井沆瀣一气。令人发指的是，患者的待遇还不如实验用的白鼠或豚鼠，甚至根本称不上有什么待遇。再没有比那些老人待的监护室更惨的地方了，里面简直是臭气熏天。而且，这样的老人有很多，他们都是被家庭抛弃的。也许对家属来说，有一个瘫在床上的老人拖累着，生活就没了奔头儿，总之，只要老人稍微有那么一点儿迟钝，就立刻往精神病院里送。好像现在就是这么一个世道。要说独子家庭给老人养老送终确实力不从心，忠孝难以两全，可我听说那些有能力的家庭如今也是一样。这样的老人一般的医院是不会收的，所以就统统扔给了精神病院。人只要上了岁数或多或少都会糊涂一些，可悲的是，因为这个就被送进精神病院……"

"就是说堂塔可以随心所欲地做人体实验！"

"就是这么回事。他用不着提防任何人。武川吉晴也被安排进了人体实验计划。他刚刚娶了个年轻女人，真是个倒霉蛋儿。"

"这个混账！"矢村砰地放下杯子，"听说你在那个堂塔身上搞电击疗法来着？"

"本来嘛，那家伙才该接受精神治疗呢。"

想起泛着白眼球、龇着假牙的堂塔，杜丘苦笑起来。

"……后来，朝云忠志通过某种途径得知了药物实验致人死亡的事情。朝云一直就对医生这个圈子恨之入骨，他不可能轻易就被收买。酒井拉上交情很深的药政课课长进行游说，可朝云就是不为所动。由于同为厚生省部门的医政课与药政课的不和，这件事是不会风平浪静地收场的。A-Z 研发的叫停肯定是受到了厚生省的压力。研发固然中止了，可一旦朝云以违反医师法为由拿城北医院开刀，就有可能通过高烧或发疹的患者排查出那四个人的死因。对厚生省来说，朝云就像是一颗定时炸弹。这还不算，站在酒井这边看，甚至他那个利用可卡因把武川吉晴弄残的诡计也会败露——这就是动机。”

“有道理——那么说，为了杀死朝云，他们给斑鸫和猴子吃了可卡因，进行了某种实验，而实验的结果关系到阿托品的容器之谜？”

矢村若有所思地往杯子里斟了一些威士忌。

“是这样的。否则就用不着让斑鸫和猴子产生幻觉，也犯不上非要在同一时间把猴子一起杀掉不可了。把猴子和人同时杀掉，难度可是极大的。”

“那么……”

“眼下，我的推理只能到此为止了。”

“你想留一手？”

矢村用阴森森的眼神看向杜丘。

“我是你的阶下囚。抢劫强奸姑且不论，我在横路加代的被杀现场留下过指纹。要是被关起来，我就无法证明自己的清白。一切都对我不利，上了法庭我也赢不了。所以我才拼命地逃来逃去。可结果还是输给了你。你要是不相信我，就关着我好了。可这样做的代价就是，这一连串案子的犯人你这辈子都休想把他们捉拿归案了。”

“嗯……”

矢村不知从哪里翻出一支抽剩下的瘪塌塌的雪茄，叼在嘴里。他一言不发，翻眼瞟着杜丘，吞云吐雾。

“我只对一件事有把握。那帮家伙之所以设计陷害我，是因为我始终坚持朝云一案是他杀，而且我肯定在无意之中触及了令他们惧怕的某些真相，也就是他们最害怕见光的案件要害。那帮家伙慌了神儿。当时用来做人体实验的患者还在发疹，他们担心我一旦就此顺藤摸瓜地查下去，就会揭发出他们更多的罪行。所以，他们便陷害我，企图获得喘息的机会。你在听吗？”

“我听着呢。”

“反复思考也想不出别的，只能是‘香烟的烟雾’。猴子和香烟的烟雾——而且，酒井知道我正在跟踪他，他自然会担心武川洋子对出租车司机聊过的有关斑鸫和香烟烟雾的那些话会传到我的耳朵里。这样一来，关键词就只可能是‘香烟的烟雾’了。我在逃跑的过程中就一直在想，不，是在得知武川吉晴可卡因中毒一事之后，就将思考的重点放在了这个关键词上。里面必有文章啊。不过……”

杜丘讲述了从榛幸吉老人那里听到的有关棕熊和香烟的烟雾的事情。

“棕熊居然也是如此，这很让我耿耿于怀，就像可卡因中毒的人卡在喉咙里的线头儿……”

这线头儿要是能剔除干净的话，哪怕用针去挑，他也绝不会犹豫。

“那么，”矢村搁下雪茄，拿起酒杯说，“你接下来有什么打算？”

“我还能有什么打算。对我来说只有唯一的一条路，那就是解开这个关键词，揭穿酒井义广。而且，还得躲着你们这些国家机器……”

杜丘的话戛然而止。

“怎么了？”

矢村追问道。

“香烟的烟雾！”杜丘压低声音叫起来，“不，是蜘蛛网！”

“蜘蛛网？”

“没错——”

杜丘抬起眼睛，目光深邃。他的视线越过矢村，投向了东京都都界处的一条小道，就是在那里，他捡到了一只迷途犬。路边挂着的蜘蛛网图案漂亮极了。正瞧得入神时，一只小鸟从天而降，只见它翅膀一扇，就将刚逮住一只昆虫的蜘蛛叼走了。

从雪茄烟上徐徐升起一缕青烟，而后四下飘散，随之显现出一张蜘蛛网的几何图案。从矢村手中正在升起的这缕青烟与蜘蛛网是何其的相似。

——蜘蛛网……

杜丘将目光从都界的小道上收回，再次投向矢村。他喃喃自语着。难道说，在猴子和斑鸫眼中的并非“香烟的烟雾”，而是烟雾中蜘蛛网的幻影？

“你见过朝云家院子里的蜘蛛网吧？”

“啊，看到过。鉴定课的人说那是得了公害病的蜘蛛，好像还拍了照片。”

矢村回答。

“你好好听着。”杜丘注视着矢村的眼睛，“我在山里见到过小鸟攻击蜘蛛网。它是冲蜘蛛去的。蜘蛛的模样够难看的了还要吃它，这小鸟也真够残忍的，由此可见活着有多么不容易呀。总之，蜘蛛就是小鸟的盘中餐。就在刚才，你雪茄里冒出的烟一点点地飘散开去，在我眼里，那看起来就像是蜘蛛网的几何图案。假如我是一只小鸟，会不会产生错觉要去啄它呢？”

“真是个荒唐的假设，除非你这只小鸟是可卡因中毒……我闹不明白。”

“不，不是可卡因。”

“你到底想说什么！”

矢村粗鲁地把杯子一摔。

“你好好想想。”杜丘缓慢地摇着头，“其实也用不着想，棕熊跟可卡因扯不上关系。阿托品的话则另当别论。而且我刚刚注意到，棕熊、猴子和斑鸫有一个共同点——他们都是被人类饲养的。”

“这个共同点又能说明什么呢？”

“这个我怎么会知道。”杜丘往杯子里倒上波本威士忌，“我虽然说不清，可也许能确定，香烟的烟雾就是‘蜘蛛网’。”

“等等。”矢村端起酒，“你别喝得那么猛。先假定是蜘蛛网好了，可棕熊、猴子还有斑鸫，他们要吃的是蜘蛛，肯定不是什么蜘蛛网啊。”

“言之有理。”

杜丘握着杯子陷入了思索。

“况且，”矢村对着愁眉紧锁的杜丘说道，“那个院子里的蜘蛛网，哪一个都谈不上像什么几何图案，倒像是一帮抽象派疯子在胡涂乱抹。”

“呃……”

“先不管它了。”矢村往自己的杯子里倒上波本威士忌。“关键是这些个乱七八糟的蜘蛛网跟阿托品容器之谜有着怎样的关联。”

“不清楚……”杜丘的思索似乎告了一段落，他摇了摇头说，“虽然还不清楚，可我记得我在院子里对着蜘蛛网仔细观察过。当时那个女佣一直看着我，要是她碰巧跟那帮家伙念叨过那个检察官好奇怪之类的话，那会怎么样呢——香烟的烟雾是案子的关键词，而它其实就是院子里的蜘蛛网。而且，我主张是他杀……”

“这……”

这下轮到矢村握着酒杯一声不吭了。

“一定是那院子里的什么东西。”杜丘仿佛从鼻子里哼了一声，“看起来谜底就在案发现场，可你我都忽略了这个貌似不起眼但又极其关键的东西。”

涂鸦一般的蜘蛛网仿佛在居高临下地看着杜丘，嗤嗤地嘲笑着他。

他拽过矢村面前的威士忌酒瓶，可矢村什么话也没说。

“对了，你打算把我怎么样？”

杜丘倒了些威士忌，问道。

“坦率地说，”矢村从冥思苦想之中回过神来，突兀地说道，“看起来这个案子我是无能为力了。”

“我也是一样。不过，我和你有一点不同。”

“什么……”

“我跟那位阿伊努老人幸吉先生一起追踪过那头金毛。最开始金毛一直在巧妙地躲着我们，可从某一天起，它开始反击了。它的块头那么大，却能无声无息地潜伏到我们周围。那一刻的恐怖感让我一辈子也忘不了。被人暗算，不，是遭人反戈一击，这个时候的恐怖感是最让人刻骨铭心的。我豁出命杀回来就是为了让那帮陷害我的家伙也尝尝这种恐怖的滋味。老到的幸吉被金毛咬死了，没准儿我也会跟他一样，反击不成倒遭其害，到头来自掘坟墓。可即便如此，我也非这样做不可。对我来说，过去和未来都不存在了，只能为了今天而拼命地让自己活下去。我和你有区别的就是这一点。”

“我早就明白。”矢村用灰色、黯然的眼神看着杜丘，“我听说你杀掉了棕熊，还在夜里不计后果地飞上天，自打那之后我就开始认为，横路加代的被杀和你没有牵连。只求得过且过的罪犯是没有魄力干出那些惊人之举的。所以，我就打算捷足先登，把你想得到的东西拿到手，可是，最关键的朝云忠志被杀的谜团始终牢不可破。横路敬二被杀一案也同样让人毫无头绪。说实话，我算是黔驴技穷了。所以，我就想先抓了你，再让你竹筒倒豆子，把一切说出来。要说上次在饭店里把你放走，是有些被那丫头的裸体舞给镇住了，可再怎么说，你混进东京后很快就挖出了武川吉晴和精神病院。我想，明智的做法就是让你再多扑腾扑腾，到四处敲敲山震震虎。不过，好戏该收场了。酒井义广杀害朝云的动机搞清了，如果你的话正确，那连关键词也都有了，可是，就算我从现在起开始接手，这个案子恐怕也破不了……”

电话铃响了。

矢村拿起听筒默不作声地听了一阵，然后回了句“好的，知道了”便挂断了电话。

“这种丧气话可不像是你的作风。”

杜丘又回到刚才的话题。

“不。”矢村摇了摇僵硬的脖子，“如果你的关键词正确，那么，能让一切真相大白的并不是你这个人，而是你的逃亡经历。棕熊和香烟的烟雾、小鸟攻击蜘蛛，这些片段叠加在一起，会给你指出一条明路。我的想法是，放你走。”

“真的吗……”

“是的。刚才的电话是我的手下细江打来的，他说伊藤检察长向公安委员会告发了我。不仅如此，他还向警视厅头头提出了抗议，命令我回避这个案子……”

矢村的脸上浮现出冷笑。

“为什么，伊藤为什么要这么做？”

“好像有人看到了我把你带出来，就报了警。我去精神病院的时候就已经被跟踪了。所以，厅里虽说对我把你带走有些将信将疑，但也开始急着追查我的行踪了。特侦组的人很快就要找上门来了。”

“你有什么打算？”

杜丘欠起身。

“还能怎么样，你快走吧。伊豆半岛的南端有个地方叫入间，东邦制药的药理研究所就在那个地方，建在临海的悬崖峭壁上。”

“药理研究所……”

“我为了调查横路敬二与酒井的关系到那儿去过一趟，可是一无所获。不过，如果说问题出在蜘蛛网身上，那就需要故地重游了。据说那里面养了很多昆虫。我能告诉你的就是这些，下面就瞧你的了。但是，你不要胡来。这个研究所戒备森严，围墙上都是通了电的。特别是在你混进东京以后，戒备比以前更严了。一旦落入他们手里，你也许会遭遇私刑，他们也有可能把你交给警察，那样一来，罪名都是你一个人的，附加罪也少不了。无论哪样，都够你呛的。”

“那你怎么办？”

“我吗？我的事儿你不用操心。”

“可是，跟检察厅明着硬碰硬的话，你是没有胜算的。”

杜丘对矢村脸上的抑郁表情感到揪心。

“虽然没有胜算，可我也绝不能放弃我自己的办案原则。我过去一直如此，现在更不打算改变。”

矢村的语气镇定自若。

第九章 最后的堡垒

1

一三六国道始于三岛市，沿着伊豆半岛的西海岸通往毗邻半岛顶部的南伊豆町。

从中途的差田沿县道朝着海岸一直走，便到了入间村，从这里再往前，便是用沙砾铺成的窄窄的村道了。

下了大巴后，杜丘沿着沙砾路向海岸走去。

时近十一月末，海风凉意十足。路边丛生的灌木，枝条一律面朝内陆倒仰，亲身诉说着海风的凌厉。尽管黑潮的流经使得此地的气候尚属温暖，但乔木几乎绝迹，似乎海风夹裹的盐分对其生长起到了一定的抑制作用。

空气里满是泛着黑潮的臭氧味道。

走了不会儿，便来到一个围着密密匝匝的带刺铁丝网的地方。

地上戳着一块牌子，上面写着：

私有领地，禁止入内

东邦制药药理研究所

杜丘顺着带刺铁丝网往前走。只见这铁丝网穿过茂密的灌木丛，往前延伸了好长一段，最后止于断崖。崖壁陡直、险峻，仿佛在倾诉它在冬日里遭受着浪涛怎样凶猛的冲击。高度足有三十来米，最下面是一汪波澜不惊、黑黝黝的潭水。潭水似乎深不可测。

房子就建在断崖的上面。一栋钢筋混凝土结构的二层小楼，规模和小学校舍相仿，另外还有一栋别墅风格的房子，像是供住宿用的配套设施。

建筑物周围是大大的院落，外围高墙环绕。围墙的两端以断崖为终点，墙头上拉着电线。

杜丘叼上一支烟。

这地方的构造密不透风。带刺铁丝网外加高墙，连电线都拉上了——这电线大概就是矢村所指的弱电流报警器——更何况背后还是堪称天堑的悬崖绝壁。

——有什么办法潜入呢？

研究所防范森严，如临大敌。包括神经阻断剂 A-Z 在内的形形色色的新药在研发时，想必就是在这里进行药理实验的。对于制药公司而言，药理研究所堪称大动脉。源源不断地推出新药是制药公司与生俱来的使命，否则公司就无法存活下去。这是因为，即便是在研发过程中耗费了庞大资源后方能实现商品化的新药，在推陈出新的速度大大加快的今天，最多支撑个两三年，药效便会下降。且不论在这期间，还会被竞争对手仿效，夺走一部分的市场份额。因此，新药的研发必须马不停蹄，不容有丝毫喘息。一旦步伐停滞，便会引起“动脉硬化”。

制药公司因为过分急于求成，以至于还在基础实验阶段就匆匆进行了人体实验，这便是引发此案的根源。当然，罪行的产生还离不开制药公司与堂塔之流所代表的一贯视病人生命如草芥的无良医生，以及收受贿赂后装聋作哑、总是站在资本一方的厚生省官僚这三者的紧密勾结。

眼前，那流淌着黑血的大动脉清晰若现。

无论从哪个方面说，他们如此严加防范也是情有可原的。

杜丘将烟头掷下悬崖。烟头消失不见了，随即从崖下刮起一阵风，引得灌木丛沙沙作响。这声响使他的思绪回到了北海道的山里。从那时起，时间过了将近两个月。如果从朝云忠志命殒黄泉的那一天开始计算，已是三个月有余了。

——我行不行呢？

这么一犯嘀咕，他就觉得将三个月前的朝云死亡之谜大白于天下简直和痴人说梦差不多。就算香烟的烟雾，或者蜘蛛网可以当作关键词，待会儿潜入研究所就一定能找到阿托品容器消失之谜的谜底吗？

这里的戒备森严得令人对潜入本身都感到绝望。即便杜丘能设法潜入，他也没有化学或药理学方面的知识。假如证据体现在方程式里，哪怕是放在明面儿上，他也不会知道。

他唯一知道的就是自己有一种近乎盲目的执念，促使他试一试。

——蜘蛛网与药理研究所……

他喃喃自语着。矢村把这两者捏合到一起的念头令他感到啼笑皆非，但只是一闪念的工夫，这种感觉便消失了。恰在这时，一片乌云遮住了阳光，阴影仿佛给建筑物换了一张面孔。成功或是失败姑且不论，眼前的这个研究所可以说就是杜丘最后的期待了。他为此感到心里沉甸甸的，眼中的这片建筑物仿佛面目狰狞，整个研究所犹如魔兽附体。

——这里就是最后的堡垒吗？

眼前的这个地方，就是那个在新宿的街头将一个魔咒头套蒙在了杜丘头上的黑暗统治者所蛰伏的堡垒。

倘若不能攻克这个堡垒，也就从此丢掉了靶心。同样失去靶心的还有矢村。对于杜丘，这意味着再次开始漫无止境的逃亡生涯，而矢村则会面临革职处分——不走运的话，以协助逃犯的罪名遭到起诉而锒铛入狱也不是没有可能。

——矢村啊……

每个人都有自己的一套活法。前一刻还身为追踪者的矢村，因为不肯放弃自己的信念，不惜在第二天踏上逃亡之路。他想起了矢村的那张脸，在他的骨子里像是潜藏着一条凶险孤傲的蝮蛇。此人的个性可谓强硬——更准确地说，根本就是特立独行。

杜丘掉转了脚跟。他脑子里浮现出矢村闷闷不乐的样子，并因而感到踌躇满志。

杜丘沿着带刺铁丝网往回走，就快要走到立着严禁进入的路牌的地方时，他听到有汽车驶来的声音，便躲进了灌木丛。两辆东京牌照的进口轿车沿着眼前的沙砾路徐徐驶来。

——酒井义广！

藏在灌木丛里的杜丘倒吸了一口气。车子在带刺铁丝网前停下，车窗上映出酒井那张肥大、酱红的脸。酒井还有个伴儿。那个人有说有笑地从副驾驶座位上扭过头来，面孔清晰可辨。

——堂塔康竹！

千真万确，正是城北精神病院的那个堂塔，一向喜欢盛气凌人、满是赘肉的脸盘儿上，一对小眼睛此时已经眯成了一道缝。酒井的身边坐了两个年轻女人。看侧脸就知道，她们可不是什么“等闲之辈”。看上去他们在打情骂俏，堂塔的脸乐开了花。其实用不着看这张脸也能想象出，这两个女人应该是艺伎。

第二辆车也跟着停了下来。后座上坐着一男一女。女的似乎跟前车的两个女人是姐妹。那个男的——盯着那人的侧面，杜丘的心又狂跳起来。

——厚生省药政课的课长！

没错，此人正是北岛龙二，那个在朝云忠志暴毙的前夜，与朝云的同事青山祯介和酒井义广三个人一起到朝云家做客的北岛龙二。

大门打开，两个穿着制服的保安走到带刺铁丝网围成的栅栏门跟前。

随即，两辆车消失在研究所的院内。

杜丘待在原地没动。

酒井、堂塔，还有北岛……

大人物都凑齐了。

可是，这帮家伙究竟为什么要到这个研究所来呢？他们个个都带着艺伎，可见此行的目的绝非出于什么重要公干。

要么，就是为了寻花问柳。

可是，这里是药理研究所，对东邦制药来说，这可是圣地啊。难以想象有谁会专拣这样的地方来寻欢作乐。

看了看手表，下午刚好过去。

2

“那边山崖上架着铁梯子，是干什么用的？”

杜丘向渔夫打听。

这个渔夫叫平尾，是从离这儿最近的渔港雇来的。杜丘乘单拖小渔船来到了研究所附近的海面。耸立的崖壁上修了一道铁梯，顺着梯子翻过去便是研究所的后院。看起来好像是应急通道——也许说是用来搬运走私货的密道更为准确。

“那些人出海去钓鱼时就用那梯子从上面下来。他们有一艘很棒的大汽艇。”

“还有汽艇？”

“平时就停在妻良港里。”

“研究员还能这么奢侈啊。”

他有感而发。

“大概是用来招待大人物或者贵客的吧。”

平尾那晒得发黑的脸上流露出一些不快。他对这个研究所似乎没什么好感。

“哦，原来是招待客人用的。对了，我看到有车子开进去过，车里的人瞧着像艺伎，是不是那里面还有留宿的地方啊？”

“有啊，那叫一个气派，还从村里雇了两个大妈帮着做饭。你说有他们这样的吗，艺伎都带到研究所里来了。”

“可不，是够出格的。”

嘴上这么说，可杜丘心里还是感到有些困惑。有些地方总令他想不通。

就算有供客人留宿的设施，可酒井是出于什么理由要选择研究所作为纵情声色的场所呢？要知道在伊豆半岛这个地方，适合干这种事儿的温泉酒家多得是。

“连艺伎都带来了；看样子那帮家伙是准备明天捕鲨去呀。”

平尾有些愤愤地说。

“捕鲨？”

“没错，就是捕鲨。他们带上艺伎，一边打情骂俏，一边捕鲨。托他们的福，我们可倒了霉。”

“可是，日本近海一带怎么会有凶猛的鲨鱼呢，他们上哪儿捕鲨？”

杜丘自从放弃打猎后，曾经有三年多迷上了水肺潜水。从太平洋沿岸到日本海，远征过不少海域，可从未听说过哪里有鲨鱼。

“怎么没有啊，还有成群的大块头的食人鲨呢。您大概清楚黑潮是怎么回事儿吧？”

“不，”杜丘摇着头说，“我只知道它流经太平洋。”

“这黑潮的流向可不都是一成不变的。基本上是从四国到纪州，顺着海岸一直流到千叶海域，可当流轴的位置到了八丈岛以南，它就经常拐到伊豆半岛这边来，都快跟岸边贴上了。”

平尾指着海面做了一番说明。

“想起来了。黑潮流到纪州海域时会发生弯曲，内侧携带大块的冷水团，给捕鱼和沿岸的种植业带来很大的祸害——我记得没错吧？”

“您知道的可真多啊。”平尾露出雪白的牙齿，“不过，黑潮靠近伊豆半岛的时候还会带来凶猛的食人鲨，这事儿可没人知道。除了渔夫。”

“哦，原来是黑潮带来的。”

“要说这黑潮啊，捎来的东西还真不少。南边海里才有的热带鱼，在我们这儿也能成群结队地见到，算不得稀罕。”

“这倒是头回听说。”

“黑潮的跨度有三十到五十海里，一天之内也能流个三十到五十海里的样子，捎来的东西可说是五花八门，从热带鱼到椰子果，多了去了。要是没有虎鲨就好喽。”

“真的有虎鲨吗？”

“嗯。”平尾点点头，指向山崖，“听说三十多年前来了一群虎鲨，把打鱼的都给吃了。这种事儿好像老早以前就有过，就在建了研究所的那个悬崖上还盖过一座鲨鱼墓，用来驱灾。”

“啊……”

“那帮家伙不光把鲨鱼墓给拆了，现在还喂起虎鲨来了。”

“喂虎鲨——”

“他们把实验动物的尸体从崖上往下扔，可不就把鲨鱼给招来了。因为有人喂，鲨鱼就在这一片定居下来了。平时这么养着，等贵客上门时，那帮家伙就可以请人家捕鲨取乐了。大的有四五米长呢，客人倒是高兴了，可这么一来，那些专门在岸边打鱼的可就惨喽。别的不说，这可是会送命的事儿啊。瞧瞧，这不来了。”

在平尾指尖的前方、山崖和渔船之间，可以看到顶着可怕的三角形背鳍的鲨鱼在游弋。个头相当大。

“这种鲨鱼有很多吗？”

“可多了。悬崖下面的水很深，从上面还会扔下吃食，对鲨鱼来说就是天堂啊。”

平尾气鼓鼓地说。

杜丘盯着游动的虎鲨的背鳍，面色有些苍白。

——老天也不助我啊。

即使有夜幕作掩护，从正面潜进研究所也近乎不可能。弱电流报警装置是不能切断的，切断了就会触发警报，而且，爬到路边的电线杆上切断供电，同样会打草惊蛇。所以他才绕到山崖的后面，希望能从海上找到突破口，然而看到的却是这样一种光景。

鲨鱼是黑潮带过来的，纯属偶然，可就连这种偶然也来帮忙，将这个研究所打造成了一个完美的要塞。当初刚看到铁梯子的时候，杜丘还相信运气。他觉得这里的戒备程度与正门有天壤之别，并非滴水不漏。只要能爬上铁梯子，就不难摸进去。

然而，虎鲨却来捣乱。

他曾设想在深更半夜将船偷偷划进那片水潭，然后爬上铁梯——不幸被人察觉，遭到追赶。退路只有这铁梯子。由于伸手不见五指，很容易就会踩空，而且梯子紧贴着直上直下的崖壁，如果有人从上面拿石块往下砸的话，想逃命就只能跳进水潭。可残暴的虎鲨正成群结队地在水里面候着。

只能认为运气已经不青睐自己了。

——要放弃吗?

与棕熊搏命，驾驶赛斯纳冲向夜空，还有后来的潜入精神病院，杜丘每一次都能化险为夷、逃出生天。可是如今，这种运气已经不在了。没有任何办法可以帮助自己在行动不便的水里摆脱掉凶猛的虎鲨群。

杜丘凝视着往来游弋的鲨鱼的背鳍。

“要不要换个地方？”

平尾对着陷入沉默的杜丘发问。

“不必了，就回码头吧。”

来之前是这样跟平尾解释的：自己正在为拍摄一部纪录片寻找外景地，想到山崖那边转悠转悠。

“有什么地方可以租到手划的船啊？我需要租一个晚上。”

“船？你划着船去山崖那边转悠？还是在夜里？这可够危险的呀。万一撞上那些鲨鱼咋办？它们能把船给顶翻了。”

平尾指着那些样子瘆人、游来游去的三角鳍说道。未留意之间，这些小帆似的背鳍增加到了三个。

“我会多加小心的。我是想好好观察观察在从凌晨到日出的这段时间里，和夜色融为一体的山崖的景致会发生怎样的变化。这对编写剧本很有帮助。”

虽然嘴上这么说，可到底是该独闯龙潭，还是打退堂鼓，杜丘自己也是举棋不定。

“船倒是有……”

平尾表现出难以理解的样子，将视线从杜丘身上移向鲨鱼。

“快瞧！”

无须平尾大声提醒，杜丘早就看到了在三十多米高的悬崖峭壁的上面，出现了十来个人影，他们正在把什么东西往水里扔。大概是猫狗之类的尸体吧。只见崖下的水潭里，鲨鱼的背鳍足有六个之多，都在以极快的速度劈波而来。

耳朵里传来艺伎嗲声嗲气的声音。

杜丘突然感到一阵战栗。实验动物为人类贡献出了生命，而它们的尸体却被人类泰然自若地扔给了鲨鱼，他由此体会到了人性的残忍。这是一群麻木不仁的人。酒井为了自保和贪欲不惜杀人，堂塔在利益驱使下肆无忌惮地大搞人体实验，邪恶地凌驾于患者之上。再加上身为厚生省药政课课长的北岛龙二——此人为了一己私欲而心甘情愿地与业内的不法之徒沆瀣一气。纵然有被戏称为“行业娘家人”的厚生省的体制在作祟，此人的行径仍可称得上卑鄙之至。

——他们必须受到谴责。

此刻，将杜丘逼上逃亡之路的罪魁祸首正在艺伎的陪伴下，谈笑风生地将实验动物的尸骸从崖顶上抛向鲨鱼。抛下来的尸骸让杜丘心里作痛，他觉得被抛下来的正是他自己。

“这帮家伙，要是被鲨鱼吃了就好了。”

平尾发着毒咒。

3

凌晨一点过后，杜丘把小船划出了码头。

这是个月黯星朗的夜晚。海面上黑漆漆的，风平浪静。随着船桨的翻动，发出粼粼银光的夜光虫在上下跃动。

划了将近一个小时后，白天查看过的断崖出现在眼前。星光下，断崖的底部与海水融为一体，模糊不清。他小心翼翼地将船朝着突出的岩礁划过去。从底下往上看，这峭壁活像一座黑暗帝国的要塞，岩体乌黑，直指泛着微白的天际。

他轻轻拨动船桨，绕过了岩礁。绕经的地方正是鲨鱼群栖的水潭。

水面上死一般沉寂，除了细波潺动时发出的水声。

——它们都睡着了吗?

杜丘并不了解鲨鱼到底有没有昼伏夜出的习性，他唯有企盼它们是在夜间睡觉的动物。小船悄无声息地滑过水潭。

小船靠了岸。铁梯子的底部连着一个六平方米大小的平台，是打上水泥后抹平砌成的。一根桩子埋在地上，大概是在没有风浪的日子里用来拴住汽艇的。杜丘把小船系在那根桩子上，然后将船上的东西卸到平台上。这是一套水肺装备，是从伊东市的潜水用具商店交了押金后租出来的。为了以防万一，他还预备了鱼叉枪和照明用的水下照明棒。

他换上潜水服。从头套到潜水袜，一应俱全。且不说这些装备对于冬季潜水是不可或缺的，合成橡胶质地的潜水袜还不会发出声响，这在潜入研究所以后是再合适不过了。

换上潜水服是为了有备无患。万一被迫跳海逃生，西装难免碍手碍脚的，游不到船边就会被虎鲨吞了。而且，身体恐怕还会因为骤然的寒冷而变得僵硬。

顷刻间，他感觉整个人轻飘飘的。一方面固然是因为紧贴着皮肤的潜水衣，同时也是由于焦灼的心理使得身体发紧，于是产生了一种漂浮感。

他顺着铁梯子望上去。黑压压的绝壁尽头，能看到的只有星星。黑暗笼罩下的牙城正在酣睡。

他的脚蹬上铁梯子。伸手一抓，感觉冷冰冰的。他慢慢地向上爬，越爬心里越慌，梯子仿佛突然之间缠上了一块黑布，越往上越窄，状如尖厉的锥筒。回头望去，水潭就在最底下，那里面透不进一丝星光，小船有如被吞噬了一般，连影子都见不到了。

不会有什么陷阱吧？他冒出一种不祥之感，担心就要爬到崖顶时，埋伏的保安会将梯子推向漆黑的半空。一个景象在头脑中闪现：随着一声惨叫，他从三十米高的夜空坠入虎鲨群集的水潭。

杜丘咬紧了后槽牙。恐惧加重了身体的漂浮感，令手脚不听使唤。爬着爬着，他忽地想到了从日高牧场的草原驾机冲向苍茫夜空时的那种无尽的孤独感。与那时相比，这里虽说是断崖绝壁，但好歹也是陆地。

铁梯子总算爬完了。他观察了一下周围，没有任何动静。研究所在一片静寂中沉睡着。一道房门出现在眼前。他踏上草坪，靠近了那扇门。门把手没费劲就被拧开了，他闪身而入。

——成功了！

得来全不费工夫，他甚至有些扫兴。表面上戒备重重，铁丝网上带刺、高墙上通电，而后方却是门户大开。难道是因为想不到有谁会从虎鲨群集的水潭攀过铁梯破门而入吗？

或者说，这也是个陷阱？

他借助手电筒的亮光向前走。虽然地面铺着瓷砖，可由于穿着合成橡胶的潜水袜，走上去悄然无声。长长的走廊延伸开去，两侧各是一长溜的房间。好几个房间的门上都贴着开发课的铭牌。空气中弥漫着一股强烈的药味儿。

资料室的铭牌也有好几个。他试着扭动其中一扇房门。这扇门同样也没有上锁。他蹭了进去。

他看到了映照在灯光下的办公桌，还有一些微缩胶片阅读机之类的复杂仪器。房间尽头是一排书架，密密麻麻地塞满了世界各地的药学文献和图书。杜丘上上下下打量了一通，可实在没有兴趣抽出其中的任何一本。反正药学书籍里面全是一些分子结构的罗列，即便会用缩微胶片阅读机也不可能看出个所以然。虽然对这种情形早已有心理准备，可才潜进来没多久，他就开始陷入失望的情绪了。潜进来的如果是竞争对手的专业技术人员还自当别论，可身为门外汉的杜丘真的会有所发现吗？

他出了资料室。走廊弯成个コ字形。周围依旧死寂一片，似乎并不存在什么圈套。整个建筑像是睡死过去一样。有楼梯通往二楼。他对二楼未作打算，而是沿着走廊前行。到头后向左拐，便是药理研究课的办公区。好几扇门上都贴着铭牌。

传来一阵轻微的响动，杜丘停住了脚步。声音就发自身旁的一个房间。

——警卫室！

可似乎又不是。这微弱的声响时断时续，仿佛是在挑逗着黑夜。杜丘松了口气。这里看上去像是实验动物的饲养室之类的地方。他悄悄地靠近，将门推开一条窄缝，拿手电往里面照。手电筒的光亮里映现出成群的饲养在金属笼子里的大家鼠。其中有好几只还做上了标记，似乎正在用于某种实验。

他挨着个儿地打开邻近的房门查看。有的房间专门养兔子，有的则是一屋子小白鼠。每个房间都供着暖气。

打开第四扇房门后，杜丘差点被出现在手电筒亮光里的东西惊得叫出声来。

——是蜘蛛！

很多很多的蜘蛛，每一只都分别装在一个细网眼的金属笼子里。电筒照亮之处，从小不点儿到凶猛的鬼蛛，甚至还有浑身是毛、个头儿大得瘆人的剧毒南美狼蛛，它们都静静地贴在金属网壁上，仿佛散发着夜妖之气，令人心里发慌。

他感到一股凉气，毛骨悚然。

令他感到毛骨悚然的还有另外的原因。那就是“公害蜘蛛”结在朝云家院中树上的奇特的蜘蛛网。在市中心难得一见的鬼蛛唯独在朝云家结下了大量的蜘蛛网。虽然还说不清这意味着什么，可总觉得它跟眼前这一令人不忍侧目的光景在某些地方是相通的。

与矢村的交谈清晰地重现。如果说关键词中的“香烟的烟雾”代表的是蜘蛛网，那究竟意味着什么？

一阵莫名的战栗袭过心头。

杜丘目不转睛地对着暗藏凶险之气的夜妖出神。

——这个研究所里一定隐藏着什么东西。

他突然有了这样的想法。正是蜘蛛的诡异之气触发了他的某种灵感。

矢村曾经对这里进行过明察暗访，但却未能发现横路敬二和东邦制药之间有过瓜葛的证据。因为即便有过证据，也早被酒井烧掉了。矢村很清楚从正面强攻无济于事，所以才暗示杜丘潜入这里。至于潜入的效果，矢村自不待言，就连杜丘本人也没抱什么希望。因为他们都有这样一层顾虑，即证据已被销毁。而这种顾虑还是无法打消的。

然而——

杜丘感到，内心深处涌动着的灵感愈发强烈了。香烟的烟雾与蜘蛛网，蜘蛛网与朝云的宅邸，做实验动物生意的横路敬二与酒井……

——这里面必有玄机。

将酒井和横路串在一起的链条中的一环，抑或朝云忠志一案中的阿托品容器之谜——杜丘沉浸在灵感的飞跃之中，甚至连蜘蛛那肥大得可怕的腹部都不觉得厌恶了。

不知在原地站了多久才终于回过神来，杜丘离开了饲养室。他沿着走廊往前走。左侧通向玄关。进了玄关后的左手边是办公室，还是没有上锁。他钻了进去，打算把办公室仔仔细细地查看一番。在开发课、资料课，抑或是药理研究课，杜丘都感到无从下手。如果说趁着此刻灵光四现能有所斩获的话，那就只能是在这个办公室里。

房间大小约有三十平方米。研究所仍旧在沉睡。另一栋房子里搂着女人酣睡的酒井、北岛，还有堂塔的脸在脑中闪过。

这里有五张钢制办公桌，以及钢制书架和文件柜。文件柜和办公桌的几个抽屉上着锁。办公日志、出勤卡、各种账簿和单据——看来看去也找不到任何显示出横路曾出入过的蛛丝马迹。将这些东西从头到尾翻过一遍以后，杜丘感到很失望。解开阿托品容器之谜看来是希望渺茫了。

他瞄了一眼手表。时间分秒流逝，已经将近四点了。他突然感到一种沉重的焦灼感。最晚也必须赶在四点半以前离开这里。

——难道是期望值太高了？

不过，还有那些上着锁的抽屉呢。他拿出预备好的改锥开始撬锁。任由金属声在黑暗中响起又消失，抽屉就是怎么也打不开。

杜丘猫下腰。某种声音传了过来，似乎是脚步声。

4

他熄了手电，蹲在办公桌后面。

莫非听错了？那声音再也没有响起。他又等了几分钟，一切照旧。他觉得没事儿了，刚要活动身体时，有东西撞到了面颊上。一看，是挂在桌腿上的几本记事簿。他把其中一本拿在手里，用手电照去。

蜘蛛饲养记录

看着这些蹩脚的油性笔字迹，杜丘不由得紧张起来。他将记事簿在地板上摊开，就着手电的光亮翻动纸页。这似乎是一本由某个雇员记下的蜘蛛饲养日志。记载的内容杂乱无章，不过好歹还可以看到很久以前的采购数量。纸面被摸脏了，有东一块西一块的油渍。

日志的内容包括了雌蜘蛛的产卵或交配，好像是半记着玩儿的。他聚精会神地逐字逐句往下读。可是，横路这两个字竟然一处都见不到。

翻至下一页，杜丘的动作凝固了。视线牢牢地钉在这一页上。

八月二十六日，给酒井部长送去鬼蛛十只。此前订购的关西产鬼蛛由于断货，代之以正在喂东莨菪碱的东北产鬼蛛。

——八月二十六日送去鬼蛛？

这个八月二十六日，不就是朝云忠志死的前三天吗？

——如此说来……

朝云的妻子说过，这两三天里，突然冒出蜘蛛网来……

——原因何在？

杜丘关上了电筒。就这样，他对着黑暗凝神。一些疑问在黑暗中冒出，起初像是一些小黑点，随后越来越大，飞速迫近，犹如席卷而至的黑色浪涛。

在浪涛的远方，那天早晨的朝云家清晰可辨。市中心见不到的鬼蛛突然开始结网，而就在这同一天，酒井义广叫人送去十只鬼蛛。

——这是巧合吗？

突然，朝云家的景象不见了，浪涛消散无形。杜丘的内心发出巨大的鸣响，像是水车开始转动时的隆隆声。朝云死之前三天的那个晚上，酒井义广与北岛龙二和他的同事青山祯介到朝云家做客，待到很晚……

——是那家伙放到朝云家院子里的！

酒井将十只鬼蛛放到了朝云家的院子里！可是，他这么做为的是什么？放出十只鬼蛛出于何种目的？

渐渐地，内心恢复了平静。

杜丘深吸了一口气，回过神来。他给记事簿套上带来的塑料袋，用橡皮筋扎紧后揣进胸前的衣兜里。

就在这一瞬间。

冷不防，有个声音打破了黑暗的静谧。是狗。狗发出阵阵尖厉的吠叫。杜丘感到浑身发紧。从狗叫声来判断，十有八九自己是被发现了。他急忙离开了办公室。狗就在玄关的外面，一边狂吠，一边用前爪拍打着玄关的玻璃门，看那架势似乎随时就会破门而入。星光勾勒出狗威猛的躯体。

杜丘跑过走廊。容不得片刻的犹豫，必须赶在那帮家伙醒过来之前爬下铁梯子。

他冲向来时的那道门，没跑到一半便听到有人在叫嚷。房子外面传来杂乱的脚步声，夹杂着一些人吆五喝六的声音。杜丘没想到对方的反应会这么快，不禁腿脚有些发软。可现在容不得任何的瞻前顾后，无论如何也要冲出一条生路。

“什么人？别跑！”

刚跑到屋外，杜丘便一下子僵住了。建筑物内外的灯光同时亮起，灯光下，三名保安守在梯子口。这三个人并非赤手空拳，每个人都端着一把鱼叉枪。锋利的叉刃泛着寒光。

杜丘转过身子。铁梯子已指望不上了，想逃出去就只能翻墙。他朝围墙那边跑去。狗追了过来。跑到墙根后，杜丘站住了。围墙太高了，他跳起来根本够不到墙头。狗狂叫着扑了过来，死死咬住了他的大腿。杜丘双手抱拳，朝狗的头上猛砸。狗打了一个趔趄，发出一声惨叫。他顺势狠狠地踢上一脚。

可于事无补。端着鱼叉枪的保安追到了跟前。

另一栋房子里也热闹起来，从里面跑出来几个人。

“你敢反抗就弄死你！”

保安一脸稚气，把鱼叉枪往前一挺，喝道。杜丘被顶在围墙上，可还是在一点一点地蹭着步子。

“你成了瓮中之鳖了，放老实点。”

的的确确是瓮中之鳖。

“搞什么！出什么事儿了？”

从另一栋房子里跑出来的三个人加入了战阵。开口的是酒井。

“唉，怎么是他！”

堂塔盯了一会儿后，大叫着退了一步，随后对着酒井耳语了一番。

“什么！”

酒井的声音有些撕裂，除了惊愕，还透着杀气。

“你们去吧。到那边守着，别让那些女的跑出来。”

酒井向保安发号施令，从三人手中接过鱼叉枪。保安离开后，酒井和堂塔、北岛三人将鱼叉枪对准了杜丘。

“你这小子竟然摸到这儿来了。真是个好生事儿的浑蛋。”

堂塔狠狠地说道。

“是吗，原来是杜丘检察官啊。”酒井似乎从惊魂中醒了过来，声音有了些底气，“那就欢迎你了，杜丘君。你来得正好。”

他虚情假意地问候着。

“久违了。”

杜丘背靠墙，边挪着步子边说。

“是啊，久违了。要我说，你还是放聪明点的好，再怎么挣扎都是白费力气。这墙很高，过去就是悬崖，看着都叫人眼晕。再说水里还有虎鲨。你该知道的吧？”

“我知道。”

“这么说，在渔船上东张西望的还真是你喽？在带刺铁网外面溜达的也是你。我们就怀疑是你，早就严阵以待了。”

虎背熊腰的酒井浑身上下都在发出嘲笑，恨不得把对方生吞了似的说道。要说他还真有点首领级人物才有的那种不怒自威的气势。

“是吗？可是，你们想把我怎么样呢？劝我归顺你们？”

“不不，”酒井马上摇了摇头说，“你是个心气儿很高的人。说让你归顺这种话太失礼了，我可说不出口。你自己也绝不会有那个意思的。”

他囫囵一笑，嘴里像是含了棉花。

“那倒是。”

杜丘继续挪动着。

“这样好了，我给你提个建议吧。你是进来行窃的，这是事实。后来，你被逮住了。你心高气傲，不甘被擒，为了逃走就只能搏斗——对，搏斗，殊死一搏。然后，你就断气了——怎么样，这种壮烈的死法很对你的路子吧？”

“我同意。”

“你又来了！”堂塔终于按捺不住了，“不过，你现在大限已到，以后就没机会再说了。”

“我早就想到了。可是，你们敢对我下手吗？警察一直在盯着你们呢，就算警察疏忽了你们，你们早晚也会闹内讧，到那时候，把我杀了这件事会让你们吃不了兜着走。”

“这个可不用你操心。”酒井说道，“我们才不会闹内讧呢，再说，谁也没说要杀你啊。我们才不会做出这种没脑子的事儿呢。是你在反抗时不慎失足坠下悬崖的，而且，还跑到了鲨鱼的肚子里。罪名可落不到我们的头上。”

杜丘被逼到了断崖边上。

他寻思着能不能从围墙断开的地方逃掉，可蹭过去一看心便凉了。围墙的边缘探到了悬崖外面。

此刻，他背对着悬崖。扭头飞速一瞥，只见崖底的潭水在星光的映衬下显得暗不可测。悬崖的高度令人绝望。

何况还有虎鲨……

“看起来，杀人对你们来说已经是轻车熟路了。”杜丘算计着时机，悠然地说道，“你造成武川吉晴的可卡因中毒，然后唆使堂塔杀了他，朝云忠志察觉了此事，你就灭了他的口，接着又干掉了横路夫妇。堂塔在病人身上做新药实验，搞出无数的人命。而你，北岛君，收受贿赂，对这种杀人行径听之任之，还亲自为杀害朝云出谋划策。不愧是厚生省的官员，真要高看你一眼才是。既然总归要杀人，不如就用你那双沾满耻辱和鲜血的手把我杀了如何？你可以体验体验亲手杀人的滋味。”

“闭嘴，闭嘴！”北岛的声音颤抖着，“朝云被杀的事情我什么都不知道！我只是一起去找过他。没人跟我商量过什么。这次我也是被请过来捕鲨鱼的……”

“也包括玩女人……”

“这个……”

官架子不小、身子骨却弱不禁风的北岛哆哆嗦嗦地端着鱼叉枪。

“行了，你给我闭上嘴吧。”酒井喝止了惊恐不定的北岛。

“好了，你该说够了吧？”酒井将鱼叉枪架在肩上，开始瞄准，“你这个人就是爱较劲。老老实实坐牢不就相安无事了吗，偏要一意孤行，结果折了自己的阳寿。要说我还真挺佩服你的，居然能把可卡因中毒的事翻出来。顺便提一句，朝云是被杀死的，这是事实。不，就当它是事实好了。可是，你们绝对找不到这方面的证据。证据没搞到却搭上了性命，你一定心有不甘，可我就是不告诉你证据在什么地方。”

杜丘的脊背阵阵发凉。一旦酒井扣动扳机，一切便成枉然。他很清楚鱼叉枪的威力。被它射中的话，三角形的利刃会将身体击穿。在近距离，它是一种比手枪威力还大的凶器。

而且酒井是打算来真的。他亲口承认杀了朝云，那就不会手下留情了。灯光的照射下，他那冷酷的红褐色面孔扭曲着。

“我会在你的肚子上开个洞。你从这里掉下去后，鲨鱼的鼻子对血腥味灵得很，很快就会替我们收拾得一干二净的。”

酒井将鱼叉枪瞄准了杜丘的腹部，扣动了扳机。

杜丘在崖边上一蹬，身体一下子在黑暗中腾空而起，一瞬间，仿佛一切都凝固了。意识像一根细细的铁丝那样被拧成一小股残留在额头，身体则抛开了意识，以飞快的速度掠过峭壁急坠而下。什么也看不清了。耳边响起空气被冲破时发出的音啸。

“跳、跳下去了！”

酒井惊呼起来。失去了目标的鱼叉扯断高弹力的尼龙绳，呼啸着冲向黑暗。

“让保安用无线电呼叫汽艇！叫他们马上过来！”

酒井冲着北岛咆哮。

5

身体贴着崖壁垂直坠落。不，不过是心里这么打算过而已。

跳水时，原本应该是头朝下。这种姿势可以保证身体在入水前不致失控。可是现在，高度是个问题。从三十米的高处头朝下跳水的话，触及水面时的冲击肯定会引发脑震荡。从这一点上说，应该是脚朝下，只要双腿并拢就不会出事儿。但是，脚朝下跳水时，倘若水深不够，就会有撞上海底的风险。这就像朝海里掷标枪，标枪是被直上直下地吸进水里去的。坠落地点的水潭是否有足够的深度支撑三十米的落差，这一点还不得而知。海里兴许还有突出的礁石——真有的话，那就完了。而且，从崖上是否能跳进水潭里还是个未知数。若是摔到平台上，就会粉身碎骨。

不过，比起被鱼叉枪射穿肚子成为鲨鱼的美餐，跳下去是唯一的选择。

随着下坠，身体弯成了く字形。这是跳下时姿势不对所致。以这样的姿势入水，从腹部到前胸、面部都要受到冲击，人非被拍晕了不可。他拼命地挣扎想调整姿势，可再怎么挣扎都是徒劳。头本来就沉，越是着急，上半身就越是像虾一样弯得厉害。

接着，上半身又渐渐地斜向一边。

就要撞击水面了。身体冲破黑暗，砸到了硬邦邦的海面上。入水时，身体的斜倾救了他的命。不过脸和腹部仍然撞得不轻。呼吸停止了。他经历了瞬间的轻微脑震荡，但很快便恢复了神志。身体像是被拖向海底一样急速下沉。但凡以这种冲力撞到岩礁上，腿或者腰椎就会粉碎。他张开双臂，总算减缓了一些冲力。

鼓膜一阵剧痛。水压简直要把耳膜冲破。为了减轻耳压，他使劲地咽唾沫。从这个时候起，下沉的速度开始放缓。周围泛起无数的水泡，渐渐浮现出一些模模糊糊的影子。这里似乎就是海底了。他看到了黑乎乎的像是岩床的东西。旁边耸立着那面绝壁。看起来人是紧贴着崖壁坠下来的。向上看去，只见一层厚重的黑幕笼罩头顶，分不清哪里才是水面。可以确定，下沉的深度至少有十米。

一直让他揪心的鲨鱼并没有现身。

脚触到了岩床。用脚轻轻一点，冲力便抵消掉了。他弓起身子，然后用这个姿势双腿全力蹬向岩床。如果弹跳力不够，没等浮出水面人就会憋死。他立刻开始上浮。潜水服也提供了相当的浮力，两相作用之下，他眼见着自己的身体在上升。

浮出水面的位置就在峭壁的旁边。只听头顶上方人声鼎沸。他来不及品味浴水重生的感觉。此刻，那帮拿着鱼叉枪的家伙正顺着铁梯子追过来。他匆匆戴上水肺。

铁梯子上杂乱的脚步声越来越近。杜丘解开系船的缆绳。就在脚迈上船的一刹那，脚步声已经离头顶上方很近了。嗖的一声，一个东西擦过耳边——是鱼叉枪射出的鱼叉。杜丘猫下腰。紧接着，又听到嗖的一声，两根鱼叉扎进了船帮。顿时，水涌进了船舱。

杜丘贴在礁石的阴影里往铁梯子上张望。姗姗来迟的乳白色雾霭中，现出一团黑色的人影，眼看就快要追上来了。杜丘也端起了鱼叉枪。可是，他扣动不了扳机。无论如何，他也不忍痛下杀手。

该怎么办呢？他一时不知如何是好。跑到船上去吧，鱼叉就会飞过来，再说那船已经开始进水，划又划不动，不一会儿就得沉底；打吧又寡不敌众。如此一来，唯有跳进海里了。

——可是，还有鲨鱼啊！

虽说侥幸逃过了一劫，可是杜丘的大腿毕竟被狗咬过。由于隔着衣服，伤势不算严重，但是衣服里面却流了血。那股血腥味怕是早就唤醒了鲨鱼。

杜丘下了决心。如果不立刻逃到海上，就会陷入与在崖顶遭到围困时同样的险境。他取出绑在脚踝处的水手刀，切断系船的缆绳以备万一，边切边滑进了海里。

他一口气沉下水。一边下潜一边沿着崖壁快速移动。他警惕地扫视着周围。天正在放亮，可海里还是漆黑一团。也不知道庞大、凶残的虎鲨何时会从这黑暗中杀出来。随身的家伙只有鱼叉枪和照明用的电筒，再加上缠在腰上的绳子。水手刀倒是有，可实在想象不出用这种东西怎么能对付得了好几米长的大虎鲨。

——虎鲨！

杜丘停止了划水的动作，直挺挺地定在那里。前方的一片混沌之中闪现出一个未知的庞然大物，它像艘大船一样驶过头顶。

终于来了。

它嗅到了橡皮衣里淡淡的血腥味，于是闻味而动。

杜丘踩着水向前面一块从海底冒出来的小礁石靠拢过去。由于过度紧张，他的手脚不听使唤，甚至感觉浑身发麻。唯有头脑还清醒，但似乎很快就要被恐惧占据上风。他有一种想大喊大叫的冲动，然后不顾一切地游出水面。费劲九牛二虎之力后，他终于克制住了这种冲动，可心速加快、狂跳不止。

恐惧使得呼吸加快，氧气的消耗几乎成倍增加。即便可以侥幸躲过虎鲨最初的一击，这么做的结果也会使氧气耗光，最后只得浮出水面，成为活靶子。这就像钳子被揪掉了的螃蟹，不堪一击。

前后都是绝境。

——来了！

过去了多少时间已是浑然不觉。他在面罩后拼命睁大双眼，只见一头虎鲨正在迫近。能看清的只有鲨鱼的脑袋。它那庞大躯体的绝大部分都与黑漆漆的海水融成一色。那巨大、扁平、怪物一般的脑袋朝着杜丘笔直地冲过来。他吃力地端起鱼叉枪，心里揪得紧紧的。

鲨鱼的脑袋倾斜着。它那长满无数利齿的嘴向两旁咧成“一”字形，一路突飞猛进。鲨鱼的嘴长在身体的下方，在发动攻击时身体要歪向一侧。看它那势头，简直要将杜丘赖以掩身的礁石连着一起咬碎。杜丘不顾一切地扣动了扳机，随即身体向后一仰。鱼叉像被吸进了洞窟一样消失在鲨鱼的嘴里。

鲨鱼翻了个个儿，激起的旋涡将杜丘弹出去好远。杜丘被转得七荤八素，好不容易才保持住平衡。大团的浮游物四下弥漫，海草的碎片在旋涡中打着转。鲨鱼掉头而去，消失在茫茫的黑暗中。

——脱险了！

但是，好景不长。一个更大的、鬼魂一样的家伙从相反的方向袭来。等他发觉时已经来不及闪躲。他将鱼叉枪戳进那满口獠牙的嘴里，纵身向后一跃。咔的一声，鲨鱼合上了嘴，庞大的躯体一掠而过。橡皮衣被它的身体带了一下，随即整个人又被抛了出去，转了好几圈。那块当作护盾用的礁石已不见了踪影。

杜丘总算稳住了身子，可迫在眼前的情景又让他感到了死神的来临。被微明的曙光染成蓝黑色的水幕之中，虎鲨巨大的身影从斜刺里杀出，根本分不清有多少头。凶猛至极的食人鲨嗅出了同伴的血腥味，成群结队地赶来了。

他猛地想起了鱼叉枪。它早已被齐根咬断，只剩下了手里的那一截。从头到脚又是一阵冰凉。

他抽出水手刀。这把刀子至多能给打头阵的那一头造成点擦伤。而与此同时，杜丘的身子想必早被咬成两半了。不过，杜丘还是把水手刀握在手里，一点一点地后退。

他感到死期将至。

一个大家伙在前面几米开外的地方横着穿过去，随即又掉头逼近。同时，其余的虎鲨也从左右两侧一齐掉转身子，步步紧逼。杜丘身体发僵，动弹不得。不出几秒钟，就会出现一幅用自己的血肉绘成的地狱之图。他已经无法思考任何东西，只是恍惚地盯着这些虎鲨。

不知从哪里传来一阵轰鸣声。听得相当真切。突、突、突的声响深入到意识之中。

——难道是救星来了？

一线希冀在心头燃起，将杜丘从恍惚的状态中拉了回来。他想起带在身上的水下照明棒。那是一种用于水下摄影的火药燃烧棒。它放出的强光可以为救援船提供坐标。他将照明棒举在手里。就在这时，虎鲨将身子横转了过来，开始发动攻击。只见它鼻尖对准杜丘，脑袋一晃一晃地扑了上来。数量还不止一头。

虎鲨！虎鲨！满眼都是虎鲨！照明棒对着虎鲨的鼻尖迸发出一阵强光。虎鲨的黑眼睛向上一翻，眼神里充满了惊恐。庞大的躯体随之向后仰倒。一时间光芒迸射，耀眼的白光将四周映得通亮。杜丘起初没反应过来，犹如身处幻境。梦魇般庞大的虎鲨群惊慌失措，逃进了好似即将消散的梦境一般的水幕深处。

“他点着了照明棒！”

汽艇上，酒井在大喊大叫。

“虎鲨是不是溜了，酒井君？”

北岛颤颤巍巍地问道。

“不知道，也许吧。”

“那可怎么办？要是让他跑了，我就完蛋了。想、想点办法嘛。”

北岛紧紧扒着船舷。

“你就闭上嘴吧！这会儿哭丧着脸儿顶个屁用。”堂塔咬牙切齿地说道，“你怎么这么不争气？你要是这么怕完蛋，干脆从这里跳下去算了。”

“你、你想把我……”

“反正死哪儿都一样！”

堂塔怒喝道。

“你这叫什么话！”

“等等，这会儿还要窝里斗吗？”酒井插了进来，“咱们得追上去。你们看，那小子开始游了。”

只见水下六七米深的地方，照明棒的光团在以很快的速度移动。

“我们对着亮光射他，怎么样？”

堂塔端起鱼叉枪。

“那不管用，水太深了。根本打不中。看，他正一点点往上浮呢。他还不知道咱们正在这儿候着他。”

的确，光团在渐渐上浮的同时朝着礁石靠近。

“这下他可跑不掉了，居然自己暴露位置……”

酒井端着鱼叉枪，念咒似的自言自语。

光的亮度大为减弱，可还是能够模模糊糊地看出人影。

“开枪！”

酒井和堂塔瞄着那影子的躯干部分同时扣动了扳机。鱼叉冲破一片石莼飞速而去。命中与否不得而知。人影忽地不动了，与此同时，照明棒的闪光也熄灭了。

“畜生！这小子命真大！”

堂塔破口大骂。

“没、没打中吗？”

北岛趴在船舷上往下窥视。

“别担心。”酒井似乎胸有成竹，“也许打中了呢。打中了，他就一命呜呼，喂了鲨鱼。就算打不中，等他耗光了氧气，也只能乖乖地浮上来。我们到那时再下手，他绝对跑不了的。”

汽艇关掉了引擎，在水面上浮了将近十分钟。

“喂，他浮上来了！就在那儿！”

一片薄暮中，堂塔发现一个人影在三十多米开外的山崖转角处浮出了水面。

“就是他！他想顺着滩边逃跑。想得美！”

酒井发动了汽艇，一下子把挡位推到最高。只听砰的一声闷响。

“怎么回事，动不了了！”

堂塔急得直叫。

“糟了！不是传动杆就是连接轴断了。”

酒井咆哮着冲向船尾，就着灯光查看螺旋桨。传动杆和螺旋桨被绳子密密匝匝地缠住，因此造成负载过大，传动轴断掉了。

“王八蛋！是他干的！他偷偷浮上来过，把绳子绕在了螺旋桨上。这小子，真是个下流坯子！”

酒井咬牙切齿地咒骂。

第十章

没有明天的战士

电话响起时，已是午夜。

正在自斟自饮的矢村听到铃声后轻轻地放下酒杯。

自杜丘从这里走出去后，已经过去三天了。这期间没有半点消息。他曾委托静冈县警方对研究所内部进行暗中调查，可得到的答复却是研究所内未发现任何异常。

“是我，杜丘。给你带来好消息了。”

矢村听到杜丘的声音后，感到如释重负。

“原来你还活着。”

“那还用说。”

“知道了，你就快说吧。”

“朝云被害的证据终于被我搞到了。所以，想拜托你办件事。”

“什么事？”

“为了验证，我需要一只猴子。请你找只猴子来。”

“你是说猴子……”

“是的。尽量找人工喂养的猴子，和朝云饲养的猴子相同的品种。最好是神经不正常的或是有什么别的病，总之要病恹恹的。拜托你在后天早上以前搞到。”

“明白了。我这就弄猴子去。不过，你说的那个证据靠谱吧？”

“当然。”

“那就好。你要注意点，别让人把你拿了。”

“这个你就放心吧。”

杜丘笑着挂断了电话。

随着一阵电话铃声，伊藤睁开了惺忪的双眼。

他伸出绵软无力、开始显露出老年斑的胳膊，抓起听筒。矢村将杜丘带走后，已经是第五天了。虽竭力搜寻，可关于杜丘的消息依然是一无所获。

“我是矢村。”

听到电话里的声音后，伊藤看了一眼手表。凌晨三点。

“你有什么事？我跟你没什么可说的。这会儿再来道歉已经晚了。”

“道歉？你是说我吗？”矢村的声音听上去很诧异，“我可没有这个想法。”

“那你想干什么？也不看看现在是几点钟。有事就到办公室说。”

伊藤挂了电话。光是听到矢村的名字就足以令他怒火攻心。

矢村放跑了杜丘。但凡能搞到一丝一缕的证据，伊藤恨不得立刻就去申请逮捕令。

电话又响了起来。

“为了你自己，最好把话听完。”

还是矢村。

“你说吧。”

伊藤冷冷地说道。

“朝云忠志被杀的案子破了。”

“什么……”

“我这就给你看看证据——你在听吗？”

“啊……”伊藤声音干哑，“我在听。”

“那就起床，做好出门的准备吧。我派细江警官过去，你跟他一道来。但是，你只能一个人。特侦组的人不能尾随。”

该说的话一说完，矢村便挂断了电话。

——朝云被杀一案告破了。

伊藤将信将疑。杜丘遭人陷害，根源就在于朝云的死因。地检特侦组在追捕杜丘的同时，也在朝着解开死因的方向倾注全力，可是没有取得任何的进展。特别是在和矢村闹僵以后，案情更加扑朔迷离。

——矢村竟然把案子破了……

伊藤回味着两腮瘦削的矢村那得势不饶人的样子，下了床榻。

他脸上的表情煞是难看。

过了约莫三十分钟，刑警细江登门迎接。

“我说，这到底是怎么回事啊？”

他上了车后，气哼哼地问。

“请您问警部吧。我什么也不知道……”

细江发动了车子。

矢村正在路旁候着。车子一停，他便一头扎进了副驾驶席。

“开车。”矢村朝细江扬了扬下巴，“猴子怎么样了？”

“猴子主人说，它有些神经失调，就亲自带来了。”

“好的。小心有人盯梢。”

“矢村君，”伊藤义正词严地说道，“你要做出解释。”

“案子让杜丘给破了。”

“杜丘——这么说，真的是你……”

“没错，我故意没抓他。这我不否认。”

“即使案子破了，我也要追究你的责任。”

“悉听尊便。可是我要告诉你，我才是调查犯罪的专家，只是对杜丘欲擒故纵而已。检察厅犯不上说三道四。要说你们都干了些什么呢？你们唯一考虑的就是自己的面子。因此，要是有哪个探员不合你们意了，你们就会整人家，毫不心慈手软。也许有的探员会吃你们这一套，可我不会。我只考虑如何笑到最后。”

伊藤沉默不语。

车子朝着杜丘指定的八王子郊外方向，在拂晓中的二十号国道上疾驰。

杜丘在树林中眼见着一辆汽车停在了指定的位置。这里是八王子郊外、恩方町最里面的丘陵地带。车子里只有一个人，但不是矢村。

过了二十来分钟，另一辆车开了上来。车里下来三个人。看身高便知是矢村，气冲冲的样子就是他的标志。看清另两个是伊藤检察长和刑警细江后，杜丘慢慢地踱出树林。事已至此，对这两个人就没有必要回避了。

“杜丘君——”

看到从林中走出的杜丘，伊藤一时语塞。杜丘身着短风衣，三个月前还是检察官的他，可谓睿智机敏之中不失温厚，身体似乎略有些发福，显示出其良好的家境；可现在，杜丘像是完全换了一个人，从前的影子半点不剩，甚至叫人觉得那些都是假象。

不知是掉了赘肉，还是因为消瘦，他透着一股精悍之气，宛如兀立于枯木之上的秃鹫。不，在伊藤的眼里，那并非精悍，而是令人有不祥之感的狡黠。犯了罪的人哪怕是彪形大汉也会显得在气势上矮人一截，然而杜丘恰恰相反，他的身上有一种东西令伊藤不敢正视。

“好久不见。”

杜丘打来招呼。

表情无所适从的伊藤生硬地做出了回应。

“猴子呢？”

杜丘问矢村。

双手插在大衣兜里的矢村扬了扬下巴。一个男人牵着一只猴子正面对着他们。长着一对栗色圆眼睛的猴子怯生生地朝着这四个人张望。

把猴子和那个男人留在车上，杜丘领着三个人进到林子里。缭绕的晨雾拂过层层的落叶。

“先请你们看看这个。”杜丘将一个记事簿递给了矢村，“这是三天前的夜里，我冒着掉脑袋的危险从东邦制药的研究所里偷出来的。就在我潜入的当晚，堂塔院长，药政课的北岛课长，还有酒井恰好都在，他们还带着艺伎。他们拿着鱼叉枪追我，我差一点就送了命。我逃了出来，所以，这帮家伙想必也多少有了一定的心理准备。”

杜丘简明扼要地说明了经过。

“你厄运缠身，想不到命这么大……”

矢村惊讶地瞧着杜丘，心想这个人实在不可思议。

“杀死朝云忠志的就是酒井义广。”杜丘对着相向而立的三个人说道，“动机是……”

“动机这一段可以跳过去，来的路上我已经跟检察长解释过了。你就说说杀人的方法和证据好了。”

矢村说。

“等等，”伊藤插进话来，“有一点我必须先搞明白。朝云遇害姑且算作酒井的所作所为，可杀死横路夫妇的难道不是你吗？当然，还有抢劫、强奸……”

“不是。”

“你能起誓吗？”

伊藤追问道。他不愿意案子以这样的方式收场。他期待的是逮捕杜丘，通过严厉审讯后实现案件的破获。

“起了誓又能怎么样？”矢村不耐烦地说道。

“你别插嘴。我现在代表的是检察厅。我不能听似是而非的东西。照理我应该下令当场逮捕杜丘君。”

面对伊藤内心的纠葛，矢村冷眼旁观。

“我可以起誓，伊藤先生。”

看着由于未能称心如意而急火攻心的伊藤，杜丘苦笑了。

“但愿你的起誓不掺假话。”

伊藤勉强点了点头。他后悔没有通知特侦组。

“——酒井义广被逼上了绝境，非要除掉朝云忠志不可。”杜丘开始了讲述，“他心里很清楚，如果伪装成自杀的话，朝云是有说得过去的自杀动机的。比如说，他由于无法开业行医而始终抑郁寡欢。事实上，警部也采纳了自杀一说。他跟心爱的猴子一起，在密室一样的院子里服毒身亡，这种情况下，认为是自杀也很正常。问题在于怎样才能造成自杀的假象。

而酒井想出了一个绝妙的杀人手段。那就是斑鸫。他听武川洋子说起过，受了伤的斑鸫拼命想要啄食香烟的烟雾，后来竟至于连像雾状的淡蓝色月光也不放过，于是，他就想到了朝云家的猴子。朝云曾向酒井打听过，说这猴子得了神经失调，食欲不振，有什么药可治。当然，这猴子把香烟的烟雾往嘴里吞，这件事酒井也是一清二楚。而更重要的是，酒井还知道，香烟的烟雾其实就是蜘蛛网。也就是说，斑鸫和猴子都错把香烟的烟雾当成了蜘蛛网……”

“酒井是怎么知道香烟的烟雾就是蜘蛛网的呢？”

矢村问道。

“朝云的妻子证实说，酒井经常逗猴子玩。他在逗猴子时看到过猴子吃地蜘蛛的蜘蛛网，所以就悟出烟雾被错当成了蜘蛛网。我以后再解释，蜘蛛是不可多得的药理实验动物，跟酒井很有缘分。有一种驼蜘蛛，它织出的网和香烟的烟雾简直别无二致，图案毫无规则。酒井对这些了如指掌，所以他不难看出所谓的香烟的烟雾就是蜘蛛网——这样推理绝对是合情合理的。”

“说下去。”

“猴子和斑鸫为何都迷上了蜘蛛网呢，本案的关键就在于此。斑鸫受了伤，猴子得了神经失调，吃不下东西，造成了营养失衡。为了补充营养，它们想蜘蛛想得都产生了幻觉，以至于把香烟的烟雾都看成蜘蛛网了。我给动物园打过电话，人家说从没有哪只猴子会吸食香烟的烟雾。那是当然的，因为动物园一向注重营养平衡，他们会养一些昆虫，拿来喂动物。但是，即便如此，据说仍有一些猴子会得上神经失调。一般的家猴喂的全是果类和蔬菜之类的干干净净的东西，虫子什么的绝对不会拿来喂的。因此，这种喂法造成营养失衡、多病多灾也就不为怪了。”

“棕熊也是这种情况吗？”

“是的。”杜丘重重地点了点头，“这三种动物有个共同点，它们都是人工喂养的。正是这个共性才启发我想到了营养失衡。我做过查证，野生的猴子或棕熊要吃掉大量的虫子或者蛆，可以说比起果类来，这些东西才称得上是主食。当然，蜘蛛也包括在内，这可是它们中意的美味。总之，从酒井想到香烟的烟雾就是蜘蛛网的那一刻起，罪行就算是成立了。这本记录里写得很清楚，酒井在案发前三天叫人送去了十只鬼蛛。他趁当晚到朝云家做客时，将这些鬼蛛放到了院子里。记录里写着，酒井指名要的是关西的蜘蛛。可是，关西的蜘蛛断货，员工便用东北产的来救急。正是这一点要了酒井的命……”

“这话是什么意思？”

矢村的目光变得锐利起来。

“东北和关西的蜘蛛在身体构造上没什么区别。但是，在习性上却相差甚远。关西的鬼蛛在傍晚结网，到了第二天清晨就会回收。当然，据说也有个别的蜘蛛不这么做，可总的来说都是要回收的。但是，关东，也包括东北的蜘蛛则基本上不回收。等网织完，便弃之不管了……”

“你这么一说……”细江说道，“院子里的树上那些怪模怪样的蜘蛛网，看上去的确不像是新的。”

“没错。那些蜘蛛网就是在酒井放出蜘蛛的当晚结出来的。要是关西蜘蛛，第二天一早就会回收，我们根本不可能见到。在这一点上，酒井失算了。蜘蛛网是唯一的证据，要是好多个这样的证据一直在警察的头顶上挂着，酒井肯定要吓坏的。鉴定课的人认为这是罕见的公害蜘蛛，还拍了照片，而我自己也抬头对这种奇特的蜘蛛网观察了很久。酒井大概意识到了员工送来的是东北蜘蛛，可已经来不及亡羊补牢了。”

“等一等。”矢村打断了杜丘。“酒井的确提走了鬼蛛。虽然这些鬼蛛是拿来做什么用的不知道，咱们还是按部就班地说吧。首先，必须有证据证明他将这些鬼蛛放进了朝云家。仅凭推论……”

“这不是推论。我刚才说了，那些奇特的蜘蛛网是在放出蜘蛛的当天晚上结成的。这方面的证据是有的。那本记录里提到了‘正在喂东莨菪碱的鬼蛛’。那种奇特的蜘蛛网，就是喂过东莨菪碱之后而产生的条件反射。”

“条件反射？”

“是的，并非什么公害。给蜘蛛吃A药，它会结出A网，给B药就会结出B网。给蜘蛛吃的药主要是作用于中枢神经的麻醉药，比如东莨菪碱或是吗啡、安非他命，此外还有阿托品、咖啡因、马钱子碱、麦司卡林硫酸盐，等等。这些药在人体实验中都会导致幻听幻视，不同的药在效果上差别不大。可是，给蜘蛛吃的话，结出的网就会有明显的差别。有一塌糊涂的，也有奇形怪状的。已经形成了一种模式。这种模式相当精确，以至于只要看到蜘蛛网就能弄清楚药的成分。对于细菌的毒性研究或是法医学来说，蜘蛛都是不可或缺的宝贝，原因就在于此。”

“这么说，那些奇特的蜘蛛网就是东莨菪碱的网喽？”

“就是这么回事。如果给鬼蛛吃东莨菪碱，等它结出网后，拿鉴定课在朝云家拍下的照片进行对比的话，一定会发现两者分毫不差，这和指纹对比如出一辙。如此一来，酒井就被逼进了死胡同。酒井想都没想过，叫人送来的是喂过东莨菪碱的鬼蛛。不过，即便他不知情，如果是关西蜘蛛的话，到了第二天早上就会把网回收，替他把证据消灭干净。要说最关键的，还是酒井到底是怎么利用蜘蛛杀死朝云的，我现在就做个实验，让你们亲眼见识见识。请把那猴子带过来吧。”

他对细江说道。

细江做了一个手势，那个人便将猴子牵了过来。

杜丘将一行人领到树林的深处。

从杂树林的矮枝到山白竹，到处都挂满了有着漂亮几何图案的蜘蛛网。晨雾未尽，整张网上附着了一层细小的水滴，使得几何图案的底边下坠得很厉害。

杜丘示意一行人停下步子，从外套口袋里掏出一个喷香水的瓶子，靠近了蜘蛛网。他在离蜘蛛网还有一小段距离的位置按下喷嘴。只见一股水雾喷出，好似薄云一般洒落在蜘蛛网上，随后跟水滴凝为了一体，滚成个头儿越来越大的水珠。

"好漂亮的图案。"

矢村嘟囔道。

不只是矢村，一行人都默不作声，出神地望着被银色的水珠压得摇摇欲坠的蜘蛛网。儿时的记忆复苏了。那时候，夏秋之交的清晨，在木门旁、草丛里、山野间，这样的图案随处可见。无数的水滴像珍珠似的摇摇欲滴，如果捧在掌心里晃动，它们仿佛顷刻间就会化作一颗一颗的宝石。

"把猴子领过来好吗？"

杜丘催促那个男子。

那人让猴子凑近了蜘蛛网。猴子发现了蜘蛛网，一下子将身上的绳子扯紧了。它的动作变得敏捷多了。只见猴子立起上身，冷不防伸出一只手向蜘蛛网抓去。水珠扑扑簌簌地往下掉。它抓过蜘蛛网就往口里送。另一只手也没闲着。

片刻工夫，蜘蛛网不见了。

"它吃掉了蜘蛛网……"

伊藤嘀咕道。

猴子仰头看着这些人，一边舔着手掌。

细江让那个男人带着他的猴子回去了。

"阿托品……"

隔了一会儿，矢村开了口，语气不无懊丧。

"要是这个喷雾器里装了阿托品，猴子就死定了。"

杜丘平静地说。

"致死量零点零五克……"细江瓮声说道，"难怪没有容器了。啊——"他似乎猛然想起了什么，停住口，用目光扫着杜丘，"说起来我是第一个赶到现场的，记得当时朝云和猴子的尸体上沾上了好些破破烂烂的蜘蛛网，我勘查的时候还得把它们都扒拉开呢。想不到是这么个名堂！"

他用拳头击向掌心。

"估计酒井连这个都算计到了。等刑警来了，那些破蜘蛛网就显得碍事儿了，验尸时肯定会扒拉掉。是警察自己把容器给毁掉了。”

“这个老狐狸！”

细江脸色铁青地说。

“正如各位所见，即使没有蜘蛛，猴子还是吃掉了蜘蛛网。不知道是因为蜘蛛网上沾了垃圾，让猴子误以为有蜘蛛，还是猴子明知没有蜘蛛，可因为蜘蛛丝本身就是很好的营养，所以还是要吃。据说蜘蛛丝其实就是由氨基酸组成的蛋白质，比如天冬氨酸、谷氨酸、甘氨酸、赖氨酸，还有异亮氨酸等，想来是不会没有营养的。插句闲话吧，莎士比亚的《仲夏夜之梦》里有这样的句子，大意是‘蜘蛛丝乃止血之良药’。也许，蜘蛛丝里面有一些不为我们所知的东西。难怪连香烟的烟雾都会被错当成蜘蛛网吃下去了。总而言之，酒井正是利用了这一点。他提前三天放出蜘蛛，并在杀人当晚的三点以前，谎称说话说累了，走到院子里。十只鬼蛛到处结网，他挑了两个低处的蜘蛛网，弄死蜘蛛，然后将阿托品溶液喷在网上——当时恰好夏末秋初，正是结露的节气。在这个钟点，由于天黑，挂在高处的东莨菪碱的网是看不到的。酒井满心以为，蜘蛛是关西产的，到了早上就会把蜘蛛网回收。他是这么打算的：第二天一大早，朝云就会出来遛猴，这是他们每日必做的功课；朝云和猴子会把阿托品当作隔夜的露水喝下去死掉，剩下的蜘蛛网自会有警察收拾干净……”

“猴子是怎么死的这下清楚了。可是，朝云为什么会做出和猴子相同的行为呢？”

伊藤问道。对真相抽丝剥茧般的剖析使得伊藤忘却了先前的内心纠葛。

“朝云一直爱猴如子，”矢村答道，“他甚至嘴对嘴地给猴子喂香蕉。也许正是这一点为以后埋下了伏笔，不管怎么样，以目前掌握的情况来看，足以撬开那家伙的嘴了。”

矢村望向半空，神色冷峻。一直以为，阿托品的容器一定是被人蓄意隐藏的。没想到，竟然就是警察亲手扒拉掉的蜘蛛网……

“的确，朝云忠志喝隔夜露水的真实意图还不清楚。不过，我可以做出大致的推理。”

旭日东升，冬日的晨光在四个人的身上镀上了一层金黄色。

“这里面值得注意的一点就是朝云的性功能减退。根据他妻子的证言，朝云自我诊断为神经失调的一种。神经上的一点小问题导致性欲丧失，这在现代人身上是很常见的，可他们夫妇又想要个孩子。要生儿育女，就非得提高性功能不可。于是，他向酒井打听有没有什么灵丹妙药。假若酒井不动声色地暗示说‘隔夜露水有助于重拾性功能’……”

“隔夜露水会有这种功效？”

伊藤的眼神因为不安而显得有些黯然。

“假如我是酒井的话，也许会这样忽悠：‘在我的老家，很早以前就盛行一种说法，喝隔夜的露水可以帮助受孕’……”

杜丘说完，苦笑了一下。

“这没什么好笑的。”矢村口气严肃地说。

“如果说酒井进行了这种暗示的话，他的算盘可谓是打到家了。朝云是猴子的主人，他肯定知道猴子吃蜘蛛网。猴子病恹恹地吃不下东西，却唯独对蜘蛛网莫名其妙地显示了出强烈的食欲——恨不得连香烟的烟雾也不放过。他自己就是医生，也许早就悟出猴子对蜘蛛网感兴趣的原因是为了获取体内所欠缺的营养成分。经不住酒井借坡下驴的一番忽悠，到了早上他看到院子里漂亮的珍珠颗粒时，自然会身不由己地喝上一口。露水这种东西就是有这样的魅力，对谁都一样。酒井可说是巧妙地抓住了人们心理上的盲点……”

伊藤不说话，重重地点着头。

“问题就出在抗精神病药物 A-Z 的研发上。”杜丘声音低沉，像是在念独白，“据说现代社会已进入了精神疾病肆虐的时代。每个人都在逐渐迷失，看不到生存的价值。太深入的我说不上来，但我认为，不能把这一切都归咎于政治上的原因。就像在任何物种身上都能看到的那样，繁荣过后必将迎来荒芜。这跟老鼠的数量在单位面积里不断繁殖就会引发混乱状态是一个道理。在全世界范围内，精神病患者的数量都在直线上升。尽管可能是无功而返，医药学界正在向治愈这一病症发起挑战，而代表性的成果就是神经阻断剂。许多在不久以前还属于无计可施的重症精神疾病，包括精神失常在内，都在治疗上取得了进展。忧郁症也有了抗忧郁药。总之，我们可以通过药物在某种程度上对精神领域进行控制了。也许在不远的将来，就像对待身体上的疾病一样，我们可以依靠药物对精神上的疾病进行治疗。抗精神病药物的发展，A-Z 的研发，本身似乎并不是坏事……”

“除了厚生省同制药公司的勾结——还有武川洋子串通酒井义广对武川吉晴的图财害命。”

矢村说道。

“一点不错。不过，就我个人来说，心里面还是有一些困惑。”

杜丘的半边脸迎着朝阳，另一半深陷在阴影里。

“所谓的精神病，其实是走投无路时的一种自我逃避现象。患者想要逃避到一个幻听幻视的世界里以求得一种自我的保护。对于这样的情况，我们是不是因为有了治病的药就该心满意足了呢？为了根除精神上的疾病，需要使每个人都能感到生活存在希望。可是，这恐怕办不到了。那种有今天没明日的焦虑感只会越来越重，人人都不能幸免。在我东躲西藏的这些日子里，明天和昨天都是不存在的，我只能活在今天。不过，像我这样的人绝对还有。我想，大部分生活在城市里的人大概都只知道今天的日子要怎么过。不，他们连今天该如何打发也不会明白的。但是……算了，这种话就到此为止吧。”

杜丘腼腆地笑了笑。

“总之，在我看来，患者增加带来药物的发展，这就像是狗在拼命追逐自己的尾巴。至少我是不想再回到以前的生活里去了。那简直就是发臭的泥沼。”

“发臭的泥沼？这种地方倒是合我的胃口……”

矢村声音低沉。

“我可是要去寻找另外一个世界了。”

杜丘将视线投向丘陵。

起风了。

“你的明天找回来了吗……”

矢村叼上烟，说道。

“谁知道呢……”

杜丘缓缓地摇了摇头，转身走去。至少，他在心里还是感到了摆脱魔咒后的轻松。

“杜丘君，你这是去哪儿？”

伊藤慌了神，急得大叫。

杜丘未予理睬，大步流星地远去了。

“逮捕他——不，给我把他带回来，矢村君。”

“他啊，注定要当一辈子的逃犯喽……”

矢村纹丝不动。一旦被捕，即便所有的嫌疑得以洗刷，其余罪名酌情轻判，杜丘也将永无出头之日。矢村对此心知肚明。他目送着一个高高的身影穿行于光秃秃的树林，渐行渐远。

“当一辈子逃犯……”

伊藤喃喃自语，眼睁睁看着杜丘变成了一个小光点，最终消失不见。他可不会为了带回一名无权无势的逃犯而心甘情愿地拿检察厅的名誉做赌注。